荆楚文庫

朱錫綬集
〔清〕朱錫綬 著
陳春生 向玉露 點校

童樹棠集
〔清〕童樹棠 著
陳春生 向玉露 點校

荆楚文庫編纂出版委員會
武漢理工大學出版社

朱錫綬集　童樹棠集
ZHUXISHOU JI　　TONGSHUTANG JI

圖書在版編目 (CIP) 數據

朱錫綬集 /〔清〕朱錫綬著；陳春生，向玉露點校 .
童樹棠集 /〔清〕童樹棠著；陳春生，向玉露點校 .
—武漢：武漢理工大學出版社，2024.10
ISBN 978-7-5629-6985-3

Ⅰ . ①朱…　②童…
Ⅱ . ①朱…　②童…　③陳…　④向…
Ⅲ . ①中國文學－古典文學－作品綜合集－清代
Ⅳ . ① I214.92

中國國家版本館 CIP 數據核字（2024）第 005189 號

責任編輯：向玉露
整體設計：范漢成　曾顯惠　思　蒙
責任校對：樓燕芳
責任印製：吳正剛
出版發行：武漢理工大學出版社
地址：湖北省武漢市洪山區珞獅路 122 號
電話：027-87515958　　郵政編碼：430070
錄排：武漢鑫偉創圖文設計有限公司
印刷：湖北新華印務有限公司
開本：720mm×1000mm　　1/16
印張：25.75
字數：343 千字
版次：2024 年 10 月第 1 版　2024 年 10 月第 1 次印刷
定價：128.00 元

ISBN 978-7-5629-6985-3

9 787562 969853 >

出版説明

　　湖北乃九省通衢，北學南學交會融通之地，文明昌盛，歷代文獻豐厚。守望傳統，編纂荆楚文獻，湖北淵源有自。清同治年間設立官書局，以整理鄉邦文獻爲旨趣。光緒年間張之洞督鄂後，以崇文書局推進典籍集成，湖北鄉賢身體力行之，編纂《湖北文徵》，集元明清三代湖北先哲遺作，收兩千七百餘作者文八千餘篇，洋洋六百萬言。盧氏兄弟輯録湖北先賢之作而成《湖北先正遺書》。至當代，武漢多所大學、圖書館在鄉邦典籍整理方面亦多所用力。爲傳承和弘揚優秀傳統文化，湖北省委、省政府決定編纂大型歷史文獻叢書《荆楚文庫》。

　　《荆楚文庫》以"搶救、保護、整理、出版"湖北文獻爲宗旨，分三編集藏。

　　甲、文獻編。收録歷代鄂籍人士著述，長期寓居湖北人士著述，省外人士探究湖北著述。包括傳世文獻、出土文獻和民間文獻。

　　乙、方志編。收録歷代省志、府縣志等。

　　丙、研究編。收録今人研究評述荆楚人物、史地、風物的學術著作和工具書及圖册。

　　文獻編、方志編録籍以 1949 年爲下限。

　　研究編簡體橫排，文獻編繁體橫排，方志編影印或點校出版。

《荆楚文庫》編纂出版委員會

2015 年 11 月

總　目　録

荆楚文庫

朱 錫 綬 集

〔清〕朱錫綬 著

陳春生 向玉露 點校

前　言

　　朱錫綬（1819—1870），字嘯筠，又作筱雲、小雲、嘯箕等，號弇山草衣，江蘇鎮洋人，道光二十六年（1846年）舉人，曾任湖北江陵、遠安、枝江等地縣令。

　　朱錫綬生於文風蔚盛之鄉，幼時師從清代著名詩人、畫家亦即其舅父盛大士，受到良好的教育。會試失利後，他滯留京城，廣交社會各界有識人士，與王文韶、翁同龢、程庭鷺、張金鏞等均有詩歌唱和，爲軍機大臣、兵部及工部尚書潘祖蔭之業師。咸豐四年（1854年）以"揀發"到湖北任職，輾轉數地，歷時十六年，期間勤於政務，關心民生疾苦，深得百姓愛戴。《遠安縣志》載："公愛民造士諸惠政，指不勝屈，而薄賦一節尤爲損上益下，以撫字爲催科，真無忝於爲民父母矣。里中紳耆議勒石以垂永久，並冀他日官斯土者，遵其法而不變則。"同治九年病逝。

　　朱錫綬有多部作品存世。《疏蘭仙館詩集》四卷、《疏蘭仙館詩續集》六卷、《疏蘭仙館詩再續集》四卷，收錄其自道光十年（1830年）至同治八年（1869年）的詩作，真實再現了動盪年代的社會風貌及有識士人的歷史擔當，各體兼備，格律嚴謹，頗具文采。《沮江隨筆》二卷收錄其任職遠安時的散文，描繪遠安的美景奇觀、風土人情、神話傳說，短小精悍，亦真亦幻，周作人評其"內容與文筆俱佳，可爲此類筆記中之佳作"。《幽夢續影》爲清言小品，承張潮《幽夢影》餘緒，以格言警句的形式表現哲理思考，充盈雅士情懷，問世之後廣爲流傳，收錄於《清史稿》。

　　據文獻記載，除上述作品外，朱錫綬尚著有《二典稽疑》《離騷讀法》《沮江唱和集》《筱園樂府》等，惜遺失無考。《朱錫綬集》中《疏蘭仙館詩集》四卷、《疏蘭仙館詩續集》六卷、《疏蘭仙館詩再續集》四卷以哈佛燕京圖書館存光緒庚寅年（1890 年）刊本爲底本，《沮江隨筆》二卷以湖北省圖書館存咸豐戊午年（1858 年）刊本爲底本，《幽夢續影》以王雲五主編商務印書館民國二十六年（1937 年）六月版《叢書集成初編 · 蕉窗日記及其他四種》中《幽夢續影》爲底本。

　　因水平有限，錯訛之處尚祈讀者指正。

陳春生　向玉露
2023 年 11 月

目　　録

疏蘭僊館詩集

疏蘭僊館詩續集

卷一

疏蘭傴館詩再續集

卷一

跋

沮江隨筆

序

卷上

幽　夢　續　影

疏蘭僊館詩集

敍

　　嘯筠尊兄太守筮仕至楚，往來南郡頗久。柏心習知君固儒吏而以循稱者，與締交甚浹。今秋訪君鄂渚，適貞疾，未相見，命從者出所箸《疏蘭館古近體詩集》，屬論定，且爲敍。柏心受而讀之，乃就所揚搉者申論曰：君之詩旨集中《與王寅叔論詩》一篇已暢言之矣，以君之才，亙躋承明，歌詠《卷阿》，高岡閒顧，屈爲外吏，又輒善病，因是遂溺於琴。吾聞琴通於詩，且通於政，請就琴旨推言之可乎？《虞書》曰："詩言志，歌詠言，聲依永，律諧聲。"古之善琴者，以所志寓諸琴，是故曲直繁省廉肉節奏，足以感動人之善心，則言與聲兩得之，噍殺麤厲發散嘽緩，則言與聲兩失之。此琴通於詩之説也。騶忌曰："大弦濁以春温者君也，小弦廉折以清者臣也，攫之溰而醳之愉者政令也"，"夫復而不亂者所以治昌也，連而徑者所以存亡也"。此琴通於政之説也。今取君之詩觀之，旨遠而詞文，志潔而行廉，述懷抱則高遠澹泊，愍世變則悱惻悽愴，道驩娛則醞藉芬芳，而不鄰於湛溺流湎，語憂戚則鬱伊坎壈，而不入於忉怛煩冤，此非感動人之善心，溰有合於琴德者乎？又試以君之詩攷君之政，其《水災紀事》促吏發倉，不待申牒，則汲黯便宜之惠。《守陣宿郡城》及《堡寨告成》諸作，則陳規守城之效。此非琴中所謂攫之溰、醳之愉，復而不亂、連而徑者乎？夫今世以詩名者多矣，非夸工麗於采色聲音，則氣矜自負，張脈僨興，馳騁失節度，孰是其中和可經者？至於發諸政事，雖不至闒冗尸素，酷烈苛急，然大抵要名譽，以躐階驟進爲榮，而無忠信惻怛、懇篤愛民之實意，固亙其與君詩不相肖也。何者？彼之詩不衷於志，而君之詩衷於志也。惟衷於志，故宅諸內者爲慈良，而宣諸外者爲豈弟也。然君近日

猶以善病爲戚戚，夫昔人固有臥治者矣，於爲政何損善乎？歐陽子之言
曰：“藥之和者，攻其疾之聚，不若聲之至者，能和其心之所不平。心
而平，不和者和，疾之忘也，宜矣。”則請拭君絲桐，理君舊操，泠泠
然不知夙疾何以盡蠲也。請誦其詩曰：“練余心兮游太清，據槁梧兮發
中聲。感人心兮和且平，不下堂兮政以成。”君曰：“旨哉子之論琴，
不啻枚叔《七發》矣，請終身持此以治吾之詩與政。”遂以是語著之
簡端。

　　　　　　　同治八年歲次己巳嘉平中瀚監利王柏心拜撰

題辭一 ①

仁和　王文韶　夔石

其　　一

南馳荆楚北幽燕，屈指平生二十年。咸豐初與君同居京師，訂交甚厚，丙寅後又同官江漢間。拔劍恨孤青眼望，開尊時對白雲篇。舂陵愁歎瘡痍地，同谷悲歌寂寞天。見説梅花愛霜雪，不將富貴易神仙。

其　　二

婁江詩派問源流，不薄梅邨愛鳳洲。心爇瓣香師藴愫，君師盛子履先生有《藴愫閣詩》，見集中諸作。手挑鐙火誦離憂。身緣善病常嫌弱，語爲多情不厭柔。玉爪金眸時一現，蕭蕭風雨六朝秋。

其　　三

杜陵詩律晚逾精，庾信文章老更成。用句。煙景漸銷金谷酒，風情早懺玉谿生。須知歌哭皆天籟，何必風謡盡正聲。萬古江湖都不廢，漫持秋實笑春英。

---

① 題辭序號爲整理者所加，餘同。

其　四

　　牀上人琴今已矣，廣陵絕調更誰倫。華亭歎逝思前物，長慶編詩屬故人。流景恩恩墟草宿，靈風冉冉筆花春。清聲雛鳳臿先澤，未碎焦桐好共珍。

題辭二

吳縣　潘曾瑋　玉泉

　　別後新詩卷，重論又十年。襟懷如水淡，丰格鬭花妍。不盡風塵感，中含太古絃。閒雲還出岫，離緒落梅天。

題辭三

海鹽　黃燮清　韻甫

　　平生愛交游，詞翰鬪彪灼。自從遭亂離，朋舊半零落。年來役宦輒，簿書苦束縛。但覺戴星勞，未解鳴琴樂。風雅亦病政，豈惟聲色溺。每虞結習累，文字力屏卻。所愧吏事拙，徒令素性汨。嘯翁吾神契，瑤緘贈杜若。迴腸織情絲，金繡兩交錯。想見治行優，餘暇及箸作。九月江天清，扁舟爲余泊。恨無三日霤，纏綿訂後約。鼓枻下瀟湘，煙波莽寥廓。歸來當何時，斝酒待斟酌。入夢君山青，離懷寄綿邈。

卷一

庚　寅

牡丹 家大人命賦。

冒鬭三春豔，群推一品花。不曾私雨露，猶自惜繁華。寶帶圍金燦，僊衣賜紫誇。何知松柏志，寒翠蔭山家。

甲　午

春夜夢 生母坐楳樹下絮問家事，既醒感賦。

昔年二月楳花開，攜兒騎竹花下來。今年二月楳花落，見母看花夢中哭。花閒春盡母不還，阿耶對花鮮懌顏。阿母年來苦操作，中饋失助嗟艱難。有姊有姊痛寡鵠，玉釵誓折除膏沐。疲癃仲姊病尤弱，幼妹扶牀棗癡索。兒所讀書篋不盈，單門何日能成名。牽裾問母母亦泣，兒但有志當成立。阿耶得汝頗已遲，雲霄有路盍致之。養豐祭薄不汝疵，烏虖噫嘶，養豐祭薄不汝疵。此言在耳澈旦思，窗月冷墜楳花枝。

任貞女哀詞

貞哉任女嫻壼儀，十三童養延陵依。蒸梨不熟遽大歸，辭樹嫣花難返枝。新人纖縑顏色好，舊人纖素形容槁。一從捐扇廢鉛華，誓學嬰兒奉親老。賢哉孝子以母稱，春霜秋露薦豆登。貞魂不死歸延陵，願歆禋祀昌雲礽。生前之貞喻白水，身後之名照青史。事詳邑志。人生許人重許心，須眉負心良可恥。

茜 涇 夜 泊

一丸涼月度蓬窗，叢樹蕭疏隱釣矼。近浦潮喧來賈舶，隔林人語吠邨尨。濁醪自酌難成醉，短箋誰橫別有腔。斗大荒城停櫂穩，片飄東去是驚瀧。距海七里。

季父命題獨立圖

峙嶽渟淵概，光風霽月姿。魚閒知樂處，鶴矯出群時。閱世浮名澹，傳家獨行奇。蒼茫問今古，長嘯撚吟髭。

陸丈靜甫茂才元勛屬題翠巖晴雪圖

楳花一萬樹，帶雪壓山腰。黛點皴無盡，霞光炙不消。曉寒雲嬾起，夜靜月誰招。畫破浮嵐翠，飛泉瀉幾條。

曉起城南觀荷

萬籟靜不鳴，月落星在水。初日升榑桑，紅霞弄晴綺。地偏境自幽，花好葉可喜。欹風弱態支，濯露微芳起。嗟爾需於泥，矯然獨不滓。褰裳涉陂塘，采以貽君子。

秋江送別圖爲汪欣爾茂才丙榮作

鏡影空明碧宇浮，醉扶柔櫓畫中流。四圍楊柳三更月，萬頃煙波一葉舟。短篷亂鷗溫遠夢，冷雲斜雁度殘秋。願君好借長風便，漫向江干寫別愁。

春郊訪倪山人不值

隔水四五里，綠楊三兩邨。獨尋高士宅，彌望暮煙昏。雅影日沈樹，犬聲人到門。欣然值鄰翁，花裏倒芳樽。

題漁婦曉妝圖

一匲明鏡漾微波，澹埽眉心暈翠螺。不向城中問濃淺，阿儂眼見遠山多。

乙　未

鸚　鵡

翡翠簾櫳孔雀屏，春寒曉夢喚難醒。惹人嫌總因饒舌，懺悔新持《般若經》。

題金樹庵_{政蒲}花下填詞圖

接香滴粉閒哄笑，姹紫嫣紅靜翦裁。恰泥紅牙低拍板，一雙胡蜨趁花來。

琴 川 夜 泊

遙山迎暮色，一櫂入琴河。遠火隨風亂，繁星照水多。夜涼生月渚，秋思託煙蘿。人靜聞天籟，蕭蕭漁者歌。

落花游魚圖同陸少愿茂才_{增福}作

參差翠荇趁風翻，撥剌游鱗帶雨喧。谿水自流花自落，涼雲溪處兩無言。

題　　畫

古剎寒松外，疏鐘返照閒。山僧清課罷，臥看白雲還。

丁　　酉

呂 城 道 中

秋高楸葉飛，暝色上征衣。樹缺晴雲補，城荒列岫圍。危橋支亂石，古堞帶斜暉。欸乃煙中櫓，漁灘人晚歸。

攝 山

山寺崔巍躡葛藤，一星遥覰佛前燈。石趺細草如來相，樹擁癡雲入定僧。空澗暗飛泉百道，夕陽明露墖三層。最高峰是神僊宅，愧我登臨尚未能。

渡江呈吳芷江師竝示葉僊昻茂才_{森桂}

七月晨渡江，怒濤如壁立。颭檣那及收，衣袂欲全溼。俄驚颶風號，驟挾猛雨急。网象攫人飛，毒龍向天泣。觸石舟簸揚，懸絲命呼吸。同行竝偉畸，乃至變顏色。燕子泊危磯，夕陽下平隰。昨夜駛風颷，渡江祇瞬息。人生不陟險，至嫌坦途仄。反覆戒榜師，順風不可測。明日下水舟，抽蒲莫盡十。

蔣丹林茂才_{宸楓}招集亦園偕汪桐生上舍_{元崇}楊師白_{敬傳}趙鐵筠_墉徐子穎_{春祺}三茂才分賦得古鏡

一片古時月，朝光晃畫屏。抹雲鬢擁綠，注水眼回青。無語通嚬笑，相憐倚影形。上天飛不得，塵匣漫開扃。

池 上 聞 箏

微風颯然來，清波細生褶。波外柳棉飛，蕭蕭雨絲急。

消夏四詠呈郡守黄南坡先生晃

其 一

齊紈新樣翦裁工，扇手誰誇玉雪融。盈缺不常憐夜月，團欒雖好怨秋風。班姬有淚遮羅袂，子夜工吟倚繡櫳。兩字合歡忘不得，乍從鏡底惜殘紅。團扇。

其 二

翠筠細劈繡絲穿，霧卷雲舒一桁懸。暗處淚痕多似雨，望中塵態薄於煙。全迷春燕來時夢，不隔秋波轉後禪。花影離離香脈脈，銜鉤新月幾時圓。湘簾。

其 三

文竹敲空似不平，每逢褫襪一喧鳴。此君咄咄能袪俗，若輩營營莫亂聲。畱與龍鬖助瀟灑，也因豹腳戀縱橫。晚涼添得琅玕響，風雨窗前澈夜驚。響竹。

其 四

一掬清泉灌溉頻，碎珠零玉噴輕勻。提攜雅稱瓜壺伴，呼吸能回草木春。心與冰融疑瀉月，唾隨風落冑沾塵。試看揮手芳叢外，細雨潛教眾綠生。噴壺。

游烏目山次丹林韻呈金丈菉香廣文國瑩

秋煙疊浮嵐，一雨蒼溟凈。叢樹綠無言，愔愔伏禪性。濡毫仿大癡，攜酒學中聖。借坐小雲棲，頗滌餘暑盛。涼泉走碎珠，凍石函明鏡。遠翠修眉鮮，靈妃曉妝靚。疏楓絢絳淺，瘦竹寫黃硬。清磬自然空，白雲不知競。癡蟲逐塵穢，六蝨皆陷阱。拈花獻竺乾，采菊依陶令。置我畫圖中，誰與廣文鄭。時蓉香丈司鐸琴川。

子　夜　歌

迎歡團月下，送歡曉霜中。歡去金猊冷，歡來畫蠟紅。絳燭照芳筵，當歡忍淚垂。寸心灰不盡，煎熬衹自知。青筍結熏籠，有節任委曲。宿火裏殘灰，冷煖歡所覺。儂似藕絲牽，歡將蓮薏剖。甘苦都在心，湘蓮勝湘藕。

卷二

己　亥

桴　亭　讀　書

楊柳臥波綠，參差立魚翠。柳淡人不知，波淨魚驚避。人語暮煙碧，夕陽水色寒。倦飛雙蛺蜨，斜上曲闌干。

病痁兼旬夜輒無寐口占

清夜苦無寐，寒更偪病魔。詩刪愁裏草，鐙暈眼中花。藥鼎跳飢鼠，縣衾臥凍猧。鄰雞唱不盡，嫩日掛簷斜。

病　起　感　賦

睡起旭光滿，坐來清味長。石寒欺病骨，藥苦戰愁腸。冰雪遲楳萼，塵灰涴筆牀。詩魔除不得，得酒復猖狂。

哭盛子履師

月黯叫鵂鶹，俄驚薤露謳。那堪梁木壞，無限索居憂。幻影參靈鷲，埃風馭玉虯。心香諸子奉，面壁十年修。文苑無雙品，儒林弟一流。師資摩詰富，謂清浦王述庵先生。家學孝章優。《爾雅》箋重顥，焉烏字竝讎。曇摩兩漢峻，豔洗六朝浮。賦藻長楊埒，詩葩短李羞。四家江左派，時稱彭、畢、汪、盛爲"江左四子"。七子粤東儔。公選刻《粤東七子詩》。刀布窮圜法，谿山付臥游。《泉史》及《谿山臥游錄》竝已刊行。竹閒題鶯鷃，有《竹閒詩話》。筆底靖虮蝚。謂《靖逆記》。黑白棋枰守，丹青海嶽收。雄文動卿相，雅詁別薰蕕。荆璞因虹識，隨珠爲雉投。鶂飛旋日下，鱣集老淮陬。絳帳羅高足，青雲送遠眸。功名悲伏驥，身世羨閒鷗。北闕辭徵辟，南園樂倡酬。升沈感須鬢，觸詠滌牢愁。詎悟河魚疾，難教繳鶴嘼。藏楛書有託，介石行無侜。夙荷家駒譽，虛廑埶鹿呦。焦桐煩拂拭，散櫟愧雕鏤。雪積封經席，颸涼掩蕙幬。騷心延屈宋，傳作誦韓歐。從此空壇坫，還來奠脯脩。鴻毛歎磈磈，身後已千秋。"浮生磈磈盡似鴻毛輕，我儕終當爭此身後千秋名。"公集中句也。

庚　　子

蓬　　萊

蓬萊高逈五雲端，凡骨應憐望見難。一枕游僊渾未醒，東風吹綠上闌干。

秦淮泛月詞

其 一

瓜皮艇子綠波澄，一抹遙山露翠稜。賸有銀蟾渾未老，六朝粉本畫猶能。

其 二

柳樣苗條月樣纖，屏山秋隱玉鉤尖。微波不隔通脣語，第一銷魂丁字簾。

其 三

春鐙燕子夢誰尋，扇底花光費苦吟。一顆明珠收不起，素娥清淚瀉江心。

其 四

琵琶聲裏月如霜，髻影依稀燭影涼。衰柳亂鴉桃葉渡，空將擊楫盼王郎。

辛　丑

一隻瘁鶴舞_{南園古楳樹也，形似瘁鶴，故名，相傳王文肅公手植。}

蝴花蝕紫落衣冷，瘁石頑空若懸瘦。霜華高迥月華濃，中有胎僊弄清影。蕉隙風欺病骨臞，竹梢露滴詩心警。散作迴廊雪絮團，是花是鶴欲分難。一聲清磬破花夢，鶴不歸來春又闌。

半繭園翫月呈楊商山師

韶春銷半繭，勝地紀文莊。夜静松杉碧，人閒水月涼。驚巢將曙㕙，凝葉未秋霜。自立程門雪，清暉空俗腸。

橫涇_{時主石氏}

槿籬茅屋住谿灣，老鶴閒雲互往還。人静晝長思讀畫，緑蕪濃處見虞山。

壬　寅

舟行不寐諸想廲至誦芬主人爲之説理頗有所得枕上口占

未來如雲已往水，現在如日東升矣。雲無住兮水不同，搏桑日浴水雲來。甯與搏桑爭片刻，莫向水雲計得失。君不見雲氣冥冥幻作樓，江潮滾滾日夜流，羲輪恩恩春復秋。

登　吳　山

振衣絶頂一舒顏，心與孤雲共往還。煙靄白描圍寺竹，髻鬟緑翦隔湖山。雉排城堞危樓外，鷗點颿檣夕照閒。鈴語鐘聲有真意，亂松何處叩禪關。

梧月松風樓紀異 樓在杭州郡廨東偏。

吳山春淡露眉翠，鎮日樓窗獻妍媚。雛鶯群飛海棠墜，游絲無力東風醉。長夜酸吟學擁鼻，蘭釭不語煎紅淚。靈芬胡來尚無寐，彩雲爲裳霞爲帔。玉荑凝脂麝熏膩，回波盈盈送斜睇。疑是姮娥愛游戲，青天碧海難成睡。入戶穿窗度溪遼，瞑客高眠不知避。定心正脈甯五志，不見珠翹見鐙穗。披衣起坐月在袂，荏苒清輝照顱領。

湖 上 送 春

其 一

微雨新晴三月天，白隄垂柳欲飛綿。流鶯喫煞春無語，寶馬香車又一年。

其 二

鐘聲墻影夕陽間，雲本無心石亦頑。不管春來況春去，落花如雪掩禪關。

海鹽游張氏陟園

翠石牆頭碧蘚斑，入門迎面一房山。人吟竹雨松濤外，秋老蟲心鶴背間。"茶煙騰鶴脊，花氣伏蟲心"，園中楹帖也。幾簇殘荷喫怨粉，四圍涼水照雲鬟。莎廳盡日無塵到，輸與閒鷗日往還。

贈趙蘭舟 _蕃

尚作依人計，春光筆底淡。雙瞳清似水，此老靜於琴。冰雪罶詩卷，湖山照酒襟。幽蘭在空谷，那許俗塵侵。

題畫柬杭州太守陸子範丈^模

幽花媚溪谷，古篠翳寒麓。風雨獨醒時，高歌撼林屋。鶯嘵柳外煙，馬蹴花邊雪。古道近高樓，芳草傷離別。煙波涵曲榭，魚鳥託芳鄰。荷花一萬柄，中有醉眠人。接天芳樹碧，照水斷霞紅。秋鷺白於玉，雙雙立晚風。落日響漁榔，艇小西風大。破網挂柴門，門外烏犍卧。茅舍小於巢，人影孤如雁。石罅千年藤，繁花落寒澗。夕陽下寒鶴，古墻隱疏松。煙樹碧無語，江聲流晚鐘。樵徑入谿斜，閒尋鷗鳥家。谿橋一夜雪，詩夢落楳花。

吳興郡齋觀管夫人墨蹟

拂雨敲雲萬千个，瘦蛟綠进湓衣破。七尺鵝谿錦不如，當年粉墨餘香浣。鷗波亭外水雲涼，不畫纖眉畫翠篁。妙手秋煙初弄影，寸心春草與爭芳。綠綈小字丹砂印，簪花筆格分花潤。四百年來雪月空，零香賸黛依稀認。至今愁綠瑣窗西，太息丹青舊品題。夫壻可憐識神駿，不將勁節學香閨。

秋　　感

半額修蛾欲畫難，落花如雨出林端。可憐臨別回青眼，腸斷明妃倚繡鞍。

哭金樹盦茂才

生死交情在，文章道詆侔。何端伯道恨，并入敬通愁。健骨供摩蝎，雄心付海鷗。天年如可假，器識更無儔。

乙　巳

讀書方氏山房

祖龍炬火銷虹玉，宮禁遺編尚堪讀。相國惟將圖籍收，咸陽三月神倉哭。挾書之禁是誰除，可憐呂雉功亙錄。伏生已老孔壁頹，古文奇字徒驚猜。無雙叔重審六體，天日再朗陰霾開。開成勒石啟譌偽，宋儒究理遺根荄。茫茫煙海難可測，神僊字付蟫魚食。籀分隸變太糾紛，點畫傳訛音韻息。吾鄉方氏信好堅，千秋絕業身能肩。艸堂三閒積萬卷，堂開召我鷦鳥焉。鱗排翼接牙籤列，炯炯雙瞳照殘缺。先鄭後鄭爭粗牾，大毛小毛供剔抉。癡將燼火轉寒灰，欲把柔毫鑄生鐵。二典同天謬說承，三家齊魯太無徵。多君挼盡蟲魚注，一代經師見準繩。時余箸《二典稽疑》四卷，篷餘丈有《毛詩句解析疑》六十四卷待刊。

試後上張宮詹筱浦先生

使星來北極，絕學闡《西銘》。卿相頭猶黑，孤寒眼更青。散材欣就矩，盛譽愧通經。自解洪鐘響，平生守寸莛。

遐園夜坐園就蕪，惟餘小舍一椽，止水淪漣，樹石陰翳，靜夫丈坐地也。

其　一

曲檻園池靜籟生，點波新籜受風輕。安琴正待初三月，頗有閒魚撥刺聲。

其　二

欲證西來有字禪，秋鐙詩思澹於煙。開門好把蒲團挂，鶴在松陰月在天。

憶園紅豆井

銀缾玉乳寒，古甓新落媧。秋雨豆花紅，相思井波翠。

游瞀城金氏園亭

虛廊曲抱小亭幽，叢竹驚風又餞秋。野性年來似寒鶴，每逢煙水一勾罶。

卷三

丁　未

燕　郊　初　夏

積雨斂芳塵，輕陰幕谿曲。新鳩不憎嚘，平蕪可憐綠。落花瘁於人，飛絮白如玉。驚雷走犢車，佗山誤雲躅。行輿攬芳馨，流光動遲矖。

次韻詠燕酬張東墅庶常_{修府}

紅襟翠翦綠楊堤，飛入東風路轉迷。四月花光淡院雨，一春心事畫梁泥。簾疏似恨通犀隔，樹密空愁布穀嚘。何似青鸞張錦羽，女牀山畔好雙棲。

養閒草堂夜話同潘季玉奉常_{曾瑋}作

其　一

雨歇涼意動，秋從虛室生。纖雲滯銀漢，窺牖孤蟾明。人靜一鐙迥，秋高萬籟平。非無侯蟲語，徒爲酬和聲。相忘玉漏促，坐翫秋宵清。何以砭塵抱，胎僊戞羽鳴。

其 二

吾生未中年，天賦頗不薄。小病先秋至，百骸爲愁弱。擎杯易沈醉，見飯輒作惡。手足稍不仁，臟府漸如灼。勿謂受病微，爝火金能爍。及今不砭治，眾痾恐竝作。世無扁和良，方向靈蘭索。

其 三

廣庭積蘼蕪，風定微芳發。中有楚畹蘭，無言媚寒月。靈均胡寂寥，騷心就銷歇。落落大雅宗，不絕危於髮。況復薰蕕襍，坐令芳菲竭。雪涕賦《招魂》，煙波正飄忽。

其 四

涼颸振梧葉，清商入冰絃。人籟赴天籟，此聲殊自然。箏琶方競響，山水徒相憐。不恤今人賞，所思古人賢。高松怨夜鶴，空澗咽春泉。願駕晨風翼，去乘天漢船。元音閟鸞鳳，俗學謝成連。

古寺尋秋圖爲季玉作

秋光何處好，岑寂羽人居。壞墻斜陽蚤，空廊落葉初。鶴參居士杖，蟲走竺乾書。誰碎虛空影，遙天雁陣疏。

勵志篇示潘伯寅_{祖蔭}

鳳皇九苞，匪尚文章。騏驥千里，所貴調良。君子制行，在持大綱。睥睨今古，豪氂聖狂。美玉就琢，銛鋒善藏。器虛斯受，鑑厚用光。貂蟬累葉，守以縹緗。冰霜偉幹，儲爲棟樑。春葩灼灼，詎耐秋陽。舍彼蹊徑，騁我康莊。平揖董賈，俛視班揚。求師漢代，庶幾武鄉。

戊　申

客　中　臥　病

雪虐風饕瘵不禁，百憂何事更相侵。挑鐙有暈知春淺，倚枕無詩覺病深。只合圓蟾憐顧影，豈真扁鵲解醫心。家山怊悵三千里，怕聽歸鴻動遠音。

苔　季　玉

病也亦何病，堪憐是客中。影孤心膽怯，家遠夢魂窮。瘵減嫌霜虐，牢愁借藥攻。梅花逗芳訊，強起理詩筒。

舟　中　不　寐

柳梢殘月墜清灣，數盡更籌夢亦慳。那有春情迷鬪蟻，獨將淚眼學寒鰥。鐙花細落愁風雨，街柝頻催厭市闤。銷膆吟魂輕一葉，可能先日到家山。

到　家

其　一

迢遙三千里，偃蹇七十日。忽然見里門，沈疴若初失。到家拜庭闈，欲語口如吃。温慰且再三，忍淚尤涌溢。譬彼赤腳僧，行滿纔參佛。金紫安足榮，門閭莫輕出。我生有至樂，嬰嚬不離埶。

其　　二

妻孥別年餘，相見驚清癯。徐言神色閒，未與去日殊。從容理衣篋，點檢安藥鑪。烹蔬略數種，進粥盈一盂。不暇致肥脆，但詢客所無。頓覺齒牙適，坐使筋骨舒。自此甘闔茸，門外皆畏途。

其　　三

竭來病怔忡，長夜睫不交。坿我舊卧榻，伏枕心輒焦。尚恐夢境隔，類彼蓬山遥。豈知被未温，黑甜宛相邀。覺來日當户，頗聞乾鵲嘲。乃知艸木賤，徒令臟腑淆。脫然置百慮，疾疢可自消。

其　　四

稍稍安眠食，徐徐詢米薪。閒日晤親故，或時就鄉鄰。銜衣不知吠，卻笑鄰犬馴。入門睹花竹，眼界殊一新。略語別來事，襃陳病所因。故鄉雖云苦，家釀猶足珍。且喜今年稔，相忘客路春。

己　　酉

病起憶都門舊雨

自揩倦眼看春暉，病後心情百計非。瓮酒有情挤醉撥，風花無語帶愁飛。筆牀廢久蒲盧活，絮被眠多蟣蝨肥。袞袞諸公勞問訊，五雲溟處夢來稀。

報恩寺拈盦陳味仙

身在塔中身是塔，道無塔墮口頭禪。知君蚤欲空三障，立腳還須實地堅。

吳門小住漸近花朝霽色入樓枕上賦此

爭晴乾鵲墜簷前，近市人家動午煙。紅日在窗溫小夢，餘香匳火澹初禪。風花院落聞鶯日，晴絮簾櫳放鴿天。倚枕春愁渾未醒，天涯芳訊入吟箋。

海灘夜宿風雨暴至十日不已夢境恐怖柬同社諸子

草木有根蔕，我生水上漚。爲樂恐不足，何苦歷百憂。朅來頗厭塵網縛，去與海若爭沈浮。片忔徑度嵞宇喜，日出笑指三神洲。豈知反覆一彈指，暴雨傾注覊歸舟。艸廬如蝸僅容榻，浪花夜壓簷四周。雷車電鞭恣磨擊，靈蛟駭鱷相犇投。陟險能教夢驚怖，馭空但覺風颼飀。蝦蟆得勢甚豺虎，蜄蛤善幻皆貔貅。毒霧陰森鬼雄聚，觿觿鬵鬵揮戈矛。攫人競嚼不見骨，膰腹容葬千骷髏。世閒艱險那有此，因心成妄當誰尤。吾聞三尸據體魄，狂獝好與心君讎。庚申之守從此始，醜類不使萌芽萹。馳書累君具醇酒，歸來蕩滌靈臺秋。

庚　戌

校子履師《蘊愫閣後集》竣事感賦

其　一

江左文章手，天涯嘯傲身。微名輕脫屣，高格重扶輪。杜律商逾細，蘇髯憶尚真。開械空雪涕，芳草黯殘春。

其　二

夆山投老後，根觸逼人來。聞篋晨星墜，調琴別鵠哀。滄溟騰風月，冰雪滌塵埃。"冰雪窖中人對語，更於何處著塵埃"是前集中句。一瓣香誰續，捫心愧不才。

病　鶴

其　一

病鶴遙臺瘀不支，靈心善警露濃時。最憐夜半難成睡，似爲天寒有所思。高潔已沾名士習，羈棲還學旅人悲。同群共負雄飛意，兀守孤山亦太癡。

其　二

录曲闌干抱樹圓，差宐閒曠倚胎仙。大風未解鶏鷗避，淺水聊依鸂鶒眠。擇飲啄真難一飽，不飛鳴已是三年。飄零毛羽誰當惜，聊託楳花世外緣。

題黃氏懌園東鄂笙同年

其 一

止水清且漣，閒雲澹無迹。林翳埽纖塵，夕陽弄虛碧。水雲一角。

其 二

山色綠緣檻，水光涼浸窗。何人倚蘭槳，明月鷺翹雙。度月舲。

其 三

浮水一片石，窺魚不知避。垂楊澹無言，趁風立魚翠。忘磯。

其 四

清流鑑毫髮，新綠密於櫛。伊人抱刻吟，相思結天末。槃之阿。

過西冷靈芝寺蓮衣上人許借坐處賦呈誦芬師

雨後閒雲度碧岑，簪房霤影亦何心。愛根未斷蓮花癖，禪悅新參鳥佛吟。暫此湖山容俛仰，任佗鷗鷺話浮沉。省緣欲受真衣缽，衣底明珠許自尋。

蓮舫晨坐

晨起坐水閣，蓮花饒色香。悠然見本性，一片水雲光。

聽雨拈示蓮衣

芭蕉葉上雨如傾，還是蕉聲是雨聲。坐澈五更心漸寂，始知蕉雨兩無情。

分詠僧舍蓮花

其　　一

一點黃芽逗碧漪，出污泥便負神姿。寸心自卷千潭月，澈底多空萬縷絲。但印微波無芥蒂，若沾清露即楊枝。金身丈六誰曾見，珍重天龍豎指時。蓮莖。

其　　二

溪房濃綠點波明，慧果多從祕密生。直把苦心參太極，冐將的意付浮名。傳衣有願塵難染，蛻殼何年芥等輕。卻笑未除憐字障，根荄又向定中萌。蓮子。

韜　光　竹　徑

金烏斜飛彩虹墜，十萬篔簹漾晴翠。靈均欲泣湘妃醉，春雲茌苒生衣船。春風戍削鳴筝絃，蔚藍吟瘦青霄煙。眾綠初窮梵宮起，鐘敻晝寂鑪熏紫。一片禪心澹於水，天風吹盪蒼波香。上方鸞鶴聲鏗鏘，初月照壁旛幢涼。碧空無言翠綃裂，萬頃荒寒搖紺雪，此是機鋒爲君說。

古　　劍

萬劫此三尺，雄心難久埋。曾交古豪俠，入世思輕揩。

静　　坐

二六時教静坐過，漸看藥候入春和。小窗花影如潮汐，只是瀰漫子午多。

海上苔石頑

夢游蓬山巔，復繞巫山足。涼月照秋蕪，相思不成綠。入夏參遠公，拈篦不能苔。重作塵海游，指端千萬塔。霜晨冰入齒，月夕雪盈抱。一切凡有情，同時木石槁。嘗徧臨岐苦，不如請隔絕。人生最難堪，小聚還小別。

有　　見

眼底爭紅紫，春從雨後溁。是花都有淚，無語最傷心。

彩　雲　謠

洞庭涼月秋溶溶，澂波倒浸青芙蓉。長空忽墜彩雲碧，若煙非煙雲母隔。僊之人兮驂青鸞，翠羽自黳隨風翔。纖歌緩緩逐風發，掬弄明珠蕩秋月。須臾萬點月流渦，雲影波光碎虛白。月圓風定煙霧開，琉璃湧現千層臺，彼僊者誰期不來。

辛　亥

吳門客次追哭靜夫丈

二月卅日中，晴乾無八九。寂處況他縣，澆愁聊以酒。因憶己酉春，羈棲侶詩叟。謂余病新瘥，堅坐不宜久。佪翔評檻花，長嘯駭鄰婦。雌黃千百年，自晨輒及酉。街柝催疏更，雄談未停口。靈蘭開祕奩，新葑沸淶瓿。繇此忘積陰，春陽坐中有。今年二月來，索居更無偶。淒風

胡蕭騷，危檽夜淡吼。庶幾先生靈，一鐙坐相守。灑埽房東偏，清醑設
盈斗。

清明前數日

怯暖憎寒藥裹身，睡餘檢點夢如塵。輕陰覆檻將成雨，小鳥嚥花亦
自春。鑄就鄉愁榆火活，陶佗詩思石泉新。不堪負手江頭望，一片征颿
散遠津。

春　陰

二月連陰柳殢青，蕭齋卻埽正清泠。春如中酒因風雨，花不能詩有
性靈。客裏得閒塵脫網，靜中聞沸玉浮瓶。遠山一角輕雲碧，寫入窗閒
六曲屏。

入 都 感 賦

其　一

高堂蔥髮漸縱橫，此別三年要慰情。知屬望淡頻示健，算長安遠轉
催行。零丁骨肉誰娛老，顜領琴書尚好名。塵海浮萍難可料，劇憐稚子
問歸程。

其　二

最是傷心灑淚時，感恩猶子別靈帷。距叔父之喪尚未期年。家駒已負春
風望，華鶴空勞夜月期。此出再虛何以報，微名若就更堪悲。三千里外
思門户，客路難教弱弟隨。

其　　三

驪歌草草駐芳郊，頗似山僧倦打包。慘綠年華銷舊恨，飛黄身世愧新交。珠櫻防熱還拼飽，庭前櫻桃正熟。玉筍流甘那忍抛。若被緇塵曾得住，故園花柳也應嘲。

其　　四

迢遥水驛片颿抽，絮點花光送遠眸。苦戀青山曾夢影，近作《幽夢續影》尚未竟卷。浪吟紅豆費離愁。雲辭密樹孤於鶴，人就長途嬾似鷗。心事難瞞潞河柳，當年曾與繫歸舟。戊申亦由水道回南。

過静夫丈返省處追悼不已襍書七章

其　　一

夙從先生游，余時尚丫角。余八歲就潛邨師讀，師每他出，先生代課。試作兩字對，遂有神童目。既命爲小詩，嗜痂不厭索。纔塗墨如鴉，乃咤胸有竹。明知過情譽，鼓舞庸自覺。忽忽中年來，飢驅謀半菽。書劍兩不成，先生墓草宿。何時慰九京，短歌以代哭。

其　　二

十五弄鉛槧，拘苦無靈機。先生謂有術，當以静藥之。綠蕪開廢圃，斗室垂疏枝。蕉窗一鑪隱，木榻兩甕支。晨風倚虚檻，夕照臨清漪。縣蠻眾鳥喜，潑刺群魚飛。兀守不十日，豁然洞其微。區區得力處，何敢以自私。

其　　三

一第屢詭失，十年甫奏功。吉語在門外，先生趨門中。謂此不足喜，喜當在春風。春風送行客，望眼楊花紅。豈知不舞鶴，鎩羽對羊公。蓬萊儻有路，弱水終能通。功名詎所樂，忍教屬望空。

其　　四

燕臺病支離，强起飲春餞。自春徂長夏，途遥命如綫。峨峨金閶門，遠盼幾穿眼。扁舟自南來，飛颿激於箭。先生與阿耶，懽喜此相見。未遑客路詢，且逐回波轉。呼餐不能加，道病已非淺。到家病逾年，藥石手親選。即今此孱軀，先生所解免。戊申扶病出都旋里，先生親爲診治，乃得瘥。

其　　五

塊然一頑石，譽爲漢玉卮。或呼作幽蘭，似畏風露欺。逢人開口笑，說士惟項斯。我憂公爲解，我患公爲袪。我學公爲牖，我病公爲醫。視之本如父，乃有慈母慈。櫛少憂妨髮，飧多慮困脾。人生父母外，此情當問誰。

其　　六

先是甲申夏，婁東厄大水。豈意己酉年，水災復如此。先生家小康，昔者因災毁。今此災更滋，無家曷以弭。犇走告戚黨，含胡半充耳。坐此憂心煎，一病至不起。易簀唔滄桑，彌留時以手指心，所言不甚明了，可辯者"滄桑轉眼"四字而已。解懸心不死。我欲繼公心，入門問妻子。一笑指甕中，朝炊尚無米。

其　　七

先生不可作，我貧走四方。欲爲定遺稿，椠木愁空囊。寢門已卒哭，胡能短心喪。擬爲小木主，刻以沈水香。私諡曰貞静，奉之適他鄉。花晨與月夕，春露或秋霜。一尊設棐几，悲嘯先生旁。山水得佳處，先生其徜徉。舉杯發浩歎，繞室翔靈光。榮名有終極，此心誰短長。

初秋暴雨澈夜枕上口號

怒雨驚風老屋掀，米家畫裏著吟魂。窗真似葉和愁碎，燭爲成花有淚吞。寒蟀漫階凌曙急，春冰竟簟幾時温。游倦尚憶年時夢，四壁癡雲手自捫。

擬　恨

膈膊荒雞動五更，斷腸時節斷腸聲。被池鎮玉秋霜蚤，簾幕垂珠曉雨傾。泣下可憐還强笑，眼前無據況佗生。茫茫此恨誰堪擬，銀燭金徽獨夜情。

秋　柳

灑露籠煙太瘦生，傷橋臨驛更縱橫。頻年欲覓悲秋侶，行盡江南只有卿。

輓陸素庵丈因儀

其　一

貫月橫船識米家，滄桑小刼感年華。一枝斑管千秋業，平揖邊蘆傲趙花。

其　　二

惲王而後書名擅，能逸之閒畫品真。試作小詩家法在，綠蕉書破劍南春。

其　　三

長揖諸矦快壯游，廿年柳雪筆端收。包山粉本桃花豔，願奉心香到白頭。近得見先生《桃花山花鳥圖》，尤推神品。

卷四

壬　子

宿　沙　河

僕馬頗云憊，來投野店涼。溪流因樹綠，邨月帶沙黄。莫問征途苦，先愁此夜長。倚裝眠不得，卻笑曉雞忙。

與王寅叔同年家亮論詩

其　一

天地蘊至文，星雲錯奇綵。聲音先太極，混茫洩真宰。譬彼鸞鳳鳴，詎憂節奏改。溰情彌六合，元氣貫千載。豎儒尚荒渺，大言乃我給。巍巍三百篇，元鳥非託始。可知宣尼心，不以好古累。强增堯舜詩，譌僞伊何底。欲問黄河源，空揆星宿海。

其　二

義繩闡氂尾，媧簧倡叢雲。洪荒易假託，騷雅肇至文。周秦好詰屈，謠諺徒紛紜。大風胡忼慨，垓下胡悲辛。豈惟王霸異，乃繫升降分。黃初建安閒，品褋詞猶醲。耳食薄六朝，哀豔誰比倫。泉明況高潔，正脈延千春。世人學李杜，莫尋庾鮑津。力矯宋元弊，七子駮不純。欽惟右文治，群彥挨靈芬。正聲朝野布，盛業漢唐臻。

其　　三

屈宋善牢騷，五言始蘇李。詩窮而後工，此語味逾旨。羌邨同谷中，醞釀出名理。玉谿落魄人，乃得杜神髓。髯蘇命如雞，有宋式浮靡。大都遷謫時，山川獻譎詭。雪涕孤臣危，寫心芳草美。峨冠侍臺閣，春華散空綺。詩人被殊寵，久久知傳否。

其　　四

吳中盛文史，用句。畸才我婁具。近代推弇山，眾流翕然坿。箸書萬卷餘，誰能後塵步。才大掩風神，氣橫妨天趣。詞人吳祭酒，三唐匷矩矱。喪亂激騷音，妻孥悲末路。爰有小謨觴，一瓣縣香炷。吾儕所釣游，反求毋遠騖。君學程松圓，我師盛蘊愫。沿流而溯源，庶幾古人遇。

充景山教習後上曾滌生師

其　　一

一片青氈泠，金鼇頂上安。官輕師望重，地窄聖恩寬。玉陛頒裘葛，銀潢盛茝蘭。原知蟣蝨陋，報稱顧名難。

其　　二

自入春風座，文章悟有真。一經慚教士，三度負芳春。白日催年矢，青衫浣洛塵。甯爲不舞鶴，所恥楦麒麟。

張海門編修金鏞畫梅花便面見貽口占

素雲四卷冰蟾墜，玉鸞捎破靡蕪翠。青女含愁罷游戲，珠綃灑盡傷春淚。瑤池春溪阿母醉，雄虹雌蜺爭妍媚。頗黎屏寫瓊英頜，碧空吹下餘香膩。流入人閒恨空寄，人閒埋恨知何地。

次韻荅程稚蘅上舍祖慶

其　　一

男兒識字憂患始，況復羈身名利場。昨日出郊逢牧豎，仰天齊笑白雲忙。

其　　二

蠶知鬬智空成繭，鶴只求閒肎戀巢。十丈紅塵誰擺脱，與君同訂葛天交。

其　　三

詩腸得酒轉輪囷，斗室能容萬斛春。荆棘莫嫌天地窄，醉鄉寬大儘安身。

其　　四

一劍清風度碧天，古來兵法出神僊。時方輯《太白陰經》。陰符珍重傳黄石，奇計先謀辟穀年。

題海東金秋史權所畫墨蘭

三閭清淚在，萬里騷心同。幽香願終閟，未肎隨天風。天風吹不到，海月生芳草。芳草各天涯，相思幾人老。

送李漙船貢使_{尚迪}還朝鮮

車載君恩重，驪懸海日寒。離樽春驛促，別夢水程寬。墨釅洺縈紙，心芳茗化蘭。鴨江無限綠，戀闕作迴瀾。

自題雪槧憶夢

静夜無聊漏箭沈，萬般愁思壓孤衾。悲歡半逐鐙花炮，恩怨還憑劍鋏吟。人到中年思立腳，事成陳迹倍關心。揮毫著紙皆冰雪，説與山棋證素襟。

贈姚仲魚上舍_{詩雅}

游戲同來選佛場，卻持杯酒鬥清狂。苦吟君冑輪何遜，消瘁吾還愧沈郎。欲覷幽蘭共生死，漫憑炊黍説荒唐。枯桐已爨冰絃在，彈入東風合斷腸。

汪少文刺史_{元崇}之官粤西有詩畱別次韻送之

作客還送客，言愁始欲愁。相思繞藤峽，清夢滯蘆溝。熱淚綈袍苔，雄心墨綬酬。蟬貂家乘在，莫負小諸侯。

射鵠行同吕心田_{信孫}陸眷生_{秉樞}兩編修潘季玉比部_{曾瑋}作

桑弧蓬矢射四方，男兒有志當挽強。承平日久講禮射，布侯棲的猶能詳。分棚比耦各審勢，志正體直心昂藏。車輪重圈紀昌貫，旭日九采后羿攘。控弦持彀故不發，元精耿耿中心當。副車誤中亦不惡，再接再厲謀能臧。方今征調事誅戮，大藤峽畔懸欐槍。群醜貪饞甚飢虎，王師赫怒猶驅羊。吾儕假手苦無斧，投筆漫笑書生狂。渠魁終縛視此鵠，引滿一發攖其肮。歸來然燭更賭酒，仰看妖彗心傷惶。

癸　　丑

春闈報罷呈文式峀師兼示翁叔平孝廉同龢

人生重知己，詎以得失論。英雄指成敗，千古含煩冤。荆璞雖見斥，難忘獻者恩。賤子況薄殖，淪落復何言。一朝經拂拭，光耀生龍門。即此已非分，胡乃泣聲吞。可憐方卯角，往往賦高軒。讀書三十載，神智日轉昏。高堂且垂白，色養何時溫。長安米薪貴，裘敝難自存。行將墜塵海，溘負引手援。餘生得尺寸，飲水知來源。藥籠采小草，不敢溷蘭蓀。寄語同心子，駑力駕鵬鵾。

宮花四首

其　　一

春向岧峣春苑裏長，五雲濃護百花香。曾依翠輦工妍笑，乍隔雕籠鬭曉妝。寶甕有情分吉露，玉階無夢到嵯霜。蓬萊咫尺紅塵斷，便放高枝冐出牆。

其　　二

才許移根到上林，人間開落尚驚心。暫教粉蝶酣香夢，卻笑黃鸝費苦吟。逝水華年經萬刦，東風聲價重千金。綠章已奏堪憑籍，乞得宮槐一片陰。

其　　三

闌珊春事劇悤悤，頃刻飄零便殿東。自是初胎雷恨蒂，不關上界有罡風。同時粉黛爭凡豔，明日臙脂變退紅。記得謝恩宮女報，當筵已赦碧紗籠。

其　　四

枉將心事託微波，膩粉零香奈若何。銀城一鉤憐月姊，繡幃半枕足春婆。也知小草沾泥淺，直恐繁華翦綵多。雷得根荄須再發，更從冰雪盼陽和。

宮柳疊前韻

其　　一

萬縷千條競短長，和風徐拂御鑪香。倦舒露眼含離恨，不妒娥眉學靚妝。漢苑春濃偏向日，蓬山雲煥本無霜。何人篋裏偷新曲，攀折休教傷禁牆。

其　　二

碧玉纖黃翡翠林，楚腰束㼰惜春心。願隨天上鸞皇舞，那復人閒絮雪吟。舊恨有時緘黛石，柔情無價問黃金。星辰好摘三霄逈，一寸相思一寸陰。

其　　三

鳳池春曙玉煙空，纔裊西枝又向東。欲乞慈悲灑甘露，誤將眠起託微風。旌旗照影春波白，樓閣迷香夕照紅。輸與紫薇邀月色，黃昏香霧恰蒙籠。

其　　四

銀潢脈脈靜涵波，乳鷰流鶯奈晚何。贈客有詩勸紅友，駐春無藥覓黃婆。圍來碎錦知恩重，吹作風花比淚多。憔悴章臺嘶馬去，强將蹤迹話靈和。

宮鶯疊前韻

其　　一

曙色瞳曨禁苑長，落花如雨暗塵香。試窺繡戶偷新曲，故倚垂楊喚曉妝。叢樹坐來憐翡翠，華年嘔老感星霜。枉抛林下韓嫣彈，尚隔璇宮萬仞牆。

其　　二

丸泥乍圻占高林，鸚鵡能言出谷心。小玉試歌迥淺醉，嫩簧微炙弄清吟。驚殘曉月三分雪，捎破晴煙一顆金。無限新愁工百囀，累他袍袴立花陰。

其　　三

春去難將綺障空，閒情訴盡畫樓東。生憎翠羽嘲晴日，曾伴烏衣立晚風。九陌草熏無限綠，長門花謝可憐紅。珠喉總有歌筵戀，不任縲羈不受籠。

其　　四

風花煙柳罨春波，飄泊空林喚奈何。猶有春心思蜀帝，卻將芳恨訴�婆。人閒箏篴知音少，世外谿山託興多。誰信飛鳴本高潔，衹因療妒重醫和。

題朱葆瑛夫人隸書遺墨爲孔繡山舍人_{憲彝}作

其　　一

丰標絕似衞夫人，玉楮千秋墨瀋新。憔悴黃門對遺挂，一囘掩卷一傷神。

其　　二

難得曹全未斷碑，古香摹徧夜深時。每因和藥知仁術，大女桃斐亦女師。

薊州贈吳丈勉齋刺史_{中順}

卬角聞鄉望，瞻韓始自今。庭閒花入硯，榻短鶴依琴。勾股銖豪析，星辰卷髮尋。請看循吏傳，往往合儒林。

盤　　山

盤山十八盤，一上一盤桓。卻指僧棲處，尚在煙霄端。徑澀見虎迹，巖懸齊馬鞍。一痕白雲臥，萬點青螺攢。側足抱藤葛，攝身思羽翰。我生多歷險，衹覺山谿寬。

題自畫花卉十二幀

其　　一

豔極翻疑俗，嬌多不是憨。豐容驚月下，麗色壓江南。瘦沈宵吟俊，肥環午夢酣。世無姚魏品，近侍復何甘。芍藥。

其　　二

著色藤蕉外，含情蘅杜閒。東風閟芳訊，絳雪嬌空山。燕姞春魂豔，靈均淚血殷。丹芝不冒死，好爲駐童顏。紅蘭。

其　　三

璀碎一叢玉，玲瓏幾顆珠。鍊霜香不落，參月影尤朧。傲骨羞紅袖，秋心託草廬。儻償偕隱願，蘭竹伴清娛。白菊。

其　　四

別有神仙格，如逢清貴姿。私心金屋祝，佳況玉堂知。月浸銖衣薄，雲扶碎佩攲。囘頭郎署迥，天上足相思。紫薇。

其　　五

素臉香爲靨，瓊枝玉作膚。墨池更雪嶺，富貴得清癯。舊侶姚家別，新恩虢國殊。燕支空買得，寒相愧今吾。白牡丹。

其　　六

綠玉一枝斜，娟娟照水涯。个人憨欲醉，微笑嬌於花。淚點湘娥伴，芳情處士家。山居愁日暮，晴翠隱窗紗。竹。

其　　七

熱淚化秋芳，西風枉斷腸。綠莎回倩影，紅玉瑩嬈妝。暈粉棃渦淺，凝脂素口香。寒楳難得聘，銀燭晝屏涼。秋海棠。

其　　八

那有人閒豔，能欺天上霞。鏡潮含曉暈，玉雪護宮砂。笑靨才窺竹，芳年欲破瓜。六宮顏色減，麗質數楊家。緋桃。

奉和潘太傅詠菊之作

紛紛桃李豔三春，那及黃花晚更新。正色自然高位置，澹香含處著精神。好同松節成元酒，祗許楳花拜後塵。姚魏向來誇富貴，要兼壽相品方真。

疏蘭偓館詩續集

卷一

甲　寅

出　都　留　別

東風楊柳拂征鞍，清淺蘆溝月一丸。惜別夢教車上續，感恩淚向劍邊彈。愁多意氣銷磨易，親老功名去就難。咫尺蓬山揮手隔，翠微遙在五雲端。

北　河

四野黃埃望雨天，車驅犖确興蕭然。枯藤絡樹藏僧宇，叢竹攲橋出釣船。飲水僕隨疲馬後，投林人趁晚鴉前。商量好覓還鄉夢，且倒邨醪倚醉眠。

題　驛　壁

客愁銷不得，無寐待天明。飢鼠撕殘紙，癡蛾戀短檠。窗含邨月曙，路放驛花晴。漢水迢迢隔，天涯獨客程。

保定別胡純齋國博_{寶晉}

此行非得已，相對各悽惶。風雨傷游子，鶯花夢故鄉。宵因無寐永，路與別愁長。努力從茲去，臨岐各盡觴。

道中歌者皆摘阮感賦一絕

樹角斜陽摘阮天，歌喉初試乳鶯圓。也憐枯盡青衫淚，未忍重彈弟四弦。往歲道經山左，有琵琶，無摘阮者。

過欒城趙州柏鄉諸邑有感

滿目瘡痍淚未銷，荒城頹壁可憐焦。戶如蟻垤泥猶溼，人比秋林葉更凋。紺宇燒殘灰即佛，荒原蕪後麥纔苗。江南兵燹聞尤慘，金粉何從弔六朝。

途次檢家書

衰親尚望科名遂，稚子惟思道路平。除卻燕臺諸舊雨，更無人與數征程。

旅店不寐暗蟲剝膚詩以代檄

荒街擊柝催三更，孤檠欲滅窗月明。么麼無聲肆吞嚙，暗中索之殊有形。大者蚑蚑恣鯨吸，小者蠕蠕亦鼠竊。飛者矯健如蒼鷹，行者蹣跚若跛鼈。初從頭目試吹求，腹背須臾皆受敵。撲之不僵麾愈多，我且不眠爾則那。披衣呼蟲與蟲約，一炬焚之謂予虐。來朝裂絺且作帷，纖隙不畱堅壁持。帷中懸鐙爲女坐，女若能來燎以火，吁嗟蟲兮避則可。

將抵襄陽聞警

東望狼煙直，南行馬足遲。千秋經戰地，六月出師時。遷徙三農擾，艱難獨客悲。微官困塵鞅，何自寄遐思。

劉　家　河

赤烏燄偪午雞喧，世界清涼此尚存。一簇人家剛近水，四圍煙柳自成邨。渴蟬嘶雨綠無隙，野蜨趁花黃有痕。盼得酒帘謀薄醉，宦游心事向誰論。

桃　源　曉　發

三年草草客裝輕，歷盡艱難氣易平。坦路飛埃成蜀道，落花和雨出蓬瀛。人游日下渾如夢，山到江南便有情。負郭但堪娛菽水，豆棚瓜架足平生。

袁　　浦

巾車遠道思綿綿，一望江關入暮煙。鷗與人爭秋水界，雁隨篷起夕陽天。酒樓鐙火鄉音動，賈舶颿檣客夢懸。來日鯉魚風信好，征途從此問長年。

西泠訪蓮衣上人不值

湖山如舊識，惜別卻無言。秋在水楊柳，雲依古寺門。坐來聽經處，空復敗蕉喧。此偈何人領，夕陽鴉背翻。

嚴子陵釣臺

扁舟伸足枕山眠，秋盡荒臺起暮煙。大澤魚龍濴夜息，客星飛度酒旗邊。

衢 州 道 中

落木催歸雁，孤邨半釣磯。秋高江瀨淺，山瘀橘林肥。吳楚爭關鍵，年華入軫徽。蓬窗足吟眺，古雉倚斜暉。

吉州感賦呈少司寇黃莘農師

其　一

我行及初夏，轉眼清秋濴。紆折七千里，風日更相侵。緑樹改霜色，淄塵棲素襟。高堂謂行役，調護妻孥任。俾之侍長路，差慰門閭心。那知無米炊，巧婦徒沾巾。賣珠供晨飧，裂紈補夕衾。珠紈一以盡，西風起長林。船頭小兒女，嗁笑出煙潯。

其　二

凌晨寒霧開，朝暾射城堞。長年指吉州，客心甫安貼。笑顧山妻言，此行猶負笈。吾師霽月暉，至今照眉睫。索處雖七年，贈書如積葉。因憶受知初，升危屢傾壓。丙午闈中事。終能拔沈淪，相見輒賞愜。庶幾哀虛舟，受之以短楫。

其　三

生平恥言困，食蓼祇自知。風塵或見面，談笑常伸眉。摳衣揖馬帳，乍見致驚疑。從容與之坐，一寒何至斯。涂長挈兒女，洵非旅客宏。烽煙況連亘，僕馬增飢疲。苦無三年蓄，時師奉詔總理西江餉務。願籌十口資。我來本退鷁，乃復歌驪駒。中途置骨肉，行道皆涕洟。安得足所涉，廣廈爲轉移。

山　下　渡

西風馬嘶暮山黑，河大水淡渡不得。漁船一葉欲出林，以手招之轉潊匿。似言昨夜渡官兵，巨艦連檣被驅逼。潯陽火礮驚飛湍，戰士不戰謀生還。舍船登陸鳥獸散，千船被焚無一完。兵來捉船避何處，賊至官兵棄船去。焚掠兵船賊焰張，君今欲渡心何遽。不如從我泛煙波，一竿淺渚聊容與。

九江阻兵繞道出瑞州山路犖确肩輿屢躓輒徒步經巖磴閒

隻身就修途，蹤迹孤如鶴。亂山迎面起，大石和雲落。鼪鼯白日號，風霾黃昏作。炊煙杳無痕，行李將焉託。吾聞古孝子，臨淵如履薄。此非九折坂，頗駭窮途魄。從知乞米羞，詎止折腰虐。蹣跚林莽閒，飢餒時薰灼。初如抱木猱，既若投巢鵲。磴仄蛇屈盤，草淺蟹郭索。十步五顚躓，恍然世路惡。倉茫見樵子，彼此相驚愕。良久指鐙火，谿坳得蘭若。山蔌不知名，甘之逾海錯。半飽臥繩牀，寂若孤舟泊。清夢度潯陽，涼蟾破虛霩。

赤　壁

江上初銷斥堠烽，斷巖青疊亂愁濃。那堪落月飛孤鶴，獨向西風弔臥龍。終古英雄千尺浪，漫山秋思五更蛩。不須更訪黃泥坂，一粟蒼茫悮客蹤。

黄 州 道 中

翠疊瀾洄處，推篷一惘然。龍驤空問水，雁宿自依船。犒士巖花散，散花洲在大江北，相傳周公瑾犒士散花於此。鹺州酒稅鹺。臨臯亭在否，長嘯揖坡僊。

武昌客舍除夕

其　一

草草杯盤醉未成，年華暗轉客心驚。可憐烽火連江岸，愁聽宵闌爆竹聲。

其　二

每因佳節憶高堂，柏葉尊前祝壽康。便有武昌魚好寄，怕傳客味到江鄉。

其　三

自將蓼苦配椒辛，窮巷應無餽歲人。明日八分湖上望，兩行官柳故園春。

乙　卯

黄　鶴　樓

大江走蜿蜒，危樓一漚託。登眺心茫然，四圍風色惡。客中楊柳青，篋裏《楳花落》。淑氣換烽煙，鼛聲繞城郭。賈颿自東來，驟見猶錯愕。十室九欲遷，危於燕巢幕。而我挂征帆，苦爲微名縛。時奉檄分守郢中。安得挾飛仙，乘風坐黃鶴。

楊　花　詞

其　　一

珠樓西角畫堤東，靄靄晴雲澹澹風。薄暝光陰憐拆絮，積愁身世感飛蓬。三春逝水教誰挽，萬縷柔情爲汝空。化作離人千點淚，天涯同在夕陽中。

其　　二

嫣紅姹紫鬭嬋娟，泡影閒吹未了緣。點入硯池防著墨，飛來鏡檻欲成煙。微霜莫上高堂鬢，止水曾參古井禪。卻向長空罾幻迹，晴絲一縷太纏緜。

其　　三

十里邨莊樹色齊，漫天風影酒帘迷。偶沾細雨披圓笠，乍糝春泥入短犁。憔悴羞看新綠長，參差肯逐亂紅低。桃花自是顛狂慣，一樣芳菲趁馬蹄。

其　　四

荒園濃綠壓闌干，搖漾紛飛雪作團。水外生涯流去易，蘆中行迹辨來難。手搓春女三分玉，心抱晴暉一點丹。強喚是花應不喜，可憐人尚當花看。

知魚軒前水上築亭

非魚吾亦樂，得水且優游。士尚蘆中住，亭如柳外舟。兩邊皆不著，萬法與同浮。即此通禪悅，清輝一鏡秋。時莊惠生師與論《宗鏡錄》。

茶　船

執熱不以濯，良工意象超。託身餘茗椀，取象借蘭橈。事待鎔金濟，功從刳木邀。生涯誰載酒，蹤迹等浮瓢。瓣摘紅蓮脫，香擎翠蓋搖。三篙春水挹，一葉鏡匳描。掩映簾波漾，縈洄墨浪饒。煙霞猜鶴避，書畫陋蟲雕。清況張融領，卬須陸羽招。柳邊風習習，竹裏雨瀟瀟。樣仿穿心罐，爻占折足銚。渦圓依鴨篆，旗展鬭龍標。勝賞流觴比，禪機覆芥消。鄉愁遣白晝，客路話滄宵。泛梗離人恨，連環戰士驕。雄談冠亦岸，高捧席如橋。只合尋杯渡，何須問鼎調。輕裝明月照，餘瀝瀉珠跳。不繫偏常繫，能漂詎自漂。小窗閒啜處，花影正如潮。

四　蟲　詠

蜘　蛛

張羅當戶牖，經緯胡盤盤。藏身詎能固，糊口聊自寬。憑依恃一面，循環更萬端。晨簷墜疏蟲，羅致供朝餐。東風卷花片，鐵網擎紅珊。孤身託宇下，方寸成大觀。萬物各有欲，多殺為貪頑。所以高隱者，不處憂危閒。

孑　孓

五月盛楳雨，行潦夥息蘇。有蟲曰了乙，孑孓象形模。洋洋勻水閒，上下如轆轤。揮肱左右擊，自喜莫侮余。我聞草閒蠠，託女形氣餘。黃昏聚成雷，往往剝人膚。化身若千百，脂膏天下枯。春流泛萍藻，秋水長菰蒲。願女弿斂迹，游泳以自娛。

蜥 蜴

蠕蠕出榛莽，跂跂緣屋梁。蛇行展四足，虎氣合寸芒。顧盼時據壁，蜿蟺或踰牆。興雲而吐霧，誰謂知雨暘。蕩沱洽輿誦，放女歸故鄉。我思江漢閒，游冶盛紅妝。安得驅猛虎，風俗還醇良。願女服丹砂，守宮効女長。

虒 俞

緣窗齧故紙，乃與蠧食同。無聲恣吞蝕，蟠旋方寸中。爾生稟陰濕，遜彼蠻觸雄。垂涎及花底，偷活誚秦宮。俯仰愧屋漏，猶詡文字工。欲視女無目，欲聽女詎聰。蛇行而蟻息，果腹技易窮。何如學蚯蚓，清廉爲世容。

卷二

丙　辰

古　意

蓬首廢膏沐，坐愁銷盛年。鏡中憔悴影，猶恐得君憐。金商動紈扇，自分當捐筍。卻恐去君懷，蒼蠅亂君耳。泠泠石上泉，皎皎天邊月。願風吹散雲，高低見清白。

落　花

其　一

小劫沾塵恨不禁，綠才肥處亂紅湥。東風院落春無主，芳草簾櫳月有陰。陌上誰傳臨別色，鐙前應碎未歸心。明知香夢重圓易，一夜輕霜鬢底侵。

其　二

相逢猶憶雪消初，彈指春光幾許餘。曉夢乍醒迷蛺蜨，夜吟久坐泣蟾蜍。最亙僻徑香無礙，才下高枝絮不如。蚤歲未能空綺障，零星豔影寫窗虛。

其　　三

卻比開時倍覺繁，漫將衰旺卜名園。曾沾雨潤能無戀，但受風欺總不言。驛路濺殘羈客淚，閒階立瘦美人痕。枝頭杜宇還多事，似向斜陽話怨恩。

其　　四

一回惆悵一回癡，搔首天涯有所思。逝水偏增岐路感，春暉猶護片雲慈。香拋脂粉人空妒，綠漲䕔蕪鶴不知。篋裏清愁難更遣，畫樓西畔立多時。

送秋詞次稚蘭兄原韻

秋風坐愁褰帶長，秋月圓滿秋花香。美人晚妝冰鏡皎，偷儂顏色秋菱好。眷條婉約破瓜年，欲下鍼樓還自憐。疏柳乍扶秋蝶病，苦吟未許秋魂定。彩伴渾忘兩小嫌，繞園新試玉蔥尖。瓜甘蒂苦關愁抱，甘多苦少休顛倒。誰家呱泣正嗚嗚，吉讖互男記得無。安瓜入衾笑辭去，似欲囘身向瓜語。明年春盡繡繃來，鐙穗紅隨笑靨開。瓜期正及甯馨至，年年送汝成閨戲。桂薪珠米累如何，猶說安榴結子多。願得瓜分與鄰婦，免教抱蔓歎蹉跎。余向平累重，而兄則伯道憂多，故戲語及此。

荊江夜泊襍感

其　　一

收拾羈愁上短橈，可憐人坐可憐宵。蜀江水險難求鯽，楚塞煙溟漫射鵰。影事自扶柔櫓畫，客心真共夜鐙搖。枕畣尚憶游僊夢，親見靈妃卸翠翹。

其　　二

水上孤彈爨下琴，扁舟宛轉出疏林。大江月落懷人夢，三峽猨唬憶子心。此後有愁皆痼癖，從前無病底呻吟。殘更翦盡篷窗燭，一晌含冤聽曉禽。

其　　三

溼絮沾泥悟蚤通，偶然吹活爲東風。花能訴怨應無淚，水縱含情只是空。助我牢愁香半爐，破人煩惱月初中。披衣自把塵緣懺，蟹沸茶鐺火正紅。

其　　四

中夜愁魔偪病魔，寒衾聊作嬾雲窩。世情薄盡甘邨酒，壯志灰餘笑燭蛾。古墨半因磨恨泐，空囊差喜占詩多。曾偷靈藥應同病，莫向青天問素娥。

其　　五

草草華年水下灘，飄零形影忍重看。能消傲骨求儇易，只解傷心知己難。與可相逢須拜竹，楚些細讀愛紉蘭。年來拋盡相思子，爲底花前鼻尚酸。

其　　六

殘月波心露氣濃，狂歌且自豁塵胸。生涯近日爭屠狗，談笑當年起臥龍。解惜沈浮三尺劍，能銷魂礧五更鐘。江天空闊僊凡隔，怊悵蓬萊十二峰。

其　　七

贏得窮途味慣嘗，平心重自問行藏。積薪已愧遭青眼，聚錯偏工鑄熱腸。便欲買山須有價，要知辟穀本無方。鄉心卻被蘆花笑，記取高堂兩鬢霜。

<h2 style="text-align:center">其　　八</h2>

對酒當歌意灑然，夜闌明月照酣眠。酒如飲急三蕉醉，月爲虧多萬古圓。漫説盍年曾射虎，豈因末路始逃禪。忘機輸與閒鷗鳥，烽火他鄉又一年。

<h2 style="text-align:center">和作　如山冠九</h2>

<h2 style="text-align:center">其　　一</h2>

無定芳蹤託短橈，櫓聲柔到月溁宵。心枯敗荇慚游鰈，首亂飛蓬擬病雕。淚汐本難隨水涸，喘絲冑使逐風搖。湘波已冷靈妃渺，空覓精魂拾翠翹。

<h2 style="text-align:center">其　　二</h2>

爲誰再鼓爨餘琴，星隔銀河煙抹林。絃索易傳思婦怨，箏琶偏動冶郎心。搗成蜥蜴期牢守，繡出鴛鴦費苦吟。聞説滄溟無限恨，輸他精衛化冤禽。

<h2 style="text-align:center">其　　三</h2>

一點靈犀著處通，緘愁怯倚碧屏風。枰頭玉暎還罍刦，鏡裏花繁不礙空。密語難忘分手後，濃春都付斷腸中。年來盈篋相思子，盡作人閒黯澹紅。

其　　四

拌將珍唾破閒魔，安樂何須雲錦窩。嬾學時妝梳墮馬，愛啚本色埽修蛾。慧根生怪塵寰少，情種翻教癡障多。團扇秋風休浪擲，好持清潔問青娥。

其　　五

漢皋環佩勝蕭灘，粉斷香零那忍看。臘淚縱令隨夢冷，灰心敢謂再溫難。誓能入地終成樹，氣便如絲總似蘭。但使殷勤種和合，生苗可畏雨聲酸。

其　　六

梨花月澹杏煙濃，搏雪爲膚玉作胸。凹砌雨淫防桂蠹，亞欄風脆護桃龍。囘文巧織黃金縷，小睡佯瞋青瑣鐘。底事階前弄裘帶，當春獨立斂眉峰。

其　　七

療妒倉庚數箇嘗，是誰金屋許淶藏。悔將綺語調蓮舌，暗把柔絲貯藕腸。恩重易輕無價寶，色殊猶覓駐顏方。紛紛桃李爭紅白，可惜江頭有拒霜。

其　　八

鵲尾煙青火正然，被池寒嫩不成眠。花防春去宜遲放，月怕雲生肎久圓。姑射僊人原好潔，維摩天女愛逃禪。銀缸顧影增惆悵，荳蔲梢頭又一年。

疊韻苔如冠九太守山即效其體

其　　一

垂柳千絲綰畫橈，離悰繾綣話淒宵。腰圍漸減猶籠麝，眉語曾通爲覆鷳。別淚輕隨團扇灑，春魂癡逐繡簾搖。蒼苔立盡楳梢月，愁絕東風翠羽翹。

其　　二

絃上黃鶯語玉琴，惜春情緒繞春林。未歸燕解羈人語，已落花知芳草心。錦段空貽青玉案，錢刀羞誦白頭吟。可憐星漢迢迢隔，終古芻尼是恨禽。

其　　三

驚雷花外犢車通，燕入簾鉤妥晚風。在有情邊圅幻想，到無禪處悟真空。春歸人月雙圓後，佛見秋波一轉中。蓮子幾時參半偈，慧光夜靜繡龕紅。

其　　四

閒窗幾番遣詩魔，憔悴雲窩與玉窩。繫帛無書空問雁，同功有繭願爲蛾。花因富貴圅香少，字到神僊食恨多。碧海青天重竊藥，誤將荒誕證姮娥。

其　　五

聽水聽風十八灘，大堤飛絮帶愁看。心非至苦相知易，眉爲真纖欲畫難。空谷朝煙騫碧杜，曲房夜雨泣紅蘭。江楳未入靈均賦，誰種人間一點酸。

其　　六

濁醪澹泊客愁濃，月作心魂雪作胸。吉語三春空玉燕，嗁痕竟夕轉銅龍。枉催幽恨憐鄰篴，不醒相思怨曉鐘。舊夢至今尋不得，紅桑初日射三峰。

其　　七

寂歷空牀味慣嘗，春風消息逗迷藏。囬鐙照恨清無夢，借藥攻愁冷入腸。那有靈烏填碧落，冒將千騎豔東方。盈盈弱水如堪度，重覓雲英玉杵霜。

其　　八

玉籤自照態天然，倚枕敲詩一眴眠。南鳥北羅蹤本幻，六張五角影難圓。眼波尚注鴛鴛[①]字，口障能消鸚鵡禪。收拾鉛華感蓬髮，嗁香怨綠一年年。

和作　張曜孫仲遠

其　　一

獨坐情如泛畫橈，暈紅鐙影對溪宵。煙波夢遠迷征雁，落景天寒急皂雕。清淚不隨銀燭盡，春心細逐篆煙搖。漢皋寂寞人何處，枉遣風人賦錯翹。

其　　二

曾將密緒寄瑤琴，千里江波楓樹林。夢想難酬神女願，目成冒負美

---

① "鴛鴛"，疑作"鴛鴦"。

人心。恩恩緣會同聲曲，歷歷歡悰十索吟。碧海茫茫渺何極，空教遺恨託靈禽。

其　　三

含犀漱玉兩心通，弟一名花豔曉風。翠暎珠香雲入抱，水淶河大日當空。分明信誓銷魂候，可有差池臭味中。忍憶層波窺髣影，酡顏暈入鏡屏紅。

其　　四

難得佳期惹恨魔，迷香別戀錦衾窩。千金何惜妝紅粉，眾女原工嫉翠蛾。更欲追歡瓶已罄，便思鑄錯鐵空多。催燒只乞東方鑒，往日心情付墨娥。

其　　五

逝水滔滔赴急湍，淒涼景色孰同看。承恩莫羨雙棲樂，絕世須知獨立難。剩有離愁滋蔓草，誰憐竟體尚芳蘭。幾生修到羅浮界，幻果猶畱一味酸。

其　　六

杜鵑嗁盡好春濃，抱影孤眠自拊胸。芳草閒門緘了鳥，香桃瘦骨感飛龍。惜花心碎江樓篴，懺佛情空曉寺鐘。暮雨朝雲渾未歇，楚王夢不到巫峰。

其　　七

獨處情懷已飽嘗，牽蘿采柏一身藏。香心自縳春蠶繭，豔想猶拖黠鼠腸。白璧投人無善價，黃金練藥有奇方。知機最是登徒婦，卻笑東鄰髩已蒼。

其　　八

緘盒量珍恐未然，催人風信誤閒眠。同心結尚腰間佩，如意珠看掌上圓。縱酒自謀無量醉，拈花參破有情禪。不堪舊事重回首，斷粉零香閱幾年。

再疊前韻畬張仲遠觀察_{曜孫}

其　　一

强將消息盼歸橈，煙篆茶香在此宵。纔立露嫌孤似鶴，欲行雲奈倦於雕。蚤抻妾恨緘方勝，誰信郎心繫步搖。倚冷闌干花不管，豈宜竝蒂妒蘭翹。

其　　二

恩怨難分隔院琴，空牽愁思坐煙林。扇曾撲蝶香黏骨，燭强生花淚入心。月鏡在天窺巧笑，風簹澈夜替清吟。夢如肎覓圓容易，莫向窗前恨曉禽。

其　　三

濃綠周遮鳥語通，翁山隱約見屏風。藏珠衣帶禪曾證，散霧花叢障未空。薄怒雪姑嬉局畔，劇憐詩婢誦泥中。芳菲自昔供謠諑，珍重鐙前的的紅。

其　　四

井波海石懺情魔，心便灰餘熱一窩。小玉偷除花上蝨，短檠閒剔火中蛾。君臣配藥甘芳少，子母占錢反覆多。消遣閒愁惟搦管，願將萬卷拓曹蛾。

其 五

萬斛閒愁付急灘，一春花事隔簾看。浮沈鯉信吳江冷，咫尺雕櫳蜀道難。求價自嫌隨駿馬，媵人終願讓香蘭。由佗縑素分新舊，心與機中指共酸。

其 六

通犀不辟玉塵濃，綠螘難消傀儡胸。明月調笙羞跨鶴，荒園拾翠誤游龍。丁香漫緩同心結，子夜曾聽九耳鐘。一徧相思一囘憶，夢魂忘險歷巫峰。

其 七

羹湯記倩小姑嘗，食性都將謎語藏。未必西施真掉舌，可憐公子本無腸。豔曲指甲甘教染，品到倉庚別有方。辛辣而今薑桂厭，徧從廚下索糖霜。

其 八

自整殘妝倍惘然，笑他巢燕只酣眠。搖風柳線三秋瘁，趁雨荷珠一晌圓。嗒嗒慣翻金縷曲，空空誰解火蓮禪。江南紅豆抛應盡，補屋牽蘿遣盛年。

爲仲遠觀察題海客琴尊圖 圖爲朝鮮貢使李藻船尚迪作。

其 一

海上萍逢一瞥緣，當時惜未廁尊前。草堂卻憶披圖處，風雨天涯又十年。道光丁未，余主榮陽，見是圖於養閒草堂，今十稔矣。

其　　二

蘭亭觴詠重逢日，品石評茶興不孤。癸丑春，識滇船於京邸，滇船以古石、餅茶相餉。臘有華山詞客在，不堪重譜弟三圖。是年，惟玉詮比部爲滇船舊雨，圖中人星散矣，程君稚蘅擬繪弟三圖，不果。

其　　三

愛寫芳蘭便合窮，騷心詩派畫圖中。曾以其師金秋史墨蘭屬題。才人九命尋常事，贏得相思海島通。滇船云："我師以言事被謫絕島。"

其　　四

年年袍笏拜生辰，滇船句。觀察鐫像硯陰以寄滇船，因有此句。石壽千齡海嶠春。一統車書皇澤廣，異方頗亦重文人。

聽陶山人彈琴

涼月照虛牖，微風生細篁。悠然懷古意，忽復感他鄉。趣本無絃永，機因得意忘。君家老靖節，最是解宮商。

孝　子　岩

大江才出峽，片石欲當關。孝子谿邊淚，桃花魚尚殷。岩下爲孝子谿，谿中有魚，形似桃花，三月始生。祠荒泉水净，僧去野鷗閒。此夜還鄉夢，依依近玉山。

爾 雅 臺

大山宮小山，江流恣吞吐。選勝築高臺，箸述足千古。如何一畝宮，遠輦中州土。此妙殊未傳，《爾雅》誰與補。明月墜涼煙，臺右有明月池，今廢。微波弄秋雨。載詠游僊詩，稽阮不敢伍。

三 游 洞

僊境在奇不在險，十二巫峰翠眥斂。山靈欲以巧示人，出險得奇疑有神。大江穿峽萬馬駛，千艘一落懸生死。西風挂席下牢谿，人心水勢同平夷。忽然林木聚濃翠，怪石和雲獻妍媸。天開丈室溼蘚蒼，或如棐几如匡牀。白雲爲門石四壁，化盡頑根見靈迹。坐令羈客息驚魂，對花藉草開芳樽。夷險靈奇相倚伏，此理誰知蘇玉局。

卷三

丁　巳

荆南書院贈王子壽比部柏心即柬龔九曾農部紹仁彝陵

翼軫天南曜玉河，圖書座上列星羅。大江灝氣菁華聚，終古奇才抑塞多。十子蚤騰都下價，九秋争唱郢中歌。狂瀾欲挽誰同志，居士南峰隱碧蘿。

絳　帳　臺

讀書聲裏伎歌酣，哀感中年百不堪。經卷尚傳秦絕學，風流已兆晉清談。最憐貪濁誣難白，卻喜生徒譽出藍。千古知音誰得似，荒臺酬酒月初三。

自荆州行邸鄂渚阻風遲滯慰同舟者

江行略與宦途似，今日順風明日否。阻風三日竟聽之，風轉颭輕疾如矢。同舟李郭皆健者，曾駕長風走萬里。一朝捩舵礙圓沙，醉卧蘆花呼不起。丈夫處困不足悲，十幅蒲颿防順水。君不見荆江鄂渚五日程，半月行之穩如此。

過黃鶴樓址

昔人已乘黃鶴去，用句。今日空樓不知處。黃昏魚篆愁煞人，寒雨無情滿江渚。我來四眺涕沾衣，城郭未改人民稀，吁嗟鶴兮歸未歸。

捕蝗行爲冠九太守作

妖星夜沒漢陽樹，兵燹初消正春暮。忽聞動地發號呼，蠕蠕螽賊恒沙數。食苗已盡復食根，頃刻郊原散濃霧。愚民萬口稱神蟲，痛哭向之不敢捕。其子一生九十九，初淡沒脛俄及胯。從前官捕苦誅求，雖至赤地無人訴。漢陽太守得此情，奮身救之三吐哺。是時烈日如紅爐，屏除騶從徒行步。火攻水潦借兵法，官示赤心眾爭赴。人力所至天無權，淨埽么魔出坦路。驩聲成雷額手頌，有若枯槁承甘露。我聞蟲類殊亦多，但能害物皆爲蠹。蒼蠅亂聲蠍螫人，跂跂脈脈均堪惡。使君捕蝗滅蝗種，一言告君君毋怒。飛蝗食苗蠹食人，恐君剔蠹無其具。含沙射影不見形，不信請君左右顧。願君推廣捕蝗心，來歲無蝗免勞苦。

桃花魚和田秉之鈞

其　　一

三月蘆林綠漲初，春風色相悟空虛。浮沈更比飄零苦，便化桃花莫作魚。

其　　二

難洗人閒婢妾冤，落花誰與返香魂。息媯淚點斑斑在，灑入情波總不言。

遠安官舍

衙齋寂静似僧房，瓦破垣頹徑就荒。叢樹陰濃山鵲喜，短窗紙裂野蛾僵。壁無畫本峰能補，座有琴書吏不妨。贏得金閨開笑口，十眉圖在鏡匲傍。

秋夜偕周柳溪明經維翰入鹿苑寺

然炬夜入山，山淡苦無月。癡雲蔽星斗，微見路如髮。中有谿水聲，疾徐爭赴節。入山未許看，聽水已奇絕。投宿覓僧寮，卧游隔咫尺。窗明鵲呼晴，籬破麀眼碧。出門一笑迎，對面兩眥列。天然作圖畫，左右屏風疊。遠仿王右丞，近橅董思白。蒼莽一幅雲，變化兩家鼓。怪松攫巌凹，瘦竹攢石凸。十步五步間，雲氣互出沒。憶余初入山，長途幾紆折。非無好山水，觸熱苦行役。竭來訪埜寺，勞薪暫休歇。塵海胡瀰漫，山泉胡高潔。請擇斯二者，佛言不可説。

秋　寺

煙靄不知處，鐘聲落翠微。涼痕搖佛火，秋色上僧衣。樹禿枯藤絡，廊空野鴿飛。白雲喜清净，盡日護禪扉。

秋　砧

風急雁聲逌，征人古戍樓。關山今夜月，砧杵故鄉愁。斷續紅閨夢，蒼涼紫塞秋。那堪刁斗裏，重唱大刀頭。

青谿漫興

其　一

未必青谿勝玉泉，玉泉山峻此山妍。四圍淺絳橆黃鶴，一帶平岡噪暮蟬。遺蛻法琳餘古洞，高蹤鬼谷只荒煙。有鬼谷洞。相傳鬼谷子棲隱處，有儀秦問道云云。客來莫問儀秦事，巖樹縱橫別有天。

其　二

蔚藍倒映碧谿湪，噴玉跳珠和短吟。紅蓼蜻蜓秋寂寂，綠楊魚虎晝沈沈。飛泉净滌三摩障，明月孤懸五曲心。蔡中郎訪鬼谷洞，見清谿五曲，製爲五操，有明月、淥水等名。我欲牽船依岸住，蓬萊弱水嬾重尋。

其　三

自入谿山樹更幽，傷崖照水綠迎眸。短楓番著霜前色，叢篠偏分澗底秋。一簇花開斶忿好，半林蔓引寄生柔。風流楊柳凋零易，空惹寒天古柏愁。寺前古柏，係數百年物也。

其　四

重巖複水寺門藏，立馬斜陽問晉唐。似有傳衣懷惠遠，寺有碑紀惠遠開基云云。更無殘碣紀蕭梁。畫山摩詰罹詩癖，嗜酒青蓮本楚狂。終古谿流作琴語，晚風還悼漢中郎。

其　五

龍女祠前水一窩，紆藍縈碧抱陂陁。煙雲變幻山皆夢，林翳蕭疏月有波。入手楊枝參佛近，出山泉水活人多。祠前水泉三道，頗資灌溉。瓣香再向慈雲祝，爲滌牢愁起夙疴。

其　　六

欲把青山作畫圖，苦無佳處試臨摹。一拳忽向水光起，弟三曲外得一平岡，可收谿山之勝。列岫都教雲氣扶。林隙人家添界畫，谿凹略㣔襯蘼蕪。風前笑與山靈約，擬結茅廬號巨瓠。

青 谿 懷 古

其　　一

道脈歸鄒嶧，先生合隱淪。元機比莊老，岐路惜儀秦。點《易》山泉活，銜芝野鶴馴。白雲封洞口，不冐涴纖塵。周鬼谷子王詡。

其　　二

死哭心難白，生還淚亦紅。傳經惟弱女，知己兩奸雄。史筆千秋絕，琴聲五曲通。至今谿上月，耿耿照孤衷。漢司徒掾蔡邕。

其　　三

卓錫原無地，談經尚有堂。谿聲疑虎嘯，山意領犀香。西竺傳鐙遠，東林付缽涼。荆南此中嶽，遺碣問蕭梁。晉釋惠遠。

其　　四

邃谷蜀鵑愁，傷春復感秋。蕩舟人不見，太白《渌水曲》："荷花嬌欲語，愁煞蕩舟人。" 掬水月常流。身世楚狂隱，文章屈豔侔。青谿最佳處，擬爲築糟邱。唐學士李白。

出山城入青谿

山城秋霽山翠浮，官閒聊約山靈游。出郊山比民居稠，欲迎欲拒欲挽畱。不暇應接惟點頭，一山當道盤如虯。人行虯脊風颼飀，側出一山高無儔。眾山從之如犇投，滕薛爭長知尊周。或如門闕如軒輈，靜如鶴兮閒如鷗。如谿飲馬陂臥牛，如髻鬌兮如眉修。如美人兮當高樓，邢尹避面如含羞。如瞋如笑如迴眸，雲中雞犬仙去否。古松鱗鬛濤聲遒，瑤琴忽發空際謳。鬼谷已杳成連休，歌碧玉兮夢夷猶。月明何人蕩蓮舟，一曲一詩心悠悠。中郎倡者郄僧酬，誰與畫此谿山秋。摩詰粉本空雕鎪，古來名士水上漚。土花沒碣蕭梁愁，不如飛錫游神州，拍掌一笑逢浮邱。

喜　　雨

其　　一

山泉脊薄水泉乾，況值秋陽播種難。一雨高原三日足，連宵涼夢五更安。論功已願歸神女，頌德能無愧好官。最是煙簑邨舍景，朝來贏得倚欄看。

其　　二

當門楊柳綠垂垂，兀坐秋窗有所思。鄰舍築牆翁莫問，桑陰徹土鳥先知。洗兵及蚤消螢爝，雨粟猶能救雀飢。但得沾濡晴便好，漫教苦雨賦潘尼。

無　　題

其　　一

蓬首嬈眉度盛年，試嘗菂薏定相憐。袖籠睡鴨蘇銀葉，花妒雛鶯語玉絃。東北曙光生曉夢，西南風色到郎邊。月鉤慣作連環缺，飛上情天不肯圓。

其　　二

焉支蕉翠鏡中身，杼澀梭遲亦自瞋。螿蜨巧偷釵勝字，通犀靈辟被池塵。迎車未肯隨軷篠，炊竈誰憐徙桂薪。不及飛埃臨大道，因風猶得上征輪。

其　　三

闌干畫斷鳳凰篸，補屋牽蘿蚤自甘。鬭草厭翻唐小說，停鍼聞笑晉清談。花能獨活還防蠱，繭但同功願化蠶。千騎東方音信絕，緗囊猶自佩宜男。

其　　四

裂紈詩就寫雙行，疏柳和煙拂女牆。了鳥秋淡緘恨黛，轆轤夜久轉空牀。碧紗障夢風欺鐸，翠屬生寒月上廊。卻恐龍堆無玉鏡，枉教郎鬢染新霜。

廨舍西偏小樓落成即席賦此

不盡蒼茫感，開軒作臥游。遠山如吏隱，小築爲雲郵。地繫沮漳望，人分水竹秋。麥苗青可數，聊擬米家樓。

黃　葉

亂山叢樹正蒼茫，濃著炊煙澹著霜。殘月寒鴉邨店曙，西風病蜨寺
門涼。不甘蕪穢隨衰草，但到飄零戀夕陽。長信當年秋思苦，琉璃殿瓦
自鴛鴦。

埽　葉

無限秋心付水涯，荒林遲出路三叉。愁牽宮女階前帚，閒憶僊人洞
口花。定後塵緣空梵筴，靜中霜氣入團茶。淒宵風雨渾多事，又送零星
上碧紗。

踏葉同稚蘭兄作

策杖看山落木時，寒煙層疊草離離。穿來樵擔雲無礙，點破秋心屐
不知。斷驛西風驢偃蹇，疏林斜日鶴襂褷。軟紅十丈京華路，惆悵槐黃
夢醒遲。

風葉同張蔭軒作

一抹荒煙眼界寬，金商獵獵攪林端。小樓疏幔秋痕碎，大漠驚沙樹
色寒。屏角山兼枯筆點，渡頭人倚峭帆看。殘聲疑雨還疑雪，吹入琴絲
欲辨難。

游僊詩次稚蘭古意韻

其　　一

一笑蓬山寂歷春，癡心才轉已紅塵。垂腰三角積雲髻，濁世何人爲寫真。

其　　二

擘麟行酒蔡經家，夜色催人有曙鴉。自理鉄衣舒素爪，倚闌重整妙鬟花。

其　　三

扶桑東指思茫然，清淺天池納百川。一自雲璈調別鵠，誤人青鳥幾多年。

其　　四

名花優鉢開重疊，綵伴寒簧識兩三。不見衍波徵法曲，玉蟾閒煞殿西南。

其　　五

參差烏鵲填橋易，咫尺銀河問渡難。一翦罡風吹作縠，問卿何事更相干。

其　　六

咒蓮出火空雙蒂，粒米成珠抵九還。朝自行雲暮行雨，不知人世有巫山。

其　七

玉鸞聊作御風行，歷歷星榆度碧城。一事人間似天上，六張五角總無成。

其　八

學舞霓裳不計春，虹腰宛轉妙無倫。幾時偷入清平調，髼鬆樓頭攦篴人。

其　九

雲中雞犬兩無猜，貪聽伽陵下玉階。郎是西天金地藏，託身猶守太常齋。

其　十

玉女西窗首重囘，八琅天際聽裴裒。唾壺已碎渾閒事，別有傷心問夜來。

古　意

感郎解金鈴，酬郎青銅鏡。的的護花心，雷作鏡中影。誤卜九鸞簪，難知玉燕心。何如嗽金鳥，日吐辟寒金。紅粟玉臂支，宛轉約皓腕。區區致契闊，從郎知冷煖。僝人交加木，造爲百齒梳。感君結髮意，齒密不能疏。

喜雪用喜雨韻

其　一

犁星一角萬家看，喜動農田欲繪難。巫峽雲寒連白帝，柏臺風勁立蒼官。葛三畫本皆游戲，滕六功能已旱乾。卻憶西山最深處，有人僵臥學袁安。

其　二

三白豐穰記勝知，紙窗霽色報芻尼。鵝聲李愬孤軍銳，聞官軍有潯陽之捷。鴻迹歐陽禁體垂。往歲攝彝陵令事，曾有《喜雪》四章。彝陵，文忠公舊治也，署有紅梨花，《志》稱公所手植，後人摘公詩名其堂爲“絳雪”云。已喜隔年蝗盡滅，轉愁窮谷鳥多飢。駐顏欲覓神僊藥，吟罷梁山動遠思。

得家書有感

家書動經歲，驟喜易成驚。日暮思衰老，天涯望弟兄。不堪蒼狗幻，況聽斷鴻聲。便欲投簪去，江關尚用兵。

卷四

戊 午

花 朝 述 懷

其 一

東風紅紫費平章，一種幽蘭祇自芳。豈有絃歌工白雪，羞拚杵臼誤元霜。卜居近世無詹尹，覊迹頻年類楚狂。聞道山泉能益壽，願持杯勺奉高堂。

其 二

辭巢燕子帶春還，彈指年華客路閒。宦興疏於煙外柳，鄉愁濃似雨餘山。單門兄弟憐夔足，異地親朋笑豹斑。烽火未收租賦急，有田恐爲綠蕪閒。

其 三

索居容易感情溁，閒倚琴牀數賞音。天上慶雲都捧日，謂都中受知諸師。山中舊雨半爲霖。同鄉諸君子。十年酒海滄桑感，萬里詩城驛柳心。

畢竟江鷗通世故，小隨波浪作浮沈。

其　　四

咫尺仙瀛憶舊游，落花宛轉殿西頭。中書省貴銀毫禿，萬壽山高絳帳秋。鳳諾再叨裘葛賜，鷺飛曾向辟雍謳。緇塵不澣青衫在，淚點香煙一例收。

其　　五

六朝粉本慣臨摹，馬首船脣客思孤。眼底有春皆北闕，胸中成癖是西湖。爲居滇渤塵心净，自歷邯鄲夢想無。認得匡廬真面目，安排秋思到蓴鱸。

其　　六

稱體春衣竟體芬，在山泉水出山雲。雄心冀北聞求馬，詩派江南愧負蟲。柳雪坐愁青髩賦，槍星漸少赤脣氛。臨風惆悵成遲暮，春色花前已二分。

懷　舊　詩

其　　一

碧月僊霞擅重名，《碧霞僊館》，先生詩集名。髩霜吹入豔歌行。絳紗立世誰親炙，金粟如來最有情。黃雪蕉明經錩。余幼從吳芷江師游，師嘗問詩法於先生，箸《粟影軒集》。

其　　二

萬疊牢愁起夙疴，江南詩派徵聲多。清狂畢卓今衰甚，天許鴛湖爲養疴。畢子筠大令華珍喜鴛湖之勝，結廬棲止。

其　　三

薊門山色染吟袍，白首郎官興自豪。獨把九章綜絕學，渾天誰與析銖毫。吳勉齋刺史中順。

其　　四

詩囊畫卷稱閒身，座上尊罍太古春。昔昔吟成翻舊譜，小松圓閣重傳薪。程序伯明經庭鷺爲松圓裔孫，箸有《小松圓閣詩集》，令嗣稚蘅克承家學，獻書闕下，授鹽課大使。

其　　五

驪驪少日騁詞壇，憔悴生涯苜蓿盤。拔劍酒酣歌斫地，記曾燕市竝吟鞍。王間萊廣文家亮。

其　　六

清華詩思在蓬萊，傲雪山楳筆底開。近日藥籠應更富，澧蘭沅芷楚騷才。張海門編修金鏞適視學湖南。

其　　七

直將心法衍龍門，君有《史漢定本》。垂老詩人氣骨存。投筆醉歌瓜步月，春營楊柳易消魂。陳梁叔孝廉克家方佐江南戎幕。

其　　八

賦罷鴛鴦奏鳳凰，羨君佳友屬閨房。君兩娶，皆工詩畫篆隸。屋梁月落三千里，同爇南豐一瓣香。孔繡山舍人憲彝與余同受業於蘊愫師。

其　　九

撲天風絮酒人家，集中句。賴雪樓頭又落花。君有《賴雪樓詩》。記得蒭鐙評畫稿，銀蟾閒倚玉丫叉。楊師白明經敬傳善畫花卉。

其　十

青棠花下醉填詞，儒雅風流冠一時。箸有《青棠花室詞》。贏得九重知遇在，東南半壁費支持。潘季玉郎中曾瑋，時粵匪久踞秣林，君奉詔總理江南糧餉。

其　十　一

小阮清才正少年，卻將雅頌侍經筵。笙詩自衍南陔派，尊南綏亭侍讀，有《陔南詩集》。負腹生平愧孝先。潘伯寅學士祖蔭。

其　十　二

卯角交游膽肝披，眚年便負不凡姿。遥憐虁府今宵月，朗照楳邨祭酒詩。錢警齋大令世銘時宰奉節，生平嗜吳詩，恒不去手。

其　十　三

郗桂才名一第艱，淒迷終古是蓬山。罡風吹墮桃花片，飛上青衫化淚斑。姚仲魚司馬詩雅，需次汴梁。

其　十　四

大葉驫枝不用扶，集中詠物句。浪淘鐵板唱髯蘇。客星一點懸藤峽，醉把烽煙作畫圖。汪少文刺史元崇嗜酒善畫，官粵西。

其　十　五

長篴清風正倚樓，千金享帚合千秋。君有《享帚室詩集》。眚知同墜紅塵刼，蠻觸當年一笑休。趙鐵筼大令崇慶與余同受知於張筱浦師，丙午會考優貢，君索觀余卷，有瑜亮之歎。

其 十 六

駭緑粉紅著手春，玉堂清暇稱閒身。花前重覓張三影，成佛而今莫羨人。張東墅太守修府嘗誦"欲除煩惱須成佛，各有因緣莫羨人"之句，屬書楹帖。

其 十 七

苔牋遠道寄新詩，海内琴尊悵別離。張仲遠有海客琴尊第一圖、弟二圖，題詠極夥。鴨緑江頭潮有信，最無畛域是相思。朝鮮李漹船貢使尚迪即席書楹帖見貽，云："詩城無畛域，酒海有滄桑。"

其 十 八

南湖楊柳緑雲淡，曾爲題南湖補柳圖卷子。十載游蹤夢慣尋。余從庚戌夏避暑西泠，住靈芝寺。寄語金牛湖上月，佛中禪已破蕉林。釋量雲嘗拈句示余，曰"蕉林月影碎"。

悲 鳥 鳴

鵂鶹夜叫風色死，叢篠驚喧裂窗紙。山城斗大炊火稀，載鬼一車過荒市。雌雄各樹徹旦嚱，拔户驅之月如水。樹巔彷彿見爾形，鷹距貓頭而兔耳。呼晴不及鳴鳩婦，食母安用鴟鴉子。人情喜吉競惡凶，聞鴉則唾聞鵲起。五日不徙至七日，然火發機以伺汝。噭然一聲墜地哀，禍人自禍固其所。雌死雄生竟獨飛，去作冤禽覓死侣。爾不見西山鳳凰揚瑰文，節節足足鳴有倫。又不見高樹新鶯初出谷，鼓簧猶被金丸逐。胡爲反舌逞舌長，謷牙詰屈殊難詳。嘰吁乎，蜀鵑亂嚱春欲去，鶴不舞兮空作賦。落花庭院燕雙飛，如嘲如詈簾前語。

書《方孝子傳》後

陟山格虎豹，廬墓辟蛟龍。见邑志。純孝固感物，君子求中庸。心優力何絀，財嗇養自豐。揣揆五志隱，役使百骸供。葬祭不踰賤，哀毀難爲容。古風邈飛土，奇節出田農。峨峨鐘鼎室，禮貌致溫恭。

悲 歌 行

其 一

男兒重意氣，譚笑折王侯。白玉飾劍鼻，黃金絡馬頭。峨峨鶏鶒冠，灼灼驌驦裘。軒眥凌溟渤，拂袖動山邱。新書十上不一顧，囊空始信毛錐誤。君不見執戟東方常苦飢，絕纓齊贅醉如泥。何如讀《易》空山老，卻笑儀秦枉倍師。嗚呼一歌兮傾一斗，屋角妖星大如帚。

其 二

生不願釣渭水魚，白頭富貴祿養虛。生不願負莘野鼎，悅人滋味鈞衡秉。丈夫失志何足悲，魚鹽版築皆可爲。端木貨殖億屢中，結駟連騎將焉求。一舸江天載明月，黃金試鍊陶朱骨。十年飄泊一葉萍，萬事灰盡江湖心。風饕雪虐波浪惡，中流倚櫂然疑作。歌再調兮山妻嗤，明日餒君無伏雌。

其 三

迷陽迷陽傷我行，接輿不作鳳不鳴。漆身吞炭徒自苦，琴張牧皮非助我。舞雩沂水孰賞音，吾與點也春風漵。春風漵兮春恨積，側身四望天地窄。魯酒在尊劍在壁，楚巫在堂爲泆策。百壺既傾白眼垂，恩怨不使龍泉知。請君被髮歷五嶽，赤松黃石天人師。歌三疊兮發浩歎，余誓奮飛兮謝羈絆。

其　　四

虞淵西匿僕馬飢，陰風怒號猿狖噭。蝮蛇蓁蓁向天囓，繞穴狐狸作人立。上有連雲峛岃之峻坂，下有犇雷澎湃之激湍。怪松攫挐而踞道，亂石庌厗而當關。十步九蹶代以肘，肘下青燐大如斗。劃然長嘯山谷驚，山君出林葉有聲。得人恣啖豵貐爭，罔兩獨挾骷髏行。噫吁嚱，四歌奏兮裂金石，清磬一聲山月白。

其　　五

挈琴囊，負詩笱，登松舟，鼓蘭枻。秋高日晶波不興，鱗鱗風破纖雲翳。我師成連刺船去，蒼煙沈沈四無際。張琴一彈蜃氣橫，樓闕隱見開層城。繁聲急促風雨吼，素車白馬紛先後。忽然變徵發響遲，海月冷挂珊瑚枝。是時風飆疾如馳，圓嶠方壺望中似。誰從弱水引回風，指顧蓬萊隔萬里。舍琴作歌五曲調，鮫人雨泣迎靈潮。

其　　六

明珠收櫝中，駿馬維櫪下。杜門謝交游，發篋肆風雅。羲繩媧簧揚大文，鼇尾重濁叢雲清。平視周秦俯兩漢，黃初以下皆新聲。唐韓宋蘇作砥柱，餘子落落空相輕。中夜咿啞學蟲語，譬若機婦愁秋雨。又如嬰兒如野禽，宛轉動聽非元音。請君讀書自姚姒，太羹元酒涎猶旨。不然幽怨起三閭，紅蘅碧杜相爲娛。相爲娛兮竟此歌，窮愁仰屋當奈何。

渌　水　曲

冰絃泠泠渺何處，幽澗春泉弄朝雨。蔚藍倒浸青芙蓉，美人蕩舟隔花語。回波曼綠春可憐，蘼蕪青青年復年。

春 蘭 曲

華鐙百枝春夜長，越姝鄭豔充高堂。顰眉含睇各有態，素心欲語誷芬芳。碧天無雲翠鳳下，縞衣萼綠增妖冶。洞房月皎歌九歌，綠蘿如水生微波，古今芳草離憂多。

出 山

群山極天淨，一雨眾綠肥。山淁滯春跡，四月亂紅飛。花落沮江頭，舟泛沮江尾。東風送客行，花片隨春水。水濁心轉清，山險心轉平。山平水清淺，問客欲何行。客行亦不遠，旦暮荊山足。便假鷦風翼，冒舍荊山玉。

高 安 誷 別

詩囊珍重宦囊輕，楊柳風柔百感生。腳底雲癡參夢幻，眼前石險要心平。俗知守璞差近古，吏有何能尚愛名。立馬臨岐誓泉水，出山須似在山清。

誷別次韻荅稚翁

其 一

青山知欲別，相對轉依依。放眼物情澹，平心生計微。詩工成宦拙，吏瘠得民肥。洵美非吾土，提壺勸客歸。

其 二

昔我來維夏，才經兵燹餘。山田秋穫儉，江郭晚炊疏。客坐攜雲氣，僧歸索鶴儲。流亡漸招集，比屋願安居。

其　　三

滅燭慎容止，虛堂夜氣清。雪溪蝨賊斂，麥潤雉媒輕。市長春蘭價，人謠古籍名。^{並見《沮江隨筆》。}苔階雙蛺蜨，物理悟生生。

其　　四

騎竹踏歌來，臨岐笑口開。科名在勤讀，稌黍出溪培。樂事三餐飯，靈光一寸臺。試看流水意，東去許重回。

自題《沮江隨筆》

萬山礚礡夫容開，伏岷遠自秦雍來。臨沮源出房山陝，灌輸東注江流回。山環水抱形勝恢，荒城斗大靈奇賅。錦屏百井鬱崔嵬，鳳鳴鹿走相驚猜。白雲英英雪皚皚，飛瀑觸石轟春雷。青谿水碧皴莓苔，雲門鬼谷皆蓬萊。孫龐蘇張安在哉，法和乃有松風臺。中郎琴曲太白杯，巖洞幽邃蛟螭偎。白玉蝙蝠千年胎，鷩雉五色時罹罦。食腸訓狐裂腹炰，鮎魚上樹唬嬰孩。龍蟠古柏臘抱槐，芳蘭多子柑多魁。棗栗梨李桃杏梅，青冥駢植翡翠堆。甘茶苦筍辛蕓薹，樵蘇山巔漁水隈。士習醇樸無嘲詼，百工麤備審五材。娟嬛女織刀尺裁，白墮家釀黃華醅。隻雞斗米通行媒，冠婚如禮喪祭哀。或禱土穀祈高禖，鑿山穿渠水濩濩。宣潴旱潦無偏災，醴泉益壽多黃鮐。衣冠古質學校培，廟堂煌煌列尊罍。忠孝輩出競溯洄，騷人遷客誰招徠。蕭梁殿宇幾刦灰，僊佛往往薗根荄。嗜書向朗治行推，後惟江郭相追陪。賤子汗脊鞭駑駘，剔除弊政起衰頹，載筆敢告輶軒才。

春日謝事山居六言

其　　一

疏嬾且辭案牘，風流不整冠裳。放筆圖醉李白，搏沙捏睡稽康。

其　　二

登山尚愁雨滑，泛水要趁風和。繞杖閒雲小立，滿船明月高歌。

其　　三

雛鶯嗁似嬌女，駿馬走踰健兒。飽看春堤柳色，自簪金谷花枝。

其　　四

静裏聽魚唼絮，倦來瞋鵲爭花。粉蜨爲尋幽夢，雪衣解喚新茶。

其　　五

張琴就瀑贈苔，把盞邀花笑言。每見山中父老，都忘世上寒暄。

其　　六

隴雨跨牛觀稼，谿晴攜鶴挼梅。緑簑偶然擔荷，明月聊與裵囘。

卷五

己　未

次韻鍾大令溶春草

東風吹不住，濃綠滿江邨。細雨煙波色，殘花蛺蝶魂。戰場餘燹迹，別路半愁痕。無限天涯感，登樓賦稻孫。

感　逝　詩

其　一

孤鴻逐寒雲，自憐形影單。飛飛侶黃鵠，秋雯同振翰。巢枝雖殊趣，比翼欲分難。胡圖中道失，哀曲奏離鸞。離鸞翼雛烏，聽之摧心肝。對酒不忍飲，張琴詎成彈。彼蒼將我棄，萎我同心蘭。

其　二

槎槎泛銀漢，能窮星宿源。振策游名山，能躋五嶽巔。總髮獵群叟，抗心追耆賢。同學諸年少，譬之牆及肩。坐中一眚白，先我著長鞭。犇軼躡紫電，神駿馳秋煙。文章可奪命，修短庸非天。夕霜凋玉樹，伯牙思絕絃。

其 三

靈均抱隱痛，九歌寫凋瘵。子建賦然其，黃門悼遺挂。一身攖百憂，蒼茫發深喟。黃金不死丹，衹能已纖芥。牢愁中膏盲，遄令藏府敗。頹颸撼秋林，朝露泣山薤。灑然棄琴書，誰爲振宗派。平生肝膽交，思之夢魂僝。

其 四

春山朗如玉，君子德性温。青雲勵孤志，白圭慎出言。箟簹秀空谷，松檜羅高垣。貞此冰雪姿，歲寒矢弗諼。罡風起天末，梗柟拔盤根。何以齊彭殤，理數庸可論。清門毓英物，雛鵷翯軒軒。

其 五

形影不相倍，猶懼陰晦移。蛩巨不相舍，急難或閱之。富貴胡所慕，投分重心知。本以肝膈許，至如兒女私。太阿匿光采，竝世真賞稀。殊材動遭忌，始悟造化奇。已矣將安放，吾友吾所師。

其 六

六經猶日月，詎縼祖龍熄。經生猶江湖，蕭曹不能塞。末俗事雕華，羽林疇以翼。絕學天所縣，纂饌爲世則。餘力箋蟲魚，葩詩待解惑。鱖生願爲蟬，天胡奪之食。

其 七

襁褓辨之無，遂爲君子器。迨其見頭角，懼磨礱不至。芳條及春榮，膏雨因時被。用使樗散材，略能道腴味。分參師友間，重以骨肉義。宿草胡離離，西風墓門淚。

其　　八

芳草盈門牆，春陽逮蕭艾。鳲鳩搶地飛，引之出塵壒。時命難可知，覆翼不我外。休休相臣度，有容德滋大。寵溔心益恭，氣和物乃泰。六珈誦令儀，輔之厥攸賴。

其　　九

洪鍾夏商器，乃以寸莛撞。豈知大小叩，應欲鳴玲瑽。雲罍篆金石，禮樂光家邦。幽思襃哀豔，清夢生蘭茳。班馬屈宋閒，古藻推無雙。清名洽海寓，眾派匯漢江。遇否文字泰，長淮注淙淙。千秋及萬歲，頫首群才降。

其　　十

知音動閒阻，譬若商與參。流暉況西匿，追駟焉能任。大錯本頑鐵，珍之愈兼金。巨擘屬齊蚓，賞心擢郊林。我生過情譽，雖恥感則深。靈光亦頹壞，何以求南鍼。

撫琴感賦

良木爨下灰，古調風中霰。箏琶極靡柔，宮商失正變。曲高和者寡，我貴世所賤。羲農刈良桐，句萌徹芳甸。周情與孔思，道脈乃同衍。猗蘭歇芳馨，綠綺徒薈炫。黃金次星暉，碧鬤和霞絢。感臑紫鳳翔，礫礐流鶯囀。妖姬揄袖歌，魑魅向鐙抃。張急斯調下，節嫟故音選。非無忽雷材，莫息淫風煽。嘅彼雅鄭聲，避如邢尹面。雙璞喧廣庭，九絃響春殿。寥寥楚明光，夢寐空歆羨。我生負琴癖，聆音輒忘倦。瓠巴不逢師，菊罍枉陪宴。揭來楚塞游，怳與伯牙見。峽泉激石鳴，巫雨隨風濺。松鬣搖怒濤，枯蘆灑秋練。此中天趣溔，無言妙機轉。迹因薄宦囿，論憶歐陽譔。山水耳目清，朋酒歌吟擅。明年入清谿，斷碣撫黃絹。渺矣靈開渠，悵爾司徒掾。泛泛江渚舟，沈沈碧雲片。邂逅交成連，寡過師蘧瑗。器資雷郭良，法效蘷襄薦。危亭秋氣清，落葉微颷旋。涼月生虛窗，幽花繞滾院。橫江孤雁來，秋心拓絲咽。游蜂簇蕊吟，哀猨抱藤顫。玓瓅珠跳盤，琤瑽漏摧箭。喁喁兒女私，脈脈家山戀。比年身似蓬，勁操淚如線。請爲汗漫游，庶幾羈愁遣。冥心滄海寬，鼓腋塪風善。琅璈戛華雲，玉麈掣蒼電。出縠嘵伽陵，飛花墜寶釧。發響萬籟空，流聲四荒徧。知心當可期，銀河自洞漩。

遲牟皓升司馬嗣龍不至有詩見寄次韻奉酬

故人江上櫂，鷗鷺兩相期。峽險懸流急，風清入座遲。滾情託秋水，羈況滿新詩。今夜中庭桂，應憐月露滋。

送稚蘭兄歸江南

獵獵西風雁聲咽，天涯又是茱萸節。客中送客倍傷心，況送君還故鄉轍。憶昔同拏江上舟，烽煙如霧楚天秋。窮途涕淚憐貧宦，十口妻孥累遠游。宦游乍定依枝鵲，始將一櫂迎琴鶴。鄂渚章門客路艱，鬢霜驚見星星著。當時悲喜峽江知，蓬轉生涯百不宜。警露無情催倦羽，囚山有賦入冰絲。勞薪四載風塵走，就中樂事惟詩酒。淥水花知李白狂，青山錞笑劉伶負。乍憐李郭泛江沱，風信鱸魚感素波。千里蒹葭從者少，一尊竹葉送人多。青氊物是君家故，白雲不隔春風處。欲寄江南長物無，思親淚灑君衣去。蒼茫歸思動離筵，宛轉臨岐讓著鞭。不是年年誑江水，家依滄海本無田。

題李刺史修楙話春草堂詩集

一卷新詩百番吟，玉谿才調重璆琳。洞庭落葉鄉愁積，秦嶺橫雲客

夢溪。白日坐銷豪士氣，黃金願鑄美人心。即今小試調羹手，卻寫寒香
證素襟。時乞畫楳。

春草亭夜話

其　　一

白雲歲晚望將穿，一話鄉關一惘然。但祝春暉常似海，不愁芳草綠
浮天。

其　　二

半偈枯禪消芋火，數行遠雁落琴絃。年來頗有池塘夢，搔首西風憶
惠連。

其　　三

誰將滋蔓絕根荄，鶴立苔階冷信催。不是詩心偏愛雪，盼他李愬凱
歌回。

其　　四

江城荒仄草亭寬，小聚蘭交證古懽。座上須眉皆耐冷，此盟誰主有
蒼官。署中雙柏頗古。

聽鄭山人彈琴

黃州鄭君靜且閒，攜琴訪我江沱閒。天風琅琅秋氣薄，吹入七絃叫
寒鶴。初如乾蘆灑雪汀，急疾紛沓悲飄零。纖雲冄冄出層嶂，繞巖拂樹
爲紆漾。山泉百道飛玉龍，碎珠忽瀉鮫人宮。披煙一笑眾山黑，夜溪時

有孤猿泣。悠揚斷續意轉悽，傷秋嫠女當花嚘。春光融融指下發，一隊雛鶯曉窗月。疏如高士聳肩吟，密寫扁舟話雨心。擊鋏乍揮豪士手，傾杯且倒狂生酒。變爲梵語更清幽，能教塵慮消浮漚。聞君數弄色惆悵，頃刻悲歡褈萬狀。后夔死後律呂衰，什一庶幾琴存之。中暉黃鐘尺度古，此理周通墜霜露。人情厭古匪始今，箏琵諧俗誰防淫。鄭君鄭君勿再作，儻有苦心弦外託。

月下坐春草亭有懷鍾司馬荊州

十笏茅亭俯碧漪，波光山影動相思。天涯小別初弦月，春草長吟五字詩。今判筆猶依昔譜，舊栽花更發新枝。亭爲司馬令此時所葺。知君亦有勞薪感，擬辦圓荷待水漘。

惜　　別

芳塵宛轉送征車，未忍人前賦攬袪。五里迴風翔孔雀，一天涼露隱芙蕖。金蠶照夢清無滓，玉蛹憐心苦不如。願得湥情比磐石，不緣蒲葦負當初。

方伯莊衞生先生五十壽詩

卿月初移斗，台星正曜亢。艾年師衞瑗，椿古紀蒙莊。寄臂宣屏翰，承肩任棟樑。黎頤鴻業著，楳鼎象辭彰。圭乍青桐剪，羹宜碧蔘香。璇璣瑤簡列，簫管綺筵張。葵罤馨浮醴，寅階樂掎裳。禮箴恭則壽，詩頌熾而昌。賤子匏猶繫，嘉辰藻欲翔。登龍欽榮戟，舞鶴愧門牆。憶昔單闈次，來依泰岱傍。凡姿庸散樗，薄殖待包荒。已受恩暉廥，還教道味嘗。室虛悟生白，程遠許飛黃。贈紵情優渥，攀轅意激昂。薰陶專且久，柔誦審斯詳。食舊叨簪紱，傳經重縹緗。辛楷葷鷺鷺，甲第振鸞凰。

頭角紱齡見，騰驤壯志章。盤根徵杞梓，琢器喻琳琅。岸宇儒林表，丰儀戚里坊。史裁頻治董，雅訓偶從萇。力埽雄軍隊，名高選佛場。爾儕呼短李，此賦獻長楊。雲閣鈴牽索，晴簷鐸韻瑲。藥欄晨覓句，蓮炬夜含光。河潤資循守，川隄得保障。篠驂迎驛柳，芝葢省鹽桑。鶼鰈歸廛肆，璠璵蔚塾庠。比閭贍五袴，井埭裕千箱。廉酌餘瓢嶺，甘回溢蔗洋。廣培郇記黍，徙植召甘棠。璞暈荊虹燦，濤犇楚峽蒼。黃牛馴伏汛，赤雀報秋穰。軫恤民情澈，輿歌德澤長。游蹤仙訪郭，獨行孝思姜。考最三霄喜，遷喬萬姓望。招賢攜繡虎，指佞辨神羊。家蓄京坻粟，涂盈士女筐。官聯肅鵷鷺，朋讌譽鰷鱨。稽察津梁密，綏柔市賈藏。桃花魚足稅，秔稻蟹輸芒。按莢波熬素，持籌網在綱。倉儲成巨藪，檣響警橫塘。美政苗滋稿，威稜薙拔強。風醳疏兕柙，浪息妥烏檣。險以重關設，才憑一面當。陣圖營午谷，輪鐵轉丁糧。檄遞猶馳駿，烽收漸熄狼。反身吾勇大，示掌爾謀臧。鵝鸛供群策，熊羆出兩廂。廩充紅朽粟，戶備綠沈槍。既靖蛙聲聒，尤嚴豕突防。口碑聞藉藉，手詔荷煌煌。旅凱丹忱貫，豐猷翠羽償。梟陳咨魏闕，鏡朗照虛堂。肺石推仁被，毫釐析智囊。洞微因舉燭，疾惡類挨湯。帝謂清勤慎，疇兼富貴康。金科分霶霈，玉律總慈祥。夏屋羅珍廣，春膏布化潒。屯輜充錦幕，恒軌盛銀潢。九穀鱗塍獲，單車介胄揚。建瓴看建節，開府竢開疆。太歲今逢巳，輕颸恰引商。刻鳩新授杖，泛螘互傾觴。益聽勛華懋，咸徵性米良。水衡平秩秩，冰鑒度汪汪。皎潔連城穀，堅凝百鍊鋼。飲和供福醴，均惠播流漿。安宅行能踐，齋居坐或忘。好攜真法嗣，偶謁大醫王。初地蟾輝迥，諸天雁影涼。指端皆寶塏，言下即珠航。信果菩提熟，靈萌般若剛。胸原如雪亮，瞳竟有時方。籀篆奇挼漢，煙霏格仿唐。詞鋒摩壁壘，氣燄發珪璋。峙嶽標森鬱，迴瀾合混茫。祕文修汲綆，瑣事小燃糠。勸業衣誰付，翹材尺共量。下心求幹濟，高足奮巖廊。人盡瞻韓切，公惟說項忙。遇琴追孔卓，舍瑟與曾狂。拂拭銘溇骨，慇懃熱到腸。七襄敷纂組，六籍佐笙簧。鞠弇陪賓末，萊斑廁綵行。燕貽兼軾轍，鸞愛及鍾王。槐曙塤吹伯，榆纏宿應郎。多男齊翽鳳，同物笑書麞。松柏彌舒

茂，蓀荃更競芳。椒繁搴夕秀，葵向戀朝陽。奕葉瑩牀筍，宗支煥璧
璠。齒牙涵吉露，顏色駐甜霜。盛會題襟集，諧鳴褋佩鏘。願違鵾翼
借，意託鯉函將。喜躍銜環雀，吟寒隱砌蟄。崇閟窺萬仞，禱祝陋尋
常。珠琲辛劬數，鑪鍾未暇遑。岧嶤山九曲，遙爲詠如岡。

疏蘭僊館落成蔡笙庭上舍_{忠泠}有詩見貽次韻奉柬

其 一

頗有江山助，真無車馬喧。幽情寄花竹，清夢即羲軒。小塢先春
築，生機得雨繁。種蘭堪潔養，料理進芳樽。

其 二

古人耽吏隱，疏嬾媿今吾。芳草閒胡蝶，淡林響鷓鴣。家鄰梅福
里，詩入輞山圖。一榻招新雨，同吟五石壺。_{苪舍名。}

桃花源圖爲岳紫藩司馬_{屛環}作

其 一

鑿空誰將混沌開，千秋絕境費疑猜。此中直恐無高士，徧種桃花不
種楳。

其 二

酒邊好句爭秦鹿，花底清愁付蜀鵑。同住江干躭吏隱，不須還問洞
中天。

客有言漢皋近事者感賦一首

踏踏歌吳歈，宛宛鳴巴曲。皚皚樓上月，灼灼人如玉。雛姬十三四，檀槽掩蛾綠。繁絃侑芳尊，華堂燦銀燭。羅襦冰麝溫，斗帳紅蕤複。月隨人共圓，宵與秋分促。黃金爲泥沙，碧海爲醽醁。箏琶綺席闌，笳角嚴城續。誰挽大江流，洗茲冶游俗。

輓程序伯明經庭鷺

儒林文苑兩何疑，刻畫貞珉孝子爲。稚蘅龤使示墓志銘。江左騷壇憖後死，墓門宿草動相思。一尊兼酹要離塚，三尺重題有道碑。吾願儻償君目瞑，故鄉烽火靖何時。

溪秋雨霽入山聞琴

青蔥淫翠滴碧巖，谿流悲嘶攬殘蟬。攀藤牽蘿月嬋娟，彼姝麗都隔煙語，疏松吹花作秋雨。

宿王宜山明經永彬石門草堂

石門煙雨正蒼涼，信宿從君話草堂。新釀酒爭花色豔，舊藏茶帶藥苗香。鶴知客俊時相就，雲戀山溪不肎忙。羨煞謝庭佳子弟，執經成列侍匡牀。

書《桃花扇》院本後

東風惆悵媱香樓，萬里烽煙鐵甕收。委鬼畨成亡國懺，名花同向夕陽愁。一宵淚血多生蒂，自古情癡會聚頭。難得美人偏俠骨，不教田阮附風流。

贈喻農孫學博_{同模}

冒雪來尋問字車，春風又展鄭虔書。人如霽月寒逾皎，詩似梅花妙在疏。瀟灑官齋惟欠鶴，寂寥盤饌久無魚。與君同飲長江水，一勺亭邊好卜居。示近作《一勺亭詩集》。

題劉濬之學博詢耔圖

谿山滌朝雨，芳隴夏氣清。婆娑草堂下，澂想悟物情。良苗足生意，培壅期秋成。君子重謀始，助長徒營營。根柢苟失養，旱潦皆傷生。人定造化絀，理完物擾輕。不見信天翁，學博近日自號。經畬事淡耕。

寒　鴉

零星碎點凍雲邊，澈夜寒聲斷復連。千里鄉愁驚曙月，六朝畫本散邨煙。樹含遠岫將春色，人倚斜陽欲暝天。最是哺雛聽不得，江關雁信滯殘年。

寒　雁

幾行嘹唳下空江，羈客天涯恨未降。出峽櫓聲秋到枕，劈雲字蹟月當窗。他鄉兄弟連新別，遙夜琴絃襖冷腔。羨汝煙霄偏有路，西風吹夢度歸艭。

卷六

庚 申

詠 葫 蘆

瓠落頻年願總違，漢書濁酒賞心稀。畫來誰肯依陶穀，問到真堪了陸機。卻笑纏藤工束縛，翻嫌蒸鴨太濃肥。柳家醯醬分明在，柳批云"我以理義爲醯醬"。悟得唐時俗尚非。

春草亭晨坐

孤亭水上曲欄斜，且喜新年蚤散衙。酥雨驟青檐外柳，曉煙欲白塢中花。爲翻塵牘攙詩卷，欲覓蒲鞭誤畫叉。安静頗聞民竊議，書生悃愊本無華。

江 口 曉 發

扁舟襆被睡情濃，楊柳垂垂正拜風。煙樹遠含江氣白，布颿斜閃曙光紅。驫官嬾散逢迎厭，澤國蕭條市肆空。贏得長年停櫂笑，吟聲擁鼻可能工。

隔水望羅茂才_{應箕}甕天草堂

草堂寂歷綠陰肥，谿水清泠照客衣。剥喙恐驚詩夢醒，午雞喔處指雙扉。

小　　坐

其　　一

小坐閒窗俗慮蠲，酒尊細酌晚風前。蕉林石得詩之瘦，雨檻花争畫未妍。圓滑乳鶯翻邃譜，毷氉病鶴倚茶煙。年來宦味寒於水，活火新芽静夜煎。

其　　二

曲房寂歷藥鑪安，病後輕衫怯嫩寒。十笏頓紅緣畫埽，一簾瀟碧倚琴看。稽遲我自愁鄉訊，疏嬾民猶頌好官。但祝年豐銷鼠雀，蒲鞭何礙學劉寬。

其　　三

誰識蕭齋獨夜心，祇教蓮漏訴浮沈。世情淡似愁邊酒，豪氣窮於散後金。近日文知尊鹿洞，少年詩悔付雞林。天涯儻有鍾期在，一笑重尋爨下音。

其　　四

偏是東風逗鬢霜，憐余未老便積唐。詩情遥夜通甘苦，夢境中年易感傷。細聽笙歌時厭俗，薄吹蘭蕙尚聞香。樵青卻解浮雲意，笑指喬柯祝壽康。明年，家大人春秋七十有六，家慈七十有四，合之爲一百五十齡，有歸奉壽觴之議。

苦　雨

打窗飄瓦不曾停，淅淅騷騷廿日零。破屋尚疑天亦漏，桑田直恐海曾經。倒流三峽詞源竭，遠合千峰霧氣暝。斗大荒城原澤國，麗醮侵曉忍重聽。

水　災　紀　事

其　一

太歲在庚申，五月江水至。自峽建瓴下，犇流素車駛。猛雨注浹旬，轟雷走千里。拔木而漂屋，人獸褥鯤鯉。纍石塞城闉，築土擁城址。魚龍舞殘星，塌然百雉圮。豐林沒其巔，獸吻露乃齒。可憐萬竈沈，猱木酸嘶起。菑害生瞬息，有手不及徒。垂涕問江流，天乎既誰使。

其　二

捄物先捄人，捄貨先捄錢。洪濤滾滾中，何處招天船。亟撤敗屋材，編筏絡繹牽。呼號覓舴艋，城闉飛渡便。一舟役兩人，一人錢兩千。須臾划槳集，魚貫而蟬聯。四出繞屋泊，一身爲眾先。嬭嬰及老弱，各自幸瓦全。或濡其衣履，或漂其釵鈿。或奄息待斃，或瑟縮可憐。得船烏爭樹，睹吏蟻慕羶。安得萬廣廈，俾爲乾土遷。

其　三

官舍胡高聳，本託金雞皁。對面山隆然，覆船懺先有。葢蓆支竹椽，工省易假手。復得東門樓，巋存最長久。閴若蜂聚房，密如蛆處瓿。風定燕引雛，雨過鳩呼婦。屏蔽以衣裳，位置逮雞狗。爨火熱因人，飲漿濁於酒。性命甫倖全，飢寒所甘受。仰面視使君，頌祝愧萬口。

其　　四

衣襦猶可曝，粟沒那可移。竟日不得食，明日咸嗁飢。急視官廚中，一飯皆難支。民飢忍獨飽，傾筐煮作糜。攜瓢與剖分，旦夕聊延之。驚惶結中腸，半飽殊亦宜。羸孱輒得半，强壯或倍差。平時厭粱肉，菑至水若飴。所憂官乏儲，三日粥愈稀。滔天勢未已，仰屋中夜思。苟於民有濟，利害非我知。

其　　五

常平古有倉，原備災荒用。然須大吏諾，度支昭慎重。牋牘一往返，報可已屢空。況復拘文法，斂怨吾甚恐。飢鳥急待哺，挺鹿詎堪縱。趣吏發倉儲，獲咎甘自訟。未能戶一鍾，杯勺聊與共。覈實期平均，勾稽耐兼綜。量人輒自予，次第戒喧鬨。我心斯即安，不在輿人誦。

其　　六

瀕江多哀雁，安插略如法。俾不至流離，水退可復業。南北有高壤，豐收頗歡洽。人心尚未漓，願以盈劑乏。輕車往導之，懼類威力脅。出納歸自然，嗷鴻漸相狎。消疏出膏腴，簞笠事畚鍤。挹彼以注茲，長短絜廣狹。民物本同胞，精强翼惵怯。同患難安樂，汝曹此盟歃。

其　　七

匝月水勢平，啟關通犢車。徒步不可行，泥濘一尺餘。商民各有業，輒請返敝廬。牀笫橫潦場，爰以託安居。爬沙累日夜，敗板欹窗疏。粟朽絲亦腐，糜爛尤在書。東鄰危垣圮，西舍橈棟扶。老屋土四壁，蕩然爲荒墟。煢煢將安歸，倚官如驅驢。老稚數百人，待哺至歲除。春風蘇萬彙，始去餉新畬。

其　　八

漲水蒸毒淫，驕陽濟酷烈。飢疲襍勞苦，剥削兼氣血。坐此疫癘生，倏寒倏大熱。或發爲瘡瘍，或注爲瀉泄。親知懼相染，鍼砭法蓋缺。乃出枕中方，和藥手採掇。服之良霍然，靈蘭妙難説。因念愷悌心，千里感尤徹。先是家大人寄《救荒徵信録》一部，又《經驗方》一部，至是得依成法，并用成方，悉著奇效，若有前知者然。體此恤瘡痍，痌瘝飢膚切。醫國先醫人，施治同一轍。葉茂根須培，元氣自凝結。

辛　　酉

送琴士弟赴江南代迎板輿

昨日得諭書，書中語辛酸。上言賊氛偪，下言家計艱。垂白見兵燹，動止皆足患。一讀一失聲，掩書淚潛潛。升斗豈我縈，欲飛無羽翰。叮嚀告予季，賴爾迎衰顏。戈鋋滿關津，去去宜亟還。楚中非樂土，一枝聊可安。娛老新卜築，近依獨柱山。山泉頗清洌，山樹互囘環。新秋秔稻熟，小圃蔬果攢。風俗尚敦樸，父老洽古驩。得此爲菟裘，菽水愜萊斑。清勤守明訓，拙政或可觀。舟車雖云瘁，勞逸久暫閒。請爲陳利便，毋復戀鄉關。天地多荆棘，猶幸骨肉完。禄養儻可遂，不敢羞卑官。

病　　痙

毒水入藏府，營衛悉擾亂。自内達肌理，至微輒糜爛。或從股肱聚，旋至手足散。初如粟圓碎，既若珠璀璨。水漿外淋漓，筋絡中拘絆。痛楚欲攢心，挹悼艱運腕。寢不能安席，食不能舉椀。書不能自繕，牘不能手判。行坐疲已極，精神耗强半。丈夫志民瘼，癃疥甯足憚。何愛尺寸膚，瘡痍在里閈。

因 病 請 假

方寸亦云亂，膏肓欲漸攖。衰年就遠道，力疾事趨迎。縱遂安仁養，須陳令伯情。萊衣吾願足，脱屣一官輕。

游雙泉觀示李生元善

不知山寺遠，蜒蜿覓雙泉。雲氣欲無路，鐘聲疑在天。清商吹木葉，静籟入琴絃。理境應澄澈，虚靈不是禪。

聞海珊上人涅槃

辟穀餐霜木石間，相逢七十駐童顏。月明禪定天心洞，芝老僊游地肺山。愛物不捫禪底蝨，拯災徧度水中鰥。三千行滿歸何處，舍利光浮寶墖間。

哭參軍盛稚蘭表兄

材薮紛綸竝世稀，一官蹭蹬願終違。文章任我千秋責，以蘊懷後集屬校。卬巨憐君七載依。醑酒娪人悲末路，夕陽芳草讖先幾。青山竟與埋詩骨，愴絶遺雛泣總幃。

石門山谿雨後把釣

秋歸微雨後，磵石碧無聲。高柳一蟬唱，空山萬象清。苔淶疏屐
齒，水净愜雲情。向晚垂竿坐，翛然世慮輕。

初夏過花谿

芳郊四月趣田功，楝子風柔趁玉驄。雨後蛤聲攪梵貝，霧中花氣暈
春虹。訟庭有蜻清游慣，曠野無尨露積豐。爲語山農休惰作，惜陰差與
讀書同。

長夏見螳捕蟬感賦

螳斧驚看碧樹陰，殺機已露復沈吟。原知黃雀方偷眼，可奈鳴蜩太
有心。執翳技工難引避，當車怒急欲成擒。忘情笑我旁觀久，變徵無端
一上琴。

山莊落成迎養未至先遣妻孥居之公餘偶過戲賦四章

其　　一

暫抛案牘就鷗群，徙倚松窗勸蓋芸。風戞竹聲清似鶴，晴烘花氣曖
於雲。一瓻桑落春前蓄，半剪都梁夜久焚。耕鑿與民同渾噩，不煩鼓腹
頌神君。

其　　二

位置山齋要合宜，藥鑪經卷手親攜。種花地窄删寒菜，煮茗煙高補
午炊。小拓繡窗藏稚女，密排鐙檠課諸兒。蘆簾紙閣蕭閒甚，笑看樵青
學畫眉。

其　　三

啟窗四面見遙岑，紅滿枝梢綠映潯。拭劍偶邀猨引臂，聽經頗喜虎平心。蕭蕭蘚徑疏朝屐，汨汨山泉動夜琴。明日吏人催判牘，籠鞭欲去且長吟。

其　　四

幾人吏隱得山居，卻笑今吾是故吾。五嶽未登曾望氣，百家黐涉欲成書。閒中宦味參冰水，指上郵程算板輿。料理萊衣娛晚景，此生畨願灌樵漁。

山　　居

山居春婉晚，屢負故人期。寄意琴三疊，隨身酒一卮。看花風定後，倚杖日斜時。卻笑閒胡蜨，紛紛出短籬。

東墅守五谿得山中蘭兩本賦詩見示
適高安人送蘭至分百本寄之并次韻

君貽幽蘭詩，一吟落雙淚。淚盡不成吟，獨得幽蘭意。芳菲今間阻，枝葉昔相依。寄君花百本，素心甯久稀。

移　　竹

碧窗如水琉璃薄，嫩晴花氣生羅幕。檻外飛來綠鳳凰，舒苞欲舞香飀約。風枝露葉鬬精神，八尺琅玕解新籜。根瘦猶黏石罅涪，梢垂卻映叢邊蕚。瓏瓏笙語囀幽禽，苒苒茶煙伴寒鶴。去年移竹西鄰家，新笋出牆翠珉削。今年移竹自東鄰，粉篁剛向簪牙掠。三家養竹過三年，一片綠雲繞春郭。把酒相招學子猷，坐忘賓主清吟作。婆娑舒嘯空俗緣，底須更插紅塵腳。

蓺　蘭

愛竹如愛䎱面兒，綠玉恨無繡襁持。愛蘭如護垂髫女，碧紗錦帳試柔荑。素心欲吐不忍吐，翠黛輕舒時孎舒。微雨窗前弄清影，嫩情簾裏暈紅脂。吾家道輼十三四，學吟喜讀楚騷辭。朝來對蘭寫眥嫵，夜久笑作春蘭詩。芳情潔性得蘭似，與蘭癡欲爭丰姿。蕚綠傝人天上種，淨洗鉛華始得之。試移一蓊依叢篠，翠袖天寒有所思。

陳生教壇被放春官詩以慰之

十年前往事，爲爾一怦然。自古文章價，難憑摸索權。幾人誇利市，似我感屯邅。荆玉終當獻，心應刌後堅。

輓王問萊同年家亮

斫地哭王郎，誰知抑鬱腸。文章君近古，嘯傲世稱狂。一第中年累，名山薄宦妨。不聞有儋石，囊錦賸寒香。

有　紀

世事靜觀魚著餌，山居閒使鶴尋花。偶吟傝句溫春夢，圓月遙天駐彩霞。

後 游 仙 詩

其 一

琉璃丹碧五雲邊，旌纛蛟龍曉日鮮。袍袴翠娥齊鵠立，春寒誰授衍波箋。

其 二

青鳥翩翩碧宇閒，貫魚綵伴護雲關。屏風十二丹青隔，便是僊凡萬疊山。

其 三

邯鄲一枕正甞騰，寂歷雕櫳障繡繒。聽到曉雞渾不似，豈應瑤島有蒼蠅。

其 四

聞道君王拜上元，一時侍女盡槳軒。就中誰學夫人似，翠羽明璫字彩鴛。

其 五

禁漏初沈萬籟遥，鈞璈隱隱奏咸韶。群真游戲青鸞舞，翎翠紛飛下碧霄。

其 六

紛羅麚酒醉無休，指爪頻將癢處搔。底事初平工叱石，僊廚新進爛羊頭。

其　　七

金經丹竈許同搋，姹女黃婆妙諦含。十萬靈真齊拔宅，雲中雞犬半
淮南。

其　　八

樓閣參差十二城，玉幢星列斗杓平。驚傳小隊天魔度，夜半橫騎太
乙鯨。

其　　九

福地娜嬛守衛嚴，夜湲偓犬吠冰蟾。玉龍戰罷餘驕態，鱗甲漫天撒
白鹽。

其　　十

頻年稱意懺空花，丹訣無靈慧業賒。獨有上清閒散吏，斗牛西北種
匏瓜。

疏蘭偓館詩再續集

卷一

甲　子

長沙留別陸星農觀察_{增祥}

揮手一千里，寒煙起洞庭。文章憐屈宋，君方箸《楚詞釋疑》，而余亦適有《離騷讀法》之作。身世感雲萍。湘水盟心白，君山照眼青。客中尤惜別，況對眉星星。

賈太傅祠

宣室中宵問鬼神，可憐長策已空陳。鵬來便告才華誤，馬躓方嗟世路迍。痛哭儻能疏絳灌，立談祇恐類儀秦。至今祠宇煙波外，賸有湘纍與卜鄰。

過岳陽樓

客裏華年笑轉蓬，又看景物入春融。林花乍萼貪迎日，岸柳新黃嬾拜風。千里亂愁縈短篷，十年舊夢滯孤篷。岳陽樓畔重回首，憂樂生平憶范公。

雪夜過螺山擬訪王子壽比部柏心不果
比還江陵子壽有詩見詒用韻奉酬

風雪螺山下，空懷訪戴心。那知杜陵老，亦有過江吟。孤雁沜寒瀨，白雲依遠林。相思觸餘痛，淚灑卜商琴。

原作　　監利王柏心子壽

但有青山志，真無赤紱心。避人江上迹，招隱谷中琴。秋老兼葭渚，煙寒橘柚林。維舟不相見，望遠發長吟。

過友人寓齋不值戲題壁閒

公子翩翩逸興多，琴囊經卷滿行窩。壁圖芍藥舒紅纈，硯滴芙蓉潤翠渦。細爇名香蠲吏俗，淺斟濁酒釀春和。漆園胡蜨皆游戲，聽鼓歸來且放歌。

登螺山遂訪王子壽草堂不值

路轉峰迴入畫圖，登臨頓覺壯心孤。溟濛雲氣通衡嶽，蜿蜒江光亘蜀吳。已喜名山供醉卧，可憐國士尚飢軀。我來欲訪圍棋處，斜日長林噪暮烏。

散步城東聞鳥聲嘈襍感賦城東爲滿兵駐防所。

叢樹扶疏翠作屏，喞啾眾鳥戀青冥。將雛頗喜風能引，葺戶誰謀雨未零。豈有休徵聞鵲噪，也因拙計見鳩形。郭門才出重囘首，布穀提壺便可聽。

新涼露坐月色正皎偶披吳鐵士茂才_鑌所繪花冊覺清芬襲衣歌此代柬

修月吳郎斧在手，高躡月户窺星牖。纖阿驚呼老蟾吼，吳郎已劚靈根走。下臨濁世苦無偶，細縛夔豪健於帚。淋漓揮灑墨一斗，著紙芬菲無不有。筆之所至造化醜，錦機失色天孫忸。興來時補詩數首，詩意與畫相樞紐。昔惟摩詰或勝負，黃荃趙昌皆掣肘。願得尺縑置山藪，靈物永使煙雲守。中宵坐對許誰某，一卷騷經一壺酒。令我詩心忽抖擻，滿掬清暉爲君壽。

投詩後鐵士不答賦又不酬畫足音跫然疊韻遲之

荊榛在心杯在手，撥杯清嘯驚窗牖。隔院蒲牢夜湥吼，笑聲時挾鐘聲走。素心咫尺夫豈偶，尋聲若來當擁帚。拍掌共傾酒數斗，王喬之舄室何有。效顰自厭東施醜，投詩乞畫先愧忸。或憐其誠畀以首，錦囊湥裹不解紐。寶山空手呼負負，矧余臥病方覓肘。枵然此腹成藥藪，醫經厖襍那可守。能已我疾知須某，心所嗜好輒下酒。君詩君畫甘芳擻，試與服之蒼松壽。

荆 門 道 中

隱隱蒼山隔碧叢，蕭蕭烏桕襍丹楓。霜華欲奪荊關筆，慘綠枝梢著老紅。

老 萊 莊

嬉戲猶嬰孺，徵求卻楚王。有妻成志節，無夢到冠裳。孝隱千秋定，門閭百卉香。吾生誤微禄，飲泣過山莊。

講　經　堂

談經陸夫子，遺蹟此重尋。父老思匡濟，名山共古今。泉清沼聖學，樹老伏禪心。水木有原本，余懷鹿洞溁。

謁象山先生祠

嬴秦廢儒術，學校漢始啟。六代競雕華，有唐正文體。洎乎宋程朱，師儒乃濟濟。鵝湖鹿洞閒，道脈心源遞。象山胡巍峨，君子重豈弟。主靜非近禪，去私斯復禮。先賢陋門户，後世工排抵。窺豹拘斑文，鳴蛙襪井底。口訾駁不純，内有懟且泚。登臺聽談經，觀水喜飲醴。祠旁即蒙泉。我來九秋天，苦為五斗米。捫心或未盲，翹足漸成痞。陰陽悟消長，動靜揆根柢。披榛汲蒙泉，舊習此湔洗。白日去堂堂，名山一揮涕。

唐安寺古柏

唐安寺前古柏古，云是唐時僧所樹。拔地干霄眾山俛，婆娑樾蔭周百堵。千年霜雪死撐拄，光怪斑駁煙雲吐。我來秋杪日正午，圓蓋流蘇萬千縷。空山無人采芳杜，輪囷巨材荆棘伍。大風激泉飛作雨，翠虯怒攫蒼珠舞。爪牙開張鱗鬣豎，掘强不屑千金賈。吁嗟此材堪棟宇，誰與貢之作砥柱。菁華盤礴靈氣聚，胡為鬱鬱久此土。自來材大縱可取，工師瞠目難斯斧。君不見樗櫪株儒塞天府，彫題刻檜就繩矩。嗟汝柏兮老何補，蒼茫獨抱冬心苦。

玉泉寺示巨洲上人

巨公得禪悦，倚錫碧山阿。風定疏鐘落，天空一雁過。拂巖雲著迹，觸石水成窩。雲水無情物，還憑本性磨。

寺旁見湘竹在智者經臺址下

清湘隔千里，修竹此名山。智者談經處，蕭然積翠環。有情皆化綠，非淚亦成斑。畢竟悲生悟，塵根乍可刪。

次韻酬袁廉叔同年瓚

何年塵海拓雙眸，舊侶相逢沮水頭。磊落才名千佛選，飄零身世一鷗浮。諸生濟濟傳丹訣，時主講玉陽書院。百感茫茫話素秋。試上仲宣樓眺遠，江天清曠憶前游。

廉叔有結廬峰泖之約疊韻答之

擬闢山莊豁遠眸，君居東屋我西頭。煎茶竹裏樵青喚，邀月華前大白浮。要水一泓湔濁嬲，起樓三面挹清秋。青山價重詩囊澀，峰泖先教作臥游。

玉泉山紀游

紫霞爛曉空，初旭一輪接。青藍擁佛螺，蒼翠亂松鬣。我來秋宇高，清商振林葉。泉聲石罅吟，山氣寺門攝。芳池卷枯荷，細草點殘蜨。飛甍欲摩霄，老檜如鼓箑。十丈舒妙蓮，一莖現迦葉。空梁竄鼯鼯，虛磴響僧屧。指點天上天，萬綠混眉睫。竹院東廊紆，經樓右垣挾。蒼房聚蜂窩，蘚壁積雉堞。鐵鑊大業銘，金輪道子捻。言尋般若船，僧舍名。試展貝多筴。棒喝參竹篦，箭機發仙笈。緬懷智顗師，爭披北秀牒。禪心異夢徵，《志》稱智者夢關壯繆於此。神力諸天懾。自隋迄宋元，興廢轉輪捷。中閒椒室功，宏願桑門愜。輦帑飾寶林，燭光墜華鈐。妝樓鏡月圖，有明肅皇后梳妝樓。冷照秋花靨。梵鐘疏杵搖，塵障浮嵐摺。弔古足踟躕，觀微心妥貼。嗟彼五濁腥，危哉一泡躠。此嚴號覆船，庶幾盍求楫。

不　寐

寂靜如僧舍，官齋夜漏賒。江聲清到枕，月色淡浮花。故國烽煙隔，衰親鬢雪加。定多思子淚，寒夢繞天涯。

伯寅自都中寓書謂朝鮮使至
仍有索及鄙人詩句者賦此奉柬

苔牋萬里致寒溫，洌水迢遙雅誼存。一統車書忘畛域，十年風雨憶琴尊。香山有例須求價，昭諫無名枉乞言。珍重《海東金石錄》，伯寅所輯，余爲之序。幾時翦燭與重論。

顯　烈　廟

複岫重巒偪四圍，翠題丹桷鬱崔巍。山魈化樹當軒伏，偃鼠驚人觸檻飛。辟易蛟龍潛夜壑，陰森雷雨捲靈旗。忠魂浩落乾坤小，一任鳴泉怨夕暉。

客舍呈太守阮賜卿先生

曇花嶺外草堂偏，位置琴書意灑然。添石數拳供竹笑，割池一角讓鷗眠。自依杖履談經所，恍住娜嬛小洞天。媿煞侯芭問奇字，春風空坐十三年。

殘臘過花肆得唐花三種各系小詩

其　　一

富貴一何蚤，云從窖火來。嫣紅易憔悴，何似殿春開。牡丹。

其　　二

神偓好游戲，偶幻火中花。冷眼誰能識，檀心空自嗟。水偓。

其　　三

木筆先春染，東風不自持。蘭香玉比潔，何苦著燕支。木筆。

明日重經花肆牡丹玉蘭緋桃之屬皆有售主矣
玉梅數本老幹盤屈尚依依籬落間不能無詩

寒梅寂寞住山家，冰雪仙姿枉自誇。附熱便邀聲價蚤，可知人世愛空花。《莊子註》訓“唐”爲“空”。

小除夕感賦

乍聞江上息戈鋋，藥裹茶香又一年。束帶屢辭陶令米，看囊新貸阮公錢。每思祀竈羞羊瘦，無計驅儺乞鬼憐。笑我壯心灰欲盡，何端蠟淚夜溙煎。

詠　　漆

猶有丹心託匠師，衹愁受涅易成淄。願爲琴瑟音求古，徧讀經書字削奇。吏隱有園剛化螊，女兒居室尚憂葵。此生守黑甘無用，陳夏封君那得知。

苦寒感賦

急景催坂輪，孤征累羈靮。寅杓斡鴻濛，丑紐迴鳳厤。萼綻花葳蕤，黃柔柳劈析。豈知陰沴伏，輒與混陽敵。殷雷玉虎號，迅電黑蜺激。雪霰攪冰雹，風箕蔽月的。蚪枝垂琳瑯，鴛瓦瀉玓瓅。鱗疏魚蟄淵，毛縮馬伏櫪。呵管口欲淩，持麋齒相擊。薄醪畢瓷翻，苦茗晉甌滌。肌粟感范絺，頭風待陳檄。思語譏暗蟬，將翔學退鷁。氣昂葛仙吐，面恥木皮覬。憂來曾子吟，苦憶徐母績。征飆滯淮墦，篝火耿士壁。是時偪歲除，閒日覓鄰糴。捑篋罄布荆，易餅括瓴甋。褐穿綴天吳，灰死畫吳獲。手皸指強僂，淚凝血迸滴。靜樹驚颭嘶，荒榛短阡羃。安得駐羲輪，庶幾蘇社櫟。陰霾萬壑埽，冰筯千峰剔。尺玉已不貪，噉金那可覓。哀哀寸草心，獨抱春暉戚。

乙　丑

送宗子城孝廉景藩北上

花種河陽計日看，以功得縣令。新來射策到金鑾。中年科第成雞肋，貧士功名總鼠肝。君豈甘圍彭澤帶，我猶悔唾伯陽丹。側聞握髮勤延攬，好向雲霄振羽翰。

牡丹一本從火窖中得來旋爲冰雪所損色香頓減

倖離窖火遭冰雪，強著燕支鬭綺紈。欲壓眾芳心太熱，自經小劫骨猶寒。仙衣冑爲炎涼改，國色原知位置難。富貴須償金屋願，試尋句漏駐顏丹。

讀　曲　歌

春夢不知曉，一夜空牀覓。春雨不知愁，一夜空階滴。空階續殘雨，花減一分春。明鏡續殘淚，鬢增一寸鬒。青蛾不忍埽，留教郎刻畫。愁黛壓山長，恐是郎行迹。畫梁金翡翠，繡被紫鴛鴦。東風詎解意，吹老百花香。

晨　起

晨起步廣庭，朱鳥麗高垣。百卉含芳露，生機澹無言。林花日以悴，新綠日以繁。飛飛黃栗留，嚶鳴百舌翻。雖無絲竹盛，絕勝箏琶喧。昨夜聞子規，五更訴煩冤。流聲半歌泣，恐是蜀帝魂。春陽無私照，物性異怨恩。胡能一嗜欲，渾噩懷羲軒。

妾　薄　命

東鄰有豔女，光采百羅敷。鉛華豈屑御，笑顰皆畫圖。綠雲縈鬒髮，夫容浸肌膚。吹氣紛蘭蕙，守身重璠璵。垂髫弄筆硯，小詞頗清腴。十三工刺繡，十四學吹竽。相攸慎媒妁，時節標梅踰。二十嫁府吏，鬖鬖戟如鬚。流涎向麴糵，旦晚府中趨。結褵未彌月，詭言捧府符。別時不灑淚，蚤知天性殊。去去邯鄲道，戀戀酒家胡。千錢擲纏頭，百錢罄樗蒲。歸家致薄詰，反脣怒號呼。熗我裝閣書，裂我嫁時襦。脂匲及粉籠，狼藉拋屋隅。婉言謝府吏，青宇鑒區區。頗聞西鄰女，貌寢身攣拘。蘭膏涴頣頰，鬖黛褉丹朱。籧篨駢十指，動作侍兒需。十五嫁夫壻，白晳馮子都。熏香歸玉署，傅粉直中樞。巍峨鶿鷜冠，蹀躞驊騮駒。袖中畫鬢筆，朝罷鏡臺俱。間階瘁芍藥，芳塢盛藦蕪。牢籠閉鸚鵡，燕雀戲枋榆。人生各有命，飲泣空嗟吁。長齋捧梵笈，爲懺前生辜。輪迴若不爽，來世那須姝。不願長羅綺，不願嫁金吾。願得一心人，白頭卬巨扶。

春　閨　怨

其　一

繡得縷金鞵，競呼油壁車。踏青邀小妹，纖步嬾離家。爲言明日好，春事未蹉跎。那知中夜雨，綠樹空槎枒。東風如激電，嘵鳥散餘霞。薄瞋顧阿妹，還儂枝上花。

其　二

淡閨惜晼晚，頗遭阿母窺。謂儂太嬌稚，憨笑百瑕疵。春韶詎能老，花發明年枝。阿妹聞母言，匿笑褰羅幃。云妹索乳時，憶娘絕嬌癡。十日開妝鏡，自畫一回眉。

輓黃韻甫大令燮清

其　一

烽火連江入楚來，折腰爲米亦堪哀。亂離身世成孤注，忠愛文章屬俊才。理篋慘看君手筆，碎琴愁對伯牙臺。招魂翦紙煙波闊，鄰篴淒涼正落楳。

其　二

倚晴樓外水鄰鄰，曾著維摩病後身。出岫爲雲流潤澤，歸家是鶴痛人民。千秋史筆推循吏，一代詞家拜後塵。磨鐵欲穿曹祖硯，名山珍重好傳薪。

邯　鄲　曲

邯鄲妖女十三，斂手低眥道旁。睛瞳秋水含光，風動纖袿細香。籠鞭指問誰行，粲然玉齒流芳。入門徐道勝常，扶肩酒勸千觴。珠喉新炙鶯簧，慢攏琵琶怨長。燭炧嬌歌未央，握手笑謎鉤藏。拔釵字畫鴛鴦，頤頷羞紅暈璫。昵昵語聲不揚，拂衣起立筵前。我醉何妨竟眠，教擲纏頭十千。驚鴻欲逝遷延，座客相顧譁然。謂余矯情太偏，爲謝蚤懺情禪。東鄰有女如仙，一笑傾城可憐。登牆窺臣三年，欲託蹇修懼愆。平生泥絮因緣，窗外銀蟾自圓。

曉　鶯　八　首

其　　一

銀漏初沈碧漢遙，金衣小隊玉笙調。千官袍笏沾花氣，萬户雲霞織柳條。鳷鵲觀淡棲葉隱，未央鐘動踏枝嬌。得依禁籞窺清淑，鳴向朝陽協鳳韶。宮禁。

其　　二

曈曨曙色上樓臺，梭擲簧抛去復來。已喜樹遷金谷暖，驟聞花報綠窗開。芳春箏語應相妒，殘夜琴心莫漫猜。翻盡紅腔學百鳥，披衣良久立蒼苔。園林。

其　　三

白板橋邊翠柳絲，乍晴風景水邨宜。野桃千點雨餘瘦，柔艣數聲煙外移。初日魚蓑閒徙倚，嫩寒船篷静參差。年來頗有谿山戀，金縷聊吟睡起詞。水邨。

其　　四

罨畫山莊綠意酣，疏林茅舍似江南。採茶曲裏爭圓滑，布穀聲中襪兩三。鐙炧錦機唳倦女，簷淡晴箔上新蠶。好將俗耳鍼砭覓，隴首聞攜酒一柑。田家。

其　　五

才過南陌又東城，用句。慣向蕭齋喚宿醒。婭姹强和乾鵲語，纏綿頗解落花心。爲含文采偏憐羽，得上喬柯那惜聲。埽地焚香澥濁惱，底須重作不平鳴。書窗。

其　　六

杖策閒尋埜鶴家，蒼林岑寂鎖煙霞。旛風不動聞鈴子，香雨紛飛見寶花。一喝當頭春粉碎，萬緣如夢綠槎枒。上方月落鍾魚静，饒舌豐干正結跏。佛寺。

其　　七

綺語才删觸舊愁，何人破曉弄珠喉。薝蕉庭院風驚鐸，楊柳池塘月斂鉤。略避烏鴉防眹耳，巧隨鸚鵡喚梳頭。遼西征戍何時息，僝僽東風倚翠樓。閨閣。

其　　八

絮雪飄零又一年，荒郵迢遞減朝眠。紙窗微白聞雞後，叢樹濃青立馬邊。賴汝春愁聊與解，破人鄉夢不教圓。吹噓但借高風力，弱羽飛鳴會戾天。驛亭。

子 夜 歌

溪宵坐幽閨，三五照梳櫳。願郎一顧盼，莫負此時星。裁布製袥衣，教郎著衣裏。非無綈繡材，冷煖親郎體。銀勒玉驄兒，垂楊繫路岐。憐郎遠于役，不忍向郎嘶。報儂一幅蘭，點點出郎手。相詒不在多，要郎心上有。鳳髻拋花朵，雙蛾背郎鑷。盼郎蚤歸來，梔子待郎開。

紅 萼 楳

藐姑仙人乘赤螭，霓裳舞罷霞綃垂。緋桃爭開譙瑤池，上元醉勸赤玉巵。酡顏羞向銀屏窺，歸來笑撚珊瑚枝。揉搓絳雪游以嬉，罡風誤向塵寰吹。俗眼不識冰霜肌，靈芸灑淚成胭脂。紅牆一角朝旭移，海棠未醒春葳蕤。

綠 萼 楳

鑪篆愔愔碧窗曙，一桁湘簾凈無語。蘼蕪滿徑春痕助，洞户蕉迷不知處。翩然紺袖驚鴻翥，似斂雙蛾隔煙覷。南浦波光淡容與，青鸞孔雀時來去。翠軨珊遲去猶豫，道逢羊權偶回馭。羅浮山淡夢無據，雙棲翠羽春愁絮。

書范問珊刺史琨羅浮夢影圖後係悼亡後作圖

其 一

楳花繞屋月昏黃，金翠分明帳裏藏。飛去蚤愁蟬鬢薄，夫人《詠蟬鬢》詩云："露重只愁飛不去，花香生怕壓來偏。"歸來應感鶴魂香。美人識字能妨壽，才子耽詩例悼亡。悵恨黃門遺挂在，鸞絃便續總神傷。

其　二

鳳隻鸞孤廿五絃，路人傾聽亦潸然。易將天上明星摘，難得人閒大婦賢。問珊《悼亡》第九首有"替修鳳烏偷新月，互碾螺丸畫遠山"等句，云皆紀實。不妒前生應是佛，有情再世定畱緣。勸君莫漫羞腰折，營奠營齋要俸錢。

行　路　難

文采不療飢，忠信不救寒。負郭田荒蕪，孔顏中夜歎。何況儀秦末學書十上，長沙少年策治安。黃金貂裘易凋敝，痛哭何補徒瑕瘢。不見楚靈均，行潔喻芳蘭。遭讒身放廢，搔首涕汍瀾。高天下地榛莽塞四荒，五嶽幽險而巉岏。黃河倒流滄海洩，風雷雪霰橐無端。蕭蕭密箐穴豺虎，驅儜逐人供飽餐。炎洲毒淫沙漠圻，蜀猿胡馬嘶聲酸。鏡中昨日見青髫，路岐今日成衰殘。身非金石有時瘁，焉能躑鑠常據鞍。請歌一曲行路難，君今聽此摧心肝。

豔　歌　行

嶧陽之桐裁爲琴，嶰谷之筍翦爲笙。一彈再鼓鳳凰聲，鳳凰應聲求和鳴。空山豐莽多鵬鳥，鳳凰遠來鵬鳥媔。相持不下鳳歸休，同聲不逢去夷猶。明日喧傳入都市，縣公侈瑞獻天子。召工圖形索山藪，感君見求欽鵶至。羽儀熒煌略相似，緊所不似鳴聲耳。欽鵶結舌不吐聲，舉國狂呼鳳凰矣。世無伶倫解宮商，烏能節足辨歸昌。金鐘大鏞毀道旁，吁嗟鳳兮寥廓翔。

晨坐山寺巨上人以指叩窗賦此代偈

平旦坐窗下，澄心觀眾緣。入簷霧氣湮，就戶旭光圓。猨呼六面應，蜂攢一隙穿。天龍示我指，真解忘言詮。

莊衛生師自益陽山中寄眎《游絲》四章依韻奉酬

其　　一

千囘萬轉戀朝陽，繞樹縈花傷草堂。素質漫教春色浣，柔情未抵客愁長。羞依蛛網緣香户，願拂魚竿照野塘。卻羨芳林棲息穩，顛紅何苦儘飛揚。

其　　二

界破雲陰曉日來，亂紅淒處冒樓臺。已憐嬌蜻渾無骨，始信奇花別有胎。宛轉繭蛾癡自縛，顛狂柳絮慢相猜。由佗杼軸誇經緯，一笑紈羅自轣材。

其　　三

飄泊長亭又短橋，羈魂一縷那禁銷。雲浮色界原無著，風繳心旌尚欲搖。濁世儘容塵滾滾，韶春誰繫水迢迢。天空毫末知何補，冷眼垂楊枉折腰。

其　　四

髻絲禪榻悟浮生，蹤蹟朝昏變雨晴。静對落花懷杜甫，閒看橫路感蘭成。手中線斷征衣綻，指下絃酸淚縷縈。不獨香蕁繞歸夢，東風何事絆郵程。

原　作

其　一

曾共飛英到洛陽，飄颺素質謝華堂。前生已隔重霄近，遺恨還添一縷長。莫繫春駒過短堞，且隨晨燕度橫塘。祇今遂得棲遲願，不逐鞭絲道左揚。

其　二

十丈紅塵跐地來，梧桐庭院鳳凰臺。已拚歷刧同銷歇，豔說登仙此化胎。柳暗花明皆幻夢，蘭因絮果任疑猜。天邊舊侶如相問，恐落泥塗作棄材。

其　三

也隨烏鵲恨填橋，獨賸愁魔未易銷。鎮日不妨情宛轉，橐風尚欲勢扶搖。本來蛻骨三生幸，繫到鄉心一水迢。卻笑綠楊成大蔭，祇堪學舞作垂腰。

其　四

徙倚長空大覺生，塵寰消息視陰晴。憑他杼軸工難就，且喜丹青染未成。不向天孫商去住，冐依世網作牽縈。珠簾十二同時啟，休冒春光滯遠程。

如冠九都轉奉西山臥佛寺中
宣聖像歸之闕里自爲文紀之敬書其後

水精之子文教樞，肩三五道萬世模。章縫峨峨今衮冕，力排邪説形神臞。古來佛法在夷狄，欲入中夏無由趨。索隱行怪後有述，宣聖頗已存憂虞。責以素位大防立，不冒攻擊窮追逋。周衰木壞爭蹈隙，子輿氏出龍蛇驅。不然巧借楊墨入，改闢蹊徑成康衢。鄒賢去後道維絕，嬴秦焚書漢晉儒。是時將相與近習，或起刀筆或屠沽。黠者乃用黃老術，開門揖盜何其愚。青天白日不得見，託之夢寐傳形軀。因心生幻幻生妄，華夏突兀千浮屠。彼經初僅四十二，楞嚴圓覺尤為誣。即如是經亦淺陋，妙處乃割莊列腴。其所為咒制豺虎，若繹義旨堪胡盧。然而彼教有真諦，此固未免言其麤。達摩西來埽文字，默向心性求明珠。大學明德即此謂，取治私欲原同符。虛靈不昧具眾理，先賢初未相齟齬。無奈綱常被放佚，凡吾所有彼則無。脩身齊家至平治，講求實用程途殊。唐宋以來好闢佛，不揆原委尋根株。甚者孔釋混為一，巧立詖辭供佞諛。孔子師聃聃師佛，甘居弟子稱南膜。此圖聖像護紺宇，狡獪毋乃僧繇徒。蠙園主人見而駭，趨奉入廟縣庭隅。出彼入此示後世，一運掌頃乾坤扶。即今彼教亦衰替，或踏彼隙相揶揄。一車載鬼筮犧易，先張之弧後說壺。揮戈提斧騁伎倆，譏譏齾齾害剝膚。吾儕衛儒兼衛佛，禁制猛厲時相需。噫吁嚱，禁制猛厲雖相需，盍拜干羽陳典謨。

嘲 菊

才得花開已近霜，儘無風雨奈重陽。泉明去後誰知己，漱玉吟成合斷腸。已分清閒娛晚節，豈真丰格壓群芳。藥囊酒盞無聊甚，不及蒹葭水一方。

菊 苔

彭澤何年歸去來，松花滿徑長蒼苔。似聞風裏羞腰折，未忍尊前笑口開。顯頷近今應勝我，芳菲自昔本無媒。依依尚寄東籬下，傲骨相同漫見猜。

卷二

乙　丑

漢口將發酬鄭譜香觀察_蘭

草草韶春百六殘，蕭蕭琴劍去留難。浮雲著影憐齊贅，舊雨多情念范寒。盤錯救時需大器，飄零成例憶長安。家山共有滄桑恨，別淚尊前未忍彈。

自漢口棄輪船三日抵金陵

世間怪事那有此，四省郵程三日至。船名海馬馬欲飛，^{船名"飛似海馬"。}馬飛直恐無船駛。前船先我一月行，三疊蒲帆鷁逸耳。大江南北多青山，而我失之交臂間。群峰爭驅向西走，不暇笑客方東還。此船非檣亦非檝，以火濟水轉輪捷。糧三萬石人三千，飄瞥煙霄輕一葉。世途鬼蜮要防微，慣向風波暗設機。自昔先民戒奇巧，中庸有道誰能違。獨憐孤客歸心急，猶恨艨艟不解飛。

次韻趙硯花學博_{金燦}六十述懷

其　　一

霜髦相看感亂離，客蹤㳨悔十年覊。貧猶似我官何益，品要如君世所師。有女劄前差勝酒，無家身外祇餘詩。故鄉杖履殊寥落，屈指靈光數此時。

其　　二

囘首燕臺百感生，舊游團絮共飛觥。藤花墜紫驚春晚，蠟燭搖紅話月明。問世辭章推領袖，看人台閣蚤蛩聲。蘭亭禊後東風老，余於癸丑初夏出都。一任流鶯訴不平。

其　　三

捧檄吾嗟楚塞長，潔蘭君喜奉高堂。頻年烽火愁千疊，滿目瘡痍泣數行。薄宦分馳荊棘路，餘哀同廢蓼莪章。江關尚作搏沙聚，零落何堪問梓桑。

其　　四

那有殘書署玉杯，㔸無佳興撥香醅。絲拈續命欣重覓，君以端午後日生，今年適閏五月。花長互男祝㔸開。三絕鄭虔憐老大，幾時彭澤賦歸來。卜鄰儻許圓初約，小築茅齋共翦萊。余舊居與君祇隔一垣。

哀　歌　行

其　　一

兵燹初銷地猶赤，八千萬頃田成石。傷林依水兩三家，鈌鉊殘犁事春麥。烏犍尗盡人力艱，祖賦偏逾舊時額。入夏乾晴麥欲枯，官符晝夜催科迫。作歌告哀涕沾巾，額首願逢元俟君。

其　　二

彼農有田冀逢年，惟士無田尤可憐。盡室倉皇匿邨落，茅檐累日無炊煙。兒童散失脩脯絕，煮字曷補謀吞氈。短襟露肘屨穿踵，庠序何處求衣冠。大裘廣廈吾願足，塊然一身向誰哭。

其　　三

谿橋野店初歸人，量柴數米圖晨昏。市廛有令取什一，坐使珠桂求無門。居貨空虛藉行賈，划船回截如魚罟。網漏窮追十倍償，官渡殘商色如土。敲脂吸髓充橐囊，赤脣強半曾經商。

其　　四

窮民無告分滅絕，殘廢何由得遺孑。劇憐昝日溫飽家，尗亡今有窮民嗟。飢寒犇走邁奇疾，寡媍哭夫兒覓耶。孤兒持瓢乞餘潘，啟齒欲呼口先噤。鶉衣百結苦無完，卻綴天吳舊時錦。

其　　五

貰錢轉輾贖嬌兒，去時稚齒今修眉。數年兒覓誰家食，掩面嬌嗁問不得。叟憐小妹十三餘，壻家屢索無消息。爲尋消息向江干，過盡艨艟忍淚看。舵樓有女竝如玉，欲問姓名飛渡難。

其　　六

奇傑功高亂萌戢，口羞言禄禄弗及。壯夫殺賊不自張，國家上賞他人襲。十年血戰少完膚，頭銜無恙時鐫級。軍中誰某受恩多，便佞輕儇而近習。珊瑚翡翠爛如雲，去年僕隸今將軍。

其　七

將軍之勇能縛雞，將軍之智猶孩提。貂裘被身不問價，金羈絡馬爭驕嘶。千金呼盧狂似虎，萬金纏頭醉似泥。一聲戰鼓驚殘夢，繡鞍欲上猝創痛。非無細柳亞夫才，軍中往往羞愚贛。

其　八

賊如山雲斷復連，又如野火熄夏然。東圮西漲圓沙圓，千竅萬孔蠹蠹橼。帷幄勝算籌眼前，大憝已夷心坦然。置酒高會鳴管絃，十室未炊一室煙。綠蕪蕪盡膏腴田，局外那不憂心煎。

其　九

何況幽憂在眉睫，臥榻豺狼走躞蹀。腠削無形元氣竭，已覺此疽成附骨。庸醫養癰倖不發，一發何繇救倉卒。我欲上書詣北闕，手無斧柯懼阻越。傍徨中夜彈短鋏，流民圖裏悲歌疊。

吳紫荶示近作即書其後

一別何端三十霜，相看互惜髩毛蒼。我經楚塞耽騷豔，君守楳邨續瓣香。故里鶴魂銷欲盡，頻年雞肋悔輕嘗。餘生莫解皋魚痛，羨煞萊斑舞草堂。

李松谿丈汝華《寄迹圖》遺照奉題一首

翠蛟翻雲鱗鬣動，赤虬攫珠雪沫涌。珠跳雲立靈氣瀜，中有真人玉樓聳。蒼髯無風自拈攏，山魈夜泣懸巖孔。劃然一笑洞天洞，風濤颷飈兩腋擁。御之而行出青蠔，俛視濁世皆蠛蠓。癡蟲裹絲僵作蛹，曷不從吾覓真汞。仙胎圓澂水雲捧，三五魄盈數幾孔。千年茯苓手親種，漑以靈源百䬃總。赤松黃石相揖拱，棲息地肺養大勇。蕭曹絳灌胡闒茸，試較修名孰輕重。即今蟬蛻荒煙翁，採樵不上柳季壟。猴山笙鳴眾峰竦，魂兮歸來鶴輧奉。一幅明光駐偓踵，蛟龍潛幽天宇空。

悲 隴 樹

斧耶我胡仇，斤耶我胡冤。伐我先隴樹，使我傷心不能言。昔我去此，檜柏繞垣。今來展拜，蓬蒿在門。吁嗟乎，兵耶，賊耶，其流民耶？胡百年之蔥鬱，一旦逦摧爲薪。榆槐十數章，雖巋然獨存。偓寒變色，如游子之不偶，與夫驚禽之失群。陰霾蔽白晝，寒燐走黃昏。蒼翳一以改，誰與蔭幽原。我欲結草廬，風雨依先人。寸椽不可覓，塞路皆荊榛。矧陽九之方熾，奉栗里以西轅。不然縱飢而歾，我不能舍樹而去，而忍其霜滋而露繁。哀哉檜柏，何年再春，如可贖兮百其身。

悲 庭 樹

數椽敝廬雖不寬，綠陰頗足供盤桓。數株芳樹雖不古，卅年賴汝支風雨。悲哉一炬玉石并，瓯甕略盡喬柯傾。矯然雙桂不肎歾，枝稹葉秃僵而起。記得秋淶金栗團，清尊上壽蒼顏喜。寒梅一枝猶可憐，瘦虬崛強埋荒煙。欲斷不斷斷復連，皮骨殆絕精神堅。當時花開春意足，白頭笑譜梅花曲。明年有花不可知，看花衰親那得隨。我親所憩尚可識，誓翦荊棘圍槿籬。三間老屋花下住，萬里春風非所期。

將之楚北示長女淑莊

骨肉零丁數處分，故鄉剩汝苦離群。嫁資絕少晨妝儉，姆教無多夜績勤。儘許拋書專井臼，儻能分俸寄釵裳。瀧岡未表逢寒食，小炷心香替我焚。

書劉禹門大令詩稿後咸豐初年粵匪竄擾，城陷殉難。

故紙甦生氣，鬚眉認逼真。六朝此遺響，五字爲傳神。山水娛詩酒，風雲護爪鱗。忠魂招不得，江渚碧鄰鄰。

李念南刺史瑜遺稿書後念南在湘中差次病故。

煙雨瀟湘路，投詩弔夕曛。鏡懸虛室朗，絃鼓訟庭聞。旅夢蠶頤月，仙游鶴背雲。一編冰雪句，派自玉谿分。

雨　中　看　菊

看到依籬菊，偏宜凍雨晨。秋光清似水，花氣澹於人。自洗鉛華俗，逾教晚節真。好將膏澤意，調劑壽蒸民。

書阮文達公蒙泉石刻即次
《揅經室集》中《荆門蒙泉》詩韻

盟心白水白，照眼青山青。山水得佳處，蒙泉題危亭。寥寥數百歲，先後講義經。石刻在陸象山先生講經臺畔。

聽　　鼓

楚塞輕游憂楚詞，忽周星紀那無詩。菀枯陳迹何須問，治亂先機漸得知。舊識吏人憐落魄，新來僕從訝愁眉。蓼莪廢讀名心冷，聽鼓何端亦自疑。

歸西谷索畫美人小幀_{西谷嘗夢前身爲好女子。}

偶與飛瓊替寫真，卻憑明月繪精神。請談石上三生果，君是前身我後身。蓮衣開士嘗謂子曰："昔松雪好畫馬，幾墜畜道。居士好畫美人，恐來世不復得善男子。"余笑曰："如師言亦復佳。"

題陳_{次壬}楚游詩册

百粵挺奇士，才高歎望洋。册中有小印，文曰"望洋興歎"。登臨古人淚，悲嘯少年場。起舞邀孤鶴，相思寄五羊。開編動幽思，楳嶺發寒香。

招　鶴　編

乙丑之秋，余淹雷鄂垣，危樓十笏近黃鵠磯。時大吏方謀鳩工，復鶴樓之舊觀。憶甲寅始來楚北，與二三朋輩登樓眺遠，意致豁然。兵燹再閱，瓴甋都燬，迨今夏築，蓋一星周矣。寒窗排悶，乃作招鶴之歌，且以名我樓爲"招鶴歸"云。

秋風起兮江渚，吹凍雨以蕭騷。愴天涯兮倦旅，羌極目而心勞。倏流雲兮靉靆，度衡雁以哀謷。盼胎僊於杳靄兮，魂偃蹇而疇招。緊人民之殷阜兮，城郭鞏而不撓。歸飛飛兮來下兮，託芳鄰以爲曹。朝汝鳴於碧岑兮，余夕賦乎江皋。余將撫爨桐以酬苔兮，或間之以笙巢。固不難諧眾工以託響兮，又愧汝於煙霄。悼希聲之寡侶兮，夔曠邈焉而已遙。子庶幾其不余棄兮，相斯樓以爲巢。傷奮飛之無翼兮，願棄汝以遊遨。訪緱山之王子兮，躡涼月於岩嶤。指揚州於雲末兮，奚取乎十萬之纏腰。汝與余其等潔兮，悵素心之寥寥。既倦飛而知還兮，行遲爾於山椒。亂曰：上兮瓊樓玉宇劇高寒些，下兮望洋向若增駭歎些。蒼波東注，葦杭不可以彌些。西方之美人兮，洞房幽闈，清淚闌干些。儕鶤鵬以圖南兮，衡嶽峇崒，雲漫漫些。將隨陽鳥以北嚮兮，羲輪迅驅，絕攀援些。環四荒而周覽兮，天荆地棘，行路難些。鶴兮歸來，小窗多明，足盤桓些。晨風夕月，清露溥溥些。山花埜簌，飢可以飱些。倡余以和汝，其樂陶陶，聊相安些。

夢境恍惚賦詩甚夥醒而失笑足成兩章
前章都夢中句後章"春雨"聯以外皆醒時作也

其　　一

記得蓬山一笑緣，紅塵重賦衍波箋。人閒如此方稱偶，天上何嘗叏有僊。詩喜同心吟白傅，畫工沒骨勝黃筌。若論筆墨互師事，家法鷗波恐不傳。

其　　二

團月何端半晌緣，空餘清淚漬吟箋。化爲蛺蜨原知幻，修到鴛鴦便是僊。春雨有情含芍藥，曉風無語度蓀荃。鬌絲禪榻維摩病，公案牀頭莫漫傳。

題潘季玉廉訪《養閒草堂圖》詩册

君不見羽扇綸巾諸葛君，千秋魚水酬殷勤。又不見德公卧榻不肎起，抱負幹濟忘功勛。可知彼蒼待畸傑，厚薄不以榮枯分。浩然此氣静中養，出處通塞皆欣欣。滎陽季子世誰匹，中蓄道德而能文。門高金張憺簪笏，屣脱科目耽邱墳。羮臺人海競聲利，獨埽精舍芝蘭熏。箸書欲追古屈宋，交友略盡今機雲。翛然静默契真宰，中宵鶴和天其聞。蓮花仙蜨倏飛至，進凌庶獄知寬仁。量材拔擢破常格，稱職温詔天顏親。從此襃嘉荷稠疊，中外拭目蛟龍伸。欃槍無端起西粵，遂承心簡驅妖氛。

是時烽煙亙吳楚，皖江越水同揚塵。軍中借寇藉舌戰，胸列星宿謀通神。堅城遂拔倒懸解，破竹千里除紅巾。上書論功署弟一，從容卻謝辭色真。群公但恤萬枯骨，釣游得所甘垂綸。草堂三閒此重闢，事業頗喜山中新。我從漢江溯吳會，山川滿目悲荆榛。金閭峨峨市廛集，萬輩感泣功能陳。登堂卻話十年別，坐視鬢髦知勞薪。抑然恬退乃猶昔，海天鷗鷺吾同群。古來奇功類引避，棲息地胏皆天民。殲芝辟穀亦多事，但求所養醇乎醇。竊恐蒼生望如歲，欲聞未得辟艱辛。風雲在天有時合，臥龍慎重茅廬身。

將之安陸贈宗子城

錢塘宗子神儁流，文章經濟誰與侔。春官三試不得志，投筆一笑干封侯。朅來荆楚正多事，運籌轉餉爰諮諏。封章屬草識大體，静夜刻漏時冥搜。贊襄帷幄倚指臂，驅使楮墨皆貔貅。飛騰轉瞬氣彌下，古調但欲知音酬。士元懷才會施展，彭澤有酒行歸休。我生既負蓼莪痛，立志無復升斗求。飢來驅之就小縣，路衝土瘠殘黎憂。兵燹頻年苦蹂躪，近復荆棘橫荒郵。疲馬羸童卻不發，隆冬雪霰侵綈裘。飢軍總能逐餓虎，十室九徙傷無鳩。宦途如此良可畏，世味奓澹胡句留。他年買山得尺寸，荷鋤好約同西疇。先人敝廬慘焦土，夙盟海上雙閒鷗。與君卜鄰就遺蹟，晴雪夐倚春風樓。梅花猶有故主戀，舊客真味應相投。晨霜夕月詩酒聚，子倡我和雲龍儔。況復閨中有崇嘏，畫圖詩本谿山收。功名富貴一羽重，吾儕嘯傲爭千秋。

用韻际家蘊漪姪女_注

其　　一

草草行裝笑阮囊，安心是藥竟無方。_{用蘇句。}乍看道蘊庭前雪，_{詩來}
_{值雪。}卻借徐吾壁上光。不櫛偏饒名士氣，苦吟細爇令君香。宋山他日停
芳躅，定向琴堂憶北堂。_{時將侍宦赴亙都。}

其　　二

鶴琴書畫載同船，雅稱詩人瘦聳肩。彭澤官齋清似水，峽江山色碧
於天。榮名生小知身外，奇字尋常問卻前。莫爲家雞談野鶩，便便經笥
久慚邊。

題蘊漪詩草即效其體

風前稚柳筵晴雪，雨後嬌花漏夕陽。鎮日繡窗塵不到，一枝湘管沁
寒香。

官秀峰師命校課士卷事竣以大集及楹聯見貽賦此奉酬

其　　一

丹心爲國正求賢，課士争題月露篇。_{詩題爲"露似珍珠月似弓"。}詩擅唐
音追白傅，隸精漢體擬曹全。三台德望華夷懾，萬里勛名娖孺傳。憨愧
階前依小草，已邀栽植十三年。

其　　二

偉略勤施德意稠，九重倚畀九衢謳。寬容相度今裴郭，愷惻仁風古

召周。直以性天傳妙筆，每於勝地谿吟眸。會昌集許迴環讀，滄海還應納細流。

紅　梅　花

姑射僊人試豔妝，春風濃抹曉霞光。祇緣冰雪心無改，便著燕支色不妨。骨重神寒成獨笑，絳衣瓊佩襲幽香。效顰無數穠桃李，凡俗應難壓眾芳。

卷三

丙　寅

鄰邑黃陂城陷賊騎往來境上殆徧宿郡城上作

飢軍不可制，散若鳥獸走。倉皇皖豫閒，櫯隙動群醜。巖關岸岢粵雄，一夫竟何有。風埃卷地來，兵賊若樞紐。烏合而麕至，焉能辨誰某。黃陂三里城，無兵孰與守。城狐結坺蟻，盤踞彌月久。慓騎時來窺，我圉知固否。誓眾亟登陴，闞虛若桀阜。距郡城三數里多高阜，賊輒桀之以窺虛實。荒笳静晝鳴，叢櫺溪宵吼。冰霰剝人膚，饟糒掣我肘。千鈞寄蟊肩，三峰戴鼇首。讀書此初心，冐以利害負。身與城存亡，心共月判剖。悲歌顧欃槍，寒芒尚如帚。

童子試畢柬司飲香_{克蒸}劉子謙_{世大}兩廣文

學自童蒙續，材先邑宰掄。棟梁須畚辨，摸索敢辭煩。半亦關時命，何嘗任怨恩。皋比重身教，真品庶相敦。

砦堡告成率賦四首

其　　一

狂寇不擇地，涌溢如流水。東禦則西犇，防此洟在彼。爰用堅壁法，清野斯可矣。設險本苞符，壘石藉荒址。安州古鄖中，《禹貢》稱陪尾。亂山擁驚濤，灌木環舊壘。月暈跨修虹，雲開見列雉。天意鑒區區，人力聊爾爾。

其　　二

築池必求湥，築城必求高。築堡雖不同，周垣繞長濠。豈惟重高湥，堅厚始不撓。垣墉二丈强，堆垛八尺牢。廣袤縱難齊，百室容汝曹。飛蝗施礮石，蛟龍豎旌旄。於農聊寓兵，賣犢且買刀。庸材行善法，胼胝遑告勞。

其　　三

一木不可支，眾擎斯易舉。力須貧者出，資則富者與。兵燹已歷年，凋零孰遑處。得此安固法，族居睦儔侶。守望相因依，囏難各捍禦。一堡苟有警，眾堡左右拒。官軍況周巡，協力皆勁旅。賊來譁必禁，賊退追不許。持静以待動，法意聊與語。

其　　四

立法已不易，所恐弊隨之。憑藉得自固，負嵎技或施。其始以禦暴，其繼暴亦為。大要在得人，舉賢使眾隨。欲擇千夫長，堪作千人師。收發在一心，民由民不知。聞警驅之入，寇退無罦罝。譬之炙艾炷，攻疾用暫時。慎哉虎狼藥，久恃毒不治。

碧山懷古《志》稱唐李白寓居此山。

金僊淪謫太蕭閒，詩酒流連興未慳。一代狂名動天子，十年甥館倚青山。桃花欲共汪倫賦，飯顆疑隨杜老攀。千古才人重知己，可憐絕域望生還。

觀詧張曉峰年丈開霽承檄來郡籌策防邊安陸其舊治也以詩見貽奉荅一首

繡衣按轡此巡行，夾道旌麾靜不驚。令尹重來山色喜，謫仙曾訪酒杯傾。是真名士諳韜略，於古文辭見性情。學製錦須依樣好，十三年後聽循聲。

次韻荅家蘊漪姪女

其 一

卅六游鱗字數行，春風迢遞到虛堂。妙鬟花有神僊氣，賤煞人閒百卉芳。

其 二

箛角淒涼聽浹旬，臨風遙憶苦吟身。紅閨儻易釵而弁，籌筆應銷六幕塵。往歲姉佳兄宰此邑，姪女隨侍危城中。既同鄂省，爲余述賊情瞭若指掌。

其 三

堞樓西角倚危欄，滿眼瘡痍淚暗彈。別有傷心傳北雁，一囘望遠一汍瀾。

其　　四

偶然蹤蹟碧山畱，芳草天涯繫客愁。同向謫僊尋舊句，桃花無語笑清流。

德安解圍上曾宮保

其　　一

昔者太守陳公規，守德安城與賊持。持之乃至八年久，戰守迭用屢出奇。今茲太守長白彥，行法略仿陳公時。賊來如潮那可禦，堅壁以待志不移。賤子適視吉陽事，奔走先後從旌麾。登陴再三守五月，十餘萬賊晝夜窺。擊虛避實靡不有，八年伎倆半載施。運籌終恃中流柱，帷幄凌勝驅熊羆。萬動焉能適一靜，坐令殺運銷潢池。目睹身任請言略，賦詩聊擬平淮碑。

其　　二

豫皖之閒賊勢驕，厥名曰捻紛如毛。焚掠邨墟慘焦土，撞攻州縣無完巢。楚北袤長豫皖接，歲苦賊擾民不聊。强者自衞弱遷徙，煢獨疾厄焉犇逃。聖主沖齡相周召，萬幾聖善尤焦勞。曰咨相臣汝有弟，汝荃往績台垣高。三江既定撫荆楚，蕩滌醜類權汝操。臣荃稽首受疆寄，度險移駐安州旄。發縱指使擊鶻鶚，輕裘緩帶招英髦。重臣自古尚儒術，投壺整暇歌同袍。

其　　三

選將不必斗是撞，選鋒不必鼎是扛。囏難爲國養畸傑，蕭艾能用皆蘭茳。古來名宿甯有種，李廣神射陵生降。淮陰少年漂母惜，登壇始信才無雙。智驅屠沽怒攘臂，語激忠義熱滿腔。朔風吹雪動牙戟，神駿喋血噴油幢。師行以律戰則克，望氣盡墨嗟愚惷。至誠愛民恤民隱，玉石忍使焚崑岡。德威靜鎮斂群鼠，長夜比屋無驚尨。從容戰守寓剿撫，恩波遠引流春江。

其　　四

連天吹鐃震地鼓，王師赫怒躍哮虎。從前將帥類得臣，憑軾閒觀羽旄舞。棘門霸上固兒戲，細柳驕兵庸足數。我公戰勝恃仁智，不恃血氣誇威武。集思廣益做武鄉，況同甲士均甘苦。卑官內愧吳下蒙，令奏微長亦節取。客軍萬竈需米薪，轉運使以徒手拄。有時飛檄磨楯書，立使倉皇應旁午。悍酋萬騎撲孤城，卻從神色覘脣宇。諸艱歷試賞識真，力排眾誽示肝腑。夙爲桃李託公門，今喜師行被時雨。濡毫紀功兼紀恩，知遇生平淚如縷。

城　上　大　雪

立馬危城夜向闌，雪飛如掌倚鞭看。三千世界瑤花合，十萬貔貅鐵甲寒。應有戰功歸李愬，時李部郎昭慶率淮軍來駐城外。可無吟興荅袁安。謂廉叔同年方在戎幕。遙知帷幄圍鑪處，祇恐三軍挾纊難。

次韻荅管才叔戎幕樂

畸士生平願繡絲，見君恨已十年遲。英姿颯爽窮於繪，酒膽輪囷富有詩。時事憤談三尺劍，兵機閒寓一枰棋。丈夫出處安危繫，莫守寒窗筆幾枝。

袁廉叔參軍瓚用前韻見贈疊韻荅之

稛橐秋風換鬢絲，翻然應悔出山遲。狂原是疾差能古，窮未工愁頗有詩。心事卷舒書下酒，世情冷煖玉彈棋。宦成憶否荷衣約，倦羽他年共一枝。

述懷再疊前韻寄江南諸舊雨

萬斛緇塵浣素絲，那堪宦海久棲遲。筆因穎脫難籌策，囊少錢看賸置詩。清濁蚤疏花外酒，輸贏還笑橘中棋。故鄉猨鶴無聊甚，柳雪懷人守舊枝。

丁　卯

師行疾風雲氣如壞垣占之者謂不吉賦詩代禳

賊出襄隨入黃麻，避兵蹈隙毒燄加。郢中城頭動曉笳，旌纛東指紛流霞。暴風拔木揚塵沙，旗斿倒捲騰龍蛇。吹雲獵獵雲腳斜，倐如排雁如驚鴉。如離弦矢如飛車，波濤潏淈山崦岈。頃刻堆積危垣遮，望氣若墨人咨嗟。占經雖傳理幽遐，步天儌託誰專家。毫釐之失千里差，我知順逆違言他。師出以律克在和，人心感格天象嘉。自來修德可厭邪，太乙三式空聱牙。

浹旬而彭慎庵方伯毓橘陣亡耗至賦此輓之

豈料風雲變，能摧大將旗。奮身經百戰，裹革慟殘尸。絕地兵家忌，忠心聖主知。黃岡多苦竹，篘綠護豐碑。

賊退呈曾宮保

孤郡無端刦運生，豺狼漫野太縱橫。登陴前後百餘日，過境循環十萬兵。有律雄師諳勝算，如潮悍賊憚堅城。重臣帷幄焦勞久，一埽狼煙壁壘清。

贈張春陔侍御_{盛藻}

共有浮沈感，相憐骨肉情。尊罍四座古，煙水一身輕。骨傲文逾傲，心清夢亦清。兼①葭洲渚滿，鷗鷺喜同盟。

七夕行市肆見唐宮鏡一枚青綠斑駁
惟"天寶"可辨歸而賦之

鈿合金釵付刦灰，銅仙清淚漬紅埃。劇憐天上閒牛女，猶照秋來冷馬嵬。

讀箕子廟碑陰

其　　一

蒙難艱貞心自安，柳州翻案太無端。亦知去可存宗祀，極諫何人繼比干。

其　　二

諸父當年竝諫時，忠心同剖亦何辭。君恩寬處難求夗，忍辱佯狂最

① "兼"，疑作"蒹"。

可悲。

<h2 style="text-align:center">其　三</h2>

幹蠱應難望武庚，忍言紂惡幾時盈。三仁西伯心如一，臣罪當誅主
聖明。

爲張石頑同年作冰匳罍影圖竝賸以詩

碧琉璃卷纖雲迹，天風吹下名休泄。團圞冰影寫中心，四邊罍灑相
思血。相思血，經年碧，化作人閒斷腸石。儘有生公舌廣長，點頭肎換
相思骨。

卷四

丁　卯

憶　青　谿

其　一

青谿約略輞川同，小艇回旋五曲通。楊柳弄絲花細落，鉤輈禽語夕陽中。

其　二

聽罷黃鸝綠樹滾，煙波清滌晚涼心。愛他龍女祠邊瀑，絕似啌猱月下琴。

其　三

蕭森檜柏護茅庵，滾夜西風撼佛龕。記得一鐙紅倚壁，亂蟲如雨讀《飛箝》。《鬼谷》篇名，山有鬼谷子洞。

其 四

木落巖荒静掩關，四圍晴雪露煙鬟。沿谿虎迹尋常見，日出腥風尚滿山。

次韻胡又新大令_{昌銘}闈中月下

銀燭輝煌夜氣侵，披沙净後見黃金。當時最善傷時命，此日惟思對影衾。摸索暗中誰具眼，升沈定處亦何心。請看今夕團圞月，清照茶煙伴苦吟。

疊前韻贈胡又新

新霜共惜髩絲侵，相見雖遲願鑄金。花縣循聲歸彩筆，蓬山舊夢戀秋衾。廿年對灑飄零涙，同病應憐摸索心。茶熟香温清不寐，雲龍追逐試聯吟。

戲 贈 竹 奴

姑射冰肌暑不侵，若論聲價可千金。夢陪永晝雙紋簟，體熨新秋一角衾。卻欠温柔原有骨，最能宛轉本虛心。何時博得夫人號，百轉迴腸費苦吟。

代 竹 奴 荅

冰簟秋凉百感侵，恩情誰與買黃金。祇宜捐棄隨紈扇，不分綢繆到錦衾。色相儘空偏著涙，炎凉無夢且平心。爲郎瘦盡相思骨，腸斷天寒翠袖吟。

腰腳不健登山得半輒止賦此解嘲

登山千仞足，過度洩天奇。但得吟眸豁，何須絕頂窺。疲形甯是雅，遇險爲嫌卑。不見昌黎伯，窮高灑淚時。

詠　小　車

扶杖憚趨走，出郊亘小車。一輪寒碾月，十里煖衝花。泥滑逢時雨，冰澌趁曉霞。四時得佳趣，安穩就田家。

家秋園司馬示支譜悉爲同宗旋得石章文曰 "黃嵓山前舊主人" 喜其得之適合也爲賦二律

其　一

黃嵓山前舊主人，天涯囘憶故園春。家垂七百年餘桀，客卜三千里外隣。叟隱沮江前後迹，夢吟池草去來因。他時同證能言石，閬塃培風笠屐親。

其　二

海角移巢悵孑然，庭闈話舊每情牽。亂離甫定思安土，宗黨相依慰在天。高足已魁三蕊傷，魏科還盼眾英年。名山勉守千秋業，莫負清芬鹿洞傳。

有　感

有美人兮生西方，佩寶璐兮珥明璫。理玉籤兮宰縹緗，褰申椒兮紉蕙蘭。障翠羽兮驂紫凰，緊英娥兮與頡頏。態便儇以自傷，遺玉案以相將。瞥驚鴻兮遐翔，溯蒼波兮阻長。

戊　辰

春事闌珊清愁難袚追思疇曩不覺怦然欲鳴

寶馬緣隄驟，流鶯繞樹呼。蜨圍芳意鬧，香界客愁孤。過雨驚春晚，當花覺淚枯。一枝藍尾好，能慰寂寥無。

春　日　出　郊

其　一

夾道奉鷄黍，願言駐驂騑。使君催科來，顧欲知民依。催科上司符，民依慎勿違。艱難語稼穡，憺然吾忘歸。

其　二

綠樹自成邨，書聲出茅屋。兒童八九子，卷書尚云熟。亦有牛背者，受芻爲人牧。聖朝重士農，勖哉安耕讀。

其　三

灼灼桃李花，掩映雙柴門。軋軋機杼鳴，方春絡緯喧。鉛華弗遑御，荊布古俗敦。年豐嫁娶儉，藹藹朱陳邨。

其　四

清淺方塘水，鍼頭聚魚秧。黃梅一再雨，魴鯉尺許長。魚蝦滿澤國，網罟稀山鄉。涓涓引澗泉，水利聊爾藏。

五十感賦四首

其　　一

哀哀蓼莪吟，蕭蕭風木響。往者甘風塵，本圖升斗養。六年遽棄之，天呼地徒搶。爲貧復出山，薄俸因時享。鼎牲雖致豐，色笑空想像。無親而有官，觸事皆悲悵。譬如廢園花，都無主人賞。春風坼蓓蕾，榮悴成孤往。

其　　二

忍淚拜墓門，未慟聲先吞。當時所封樹，戕伐多陳根。徐徐問親舊，十鮮一二存。詰其喪亡由，大半含煩冤。聊往視存者，編茅避荒邨。相見輒哽咽，良久不得言。荆榛塞道路，白晝嘷殤魂。賃廡一椽在，薜荔周四垣。他年遂歸志，廬墓省晨昏。

其　　三

禄養既不逮，思貽以令名。出山兩奉檄，安州方被兵。登陴犯霜雪，晝夜食每并。四郊築堡砦，犄角勢方成。賊退許養痾，試院分文衡。明年移黃安，防邊駐驕兵。苦心使和協，奸匪乘隙生。肘腋數告警，密捕搜荆榛。坐此增夙痾，髀肉長不盈。剡章再入告，得失孰重輕。

其　　四

五十云始衰，所幸筋骨堅。須髮未班白，銷瘰祇自憐。我父五十時，健飯如少年。看花時出郭，步履良甚便。迨及六七十，髮墨而齒全。苟非歷兵燹，期頤券操焉。禀賦我殊厚，尩瘵誰使然。勞苦而倦極，百憂中夜煎。駑馬胡戀棧，蚤晚行刺船。滄江煙水闊，一竿生計權。蓑衣臥明月，醉飽全吾天。

天臺玩月效吳鐵士平仄體

呼童攜琴尊，緩步出北郭。經行群峰閒，漸見夕照落。巍峨天臺山，峛崺令錯愕。扶筇躋其巔，湮翠忽四幕。流雲銜銀蟾，吐曜射洞壑。張琴依松吟，槭槭下敗籜。林稍驚棲雛，咳笑裸鸛鶴。山僮頻催歸，有酒且滿酌。悠然忘塵機，妙解只自索。

柬郁小晉 方董

日下分襟十七年，書來聞健一炘然。何妨老作諸侯客，會見車徵處士賢。有子未能供菽水，居官知不酌貪泉。幾時同醉滄江月，其待重逢雪滿顛。

次韻荅秋園

其 一

歸志於今已浩然，休教世網苦相牽。豆觴有意聯枌社，雞犬無驚慶葛天。檢點詩書貽後進，徜徉山水樂衰年。但承祖訓求仁本，鐘鼎漁樵一例傳。

其 二

相對旗峰舊主人，宦游同泛楚江津。十千已約歌維耦，百萬何從買此鄰。好向竹中尋逸趣，每於石上悟前因。他鄉縱喜天倫敘，木末風號憶二親。

壽熊春颿大令七十

天才復作地行僊，杖國如君五福全。潤灑秦雲畱宦蹟，清盟楚水付吟牋。馬帷堂上琴隨手，謝樹階前玉比肩。指日萊衣豔宮錦，好娛晚景到椿年。

書《司馬相如傳》後

誰識凌雲筆，堪憐賣酒時。文章傳狗監，意氣付蛾眉。慕藺才何儉，方楊志未卑。試看書諫獵，絕異美新辭。

永安寺晨坐

曉色含清梵，山淡霧乍收。亂鶯喧霽日，萬綠護僧樓。解説諸天偈，思渺宦海愁。不如棲隱去，散髮櫂扁舟。

叔魯以尊甫六十述懷詩索和敬次原韻

其　一

瀠洄練水見清流，造化偏遲放出頭。識字始憂千古歎，懷才待價幾時酬。也因埽蠹文摹郪，尚爲聞雞舞學劉。歷歷楹書寰宇誦，畱貽何止厥孫謀。

其　二

光陰輪坂太怱怱，文戰當時想像中。獨擁書城君尚富，未工詩句我偏窮。家山册里通猨鶴，兵燹頻年阻雁鴻。兄事正互隨杖履，忍教蹤蹟類萍蓬。

其 三

蕉鹿方嗤午枕迷，新詩十讀悟天倪。元音蚤歲懷金石，綺障中年悔玉谿。合把酒杯商邃密，共舒襟抱與評題。詩筒好附郵筒發，卻喜江關已息鼙。

其 四

才望雕龍原不及，生涯磨蠍竟相同。餔糟敢笑人皆醉，聞闢翻嫌我未聾。爲判牘憎吟興減，好儲詩憂宦囊空。滄江蚤訂漁竿約，得失何勞問塞翁。

得郭子美軍門書言山左奇捷捻逆聚殲喜賦即柬

將軍恃忠信，所向功無比。總統卅餘營，轉戰三千里。三江既蕩平，兩楚亦安止。天子曰咨汝，豫東氛未已。惟汝往討之，朝食必滅此。銜命復視師，諸軍歸臂指。布陣常山蛇，窮追入笠豕。圍偪近黃流，擬浈上流水。神威助天怒，颶風中夜起。魚龍挾浪犇，礚石衝波駛。腥羶及血毛，蕩滌無餘矣。十年患腹心，一夕蠲清泚。捷書奏甘泉，和霽天顏喜。方今社稷臣，曰惟郭與李。異數賜輕車，世禄從茲始。行將圖紫光，功媲汾陽美。賤子請歌詩，聊當平淮記。

秋園兄官應山寓書言近況即柬慰之

貧原非病復何妨，聽我高歌喜欲狂。寇盜天除鄰境靖，弟兄土守楚邊長。俗皆樸野嫌剛勁，化以詩書會善良。況得官齋鴻案舉，一鐙相與話耕桑。

題叟榦甫太守_{致謨}望雲圖册

其　一

白雲戀故鄉，游子滯江關。莫問客蹤蹟，但看雲往還。殘雲風火隔，隱痛蓼莪删。卻令披圖者，相憐涕暗潛。

其　二

那有顯揚事，能償蓼莪心。功名况難必，風木忽相侵。忠孝存巾幗，_{君婦殉姑，綏姊殉母。}須眉愧影衾。塊然遺七尺，何以荅恩潡。

己　巳

肝疾復作請假俟代口占四首

其　一

藥鑪茶臼宦情賒，山縣蕭閒盍放衙。靜對春嵐摹北苑，閒教秋水誦南華。耳虛厭噪風前雀，眼澀慵看霧裏花。見說故園梅似雪，每逢小病倍思家。

其　二

無田歸計亦徒勞，廢屋欹斜券尚操。家破水雲甌一角，客來盤饌笑三毛。衰年魂夢安鄉井，貧士心情愛李桃。舊日青氊無恙否，要將理學授兒曹。

其　三

自痛皋魚百脈空，强謀升斗世情慵。養虛有禄成雞肋，病久因貧卻鹿茸。欲治苦心需雪藕，細吟蕉尾和風松。聲音最足憑情志，影事無端動曉鐘。

其　四

東風吹綠滿莎廳，愛惜韶光坐畫屏。俯首垂楊金縷縷，聳肩寒鶴玉亭亭。盡將苛政删僮約，喜把華言譯佛經。蚤晚不如投劾去，逃禪聊可葆神形。

春 中 病 起

雙扉静掩碧山蹊，香霧蒙籠曲院迷。帶雨緋桃半開落，受風胡蝶乍高低。晴光罨畫歸詞筆，煗意融酥入印泥。閒卧小窗温舊夢，翠禽三五繞花嗁。

自題五十小像

官雖未達民牧司，功雖未立翠羽披。何爲牢騷心不怡，自今五十非應知。

黄安同省舟次江濆

檢點行裝卻自憐，蕭蕭書畫置輕船。玉虹夜半垂華月，琴鶴秋初泛碧煙。久病瘵儕彭澤菊，新詩稀等阮囊錢。清貧贏得妻孥笑，薄宦於今十六年。

昔人以焚琴煮鶴對山起樓等爲殺風景十事
擬作十詩病後恐不能構思也戲拈一律

巖弄難將造化猜，好山多險水多災。名園幾見傳賢裔，祕籍時教付劫灰。易礙科名畸士筆，最妨福壽美人才。騷壇自古誇文酒，一半窮愁爲爾來。

自題詩稿聊代例言

其　　一

手檢叢殘涕暗潛，父師過譽掩瑕瘢。明知蚤歲詩尤弱，爲憶濱恩不忍刪。

其　　二

軼漢超唐庶政釐，小廉大法百工熙。愧無黼黻昇平筆，那有規時讀史詩。

其　　三

詩人忠厚意須存，重返江南有激言。目睹亂離心愴切，張絃未免徵聲繁。

其　　四

談兵紙上詡奇謀，當局何人戰守優。兵事十餘年甫解，祇將身歷紀安州。

其　　五

角逐詞場舊與偕，頹唐蚤已謝同儕。故人強半雲泥判，非奉魚書嬾寄懷。

其　六

綺語中年悔蚩萌，風神怕近玉谿生。美人畢竟離騷格，未必無題便鄭聲。

其　七

酒場倡和百無存，借韻。慶弔寥寥指可輪。酬應不曾分厚薄，一編去取在同人。

其　八

鼎湖髯墜各倉皇，禁近鋤奸是大綱。恰值垔盧銜恤日，塵封筆硯衹心傷。

其　九

十省山川轍蹟淰，飢驅何暇徧登臨。他年若遂田閒樂，要補橋霜店月吟。

其　十

六朝漢魏規摹古，兩宋三唐壁壘新。我愛匡廬真面目，不將門戶傷前人。

其　十　一

羞從塗附誇工麗，敢向頑空說性靈。信手由他天籟動，風蕭月琯任人聽。

其　十　二

昝人詩自有真機，今日方從舊日違。以後擬呼求是集，合將此稿署知非。

跋

　　吾師朱小雲先生以道光丁未報罷畱京，蔭受業門下。師教以制舉業、試帖詩、律賦，又授以讀書法。蔭於駢文、詩、詞稍知門徑，皆師教也。是年冬，師以病歸里。壬子復來都，蔭仍請業。是季蔭獲售而師復報罷。師蹭蹬名場，跌宕詩酒，境益困矣。甲寅夏，以揀發赴楚，自是海內多故，楚北屢亂，音問不通者數季，遂終身不獲見，良可悲已。師在楚久，所蒞有善政，而抑抑不得志。同治己巳，師來書極言困狀，蔭急為謀之，而師已卒矣。今季夏星垣世兄以師之集刊成寄示蔭，惟師之於學無所不通，箸述甚富，其學得盛子履先生真傳，非蔭所能窺測，亦無待蔭之贊揚也。師生平遇而不遇，其精神專注僅此區區，臨歿時惟以遺集為念，星垣能護守而刊刻之，嗚呼賢矣。感念生平忽忽如夢，讀之終卷不自知，其涕泗之汛瀾也。

　　　　　　　　　　同治十三季五月受業潘祖蔭謹跋

沮江隨筆

序

　　丁巳夏五，小雲弟攝遠安篆務，余從之遊。自荆州北抵荆門，道路平坦。折而西，山行犖确，篿溪越碙，經百數折，始至山城。西、南、北三面帶水繞之，則沮江也。沮爲楚望之一，濫觴房陵，津逮數百里，匯溪碙諸小水，至當州而始大，《登樓賦》言"曲沮"是也。沾利者，遠安爲最，如傅什鋪之過山堰，開鑿引流，灌田千數百頃，悉成沃壤，厥功偉然。故梁陳以前皆名邑爲"臨沮"云。地延袤二百餘里，有七十餘山拱之，溯其脈自巫峽來。少陵謂"群山萬壑赴荆門"，而遠安適處其中。西有鳳山，北有鹿苑，南有青溪，東有荆山。扶輿盤鬱之氣，聚爲人文，散爲珍異。惜疊遭兵燹，文獻無徵，志乘孑遺，缺略未備。官斯土者，與有責焉。弟下車後問民疾苦，庶務咸舉，因公所歷，復與二三父老訪山川、攷風俗，有一名一物、一邱一壑之新異可喜者，輒裹裹不能去。歲更易，掇拾成篇，問序於予，辭不獲爲。按文章流別，凡意匠司契、詞條豐贍者謂之文，敘述詳明、篇法簡潔者謂之筆，古稱韓詩柳筆，又洪文惠公《容齋隨筆》，至有二筆、三筆、四筆之富，此類是也。顧小雲識學竝茂，史裁卓然，不獲簪筆瀛臺作《金鼇退食記》，而委蛇於遐陬僻壤閒，猶能握文通之采筆，賦郭璞之遊仙，用以增寵草木，潤色山川。撫茲一編，輒爲三歎。予不能文，聊志顛末以冠於篇，亦筆類也。咸豐八年戊午九秋，同里愚表兄盛徵琪序。

卷上

巨 瓠

　　咸豐丁巳夏六月，余奉檄權遠安事，時眷口在荊州，遂由荊州陸行，過荊門入山，渡沮水。赤曦當午，途長病渴，偶就柳陰息。見埜人擔瓠求售，一肩祇兩瓠，瓠大逾常，索直不昂。顧無問者，余笑謂稚蘭云：“此莊生五石瓠也。”投百錢取其一，掬溪水洗之，置肩輿中，清涼沁體。輿夫方咤其累，而余已入睡鄉矣。千金之喻，豈必涉河？盛稚蘭表兄，名徵琪，蘊素師之才子也，時同客楚北。

山 城

　　入山累日，所見無非山也，忽於懸崖陡壁間見黑衣者數人踉蹌踵至，視其衣冠仿佛皆百年物。僕夫告余，此遠安吏來迎使君者也。麾使先行，復犖确，經十數里，土稍平曠。山雨驟來，止李秀才家。片刻，雨少霽，青芙蓉爭出天半，濕翠撲衣。俄而晚炊一縷，蜒蠂茅舍。從者白下輿，則已入山城，抵官廨矣。

喜 鵲

　　似烏而脩尾者，避歲營巢，吳中稱喜鵲。庭樹乍晴，或三五爭噪，見人即飛，是以爲瑞。官廨多雜樹，斷磚零甓間飢雛咿啞，朝夕無已時，則厭之逾於鴉矣。余有句云"叢樹陰濃山誰喜，短窗紙裂野蛾僵"，蓋紀實也。

鳴　鳳

官舍後隙地數弓，小有花竹，西北諸山如人行牆外而見其髻也。一峰尤高削曰鳴鳳，或云唐韋皋宰遠有美政，鳳鳴此山，或云邑令侯鳴鳳居此，因以得名。其峰側出而削，若無名指。山頂結道士廬，歷歷可數。每輕陰嫩日蒼翠如畫，積雨初霽則白雲蓬蓬斜抹山額，琳宮紺碧浮漾半空，頃刻萬變，不可究竟。

户　口

城內外居民寥落，才如村市，嘗以問教諭劉君詹五。劉君為余言："遠安戶口古不及知，然攷諸舊志，自宋元入國初祇三百餘戶，今幾十倍而君猶少之邪？"因詢其戶口所在，曰："郝筧、石管諸鋪，穴山附澗，結茅編竹，皆戶口也。"余為憮然。劉君名子垣，竟陵人。

穴　山

絕壁陡險，有猨猱所不能升者，而自腰至巔皆有門戶，如蜂房然。詢之山民，先附葛施竹桄，緣以上鑿石，納尺餘長木杙，藉杙再緣而上，如是輾轉凡納十數杙而置身漸高矣，遂平納兩杙覆以薄板，憑之鑿壁。有自鑿者，有傭鑿者，每方一尺，傭值百錢，費數千錢即可容身，若用萬錢便成丈室。中閒借石作几案、牀榻之類，支板作扉，非惟堅久，亦避兵燹。

沮 江 書 院

　　山中自國初以來無進士，鄉榜亦止六人。暇訪諸生，頗有溺苦於學者。稚蘭兄爲余言："是可教耳。"邑中舊有書院，廢弛且久，於是招集諸生月再課之，分俸以厚其膏火，而請稚翁主講席。數月以後，應試者多至百數十人，蓋鄰邑皆有負笈來者。

宋 素 我

　　宋素我諱楷，漢嘉人，乾隆間宰是邑十年，百廢竝舉，修城垣，開水利，民感其德，建祠祀之。嘉慶十四年，吾鄉黃嘯巖先生攝遠安事，夢客盛衣冠來言："舊役某某輩，均當供我使令。"徐詢宦閥，謂嘗宰此間。"今官何處？"曰："同司是土耳。"寤而異之，問某役，僉言狀貌當是宋公。旬日間所索二役皆無疾卒，方悟"同司是土"之言，或爲城隍神矣。嘯巖先生諱虎文，宰遠有慧政，邑人尸而祝之。孫慶雲，余同歲生也。

鹿 溪 嶺

　　城西北十里許，岡巒起伏，林木參差，蔚然深秀者，則鹿溪嶺也。嶺多古松，風來簌簌然如龍吟，山麓溪水瀠繞，清洌鑑髮，對面群山屏峙，蒼翠入畫。新秋過此，意趣豁如，輒有天際真人之想。陳生教堃《鹿溪遇雨》句云："風聲驅雨到，雲勢挾山飛。"想雨中風景，定復快心。

鹿 苑 寺

　　自鹿溪折而西行三五里，時已曛黑，亂山匼匝，如癡雲布空，能蔽星斗。四無人語，惟聽水聲淙淙，金鐵皆響。肩輿屢涉水，寒起膚粟。

炊許得山寺，索火視之，牖曰"鹿苑"。一老衲迎客入，香火泠寂，窗户闃如。倦甚，少息。溪聲到枕，疑風雨驟至，間以驚雷，不復成寐。少焉，寺鐘既鳴，山鴿故故，或墜簷牙間。披衣出户，左右兩山如畫幛排列，峰巒秀削，竹樹潃蘙，笑謂老僧："左峰當從《輞川圖》中得來，右壁則華亭真蹟也。"余有詩云："遠訪王右丞，近橅董思白。蒼莽一幅雲，變化兩家訣。"

苦竹

鹿苑寺東偏有水澄鮮，曰"苦竹溪"，其竹瘦如叢葦，短才尺許，青翠可愛。攢點石縫，類落衣蘚斑。谿廣不數武，竹石掩映，極幽蒨之致。清泉瑩澈，跳珠噴玉，泠泠然作琴絃聲。竹葉蕭颯，得雨滴瀝成韻。惟筍味殊苦，土人所棄。記柳柳州有句云"俚兒供苦筍"，想與此類。

漢磚

羅漢峪外三里，土人呼銕金鎔、黃金臺者，相傳爲漢臨沮故城，其地無可玫識。農人耕田，輒得古塼。爽泉言古色斑連，真漢物也，惜不能辨其文。他日物色之，猝不可得。

石燕

庾仲淮《湘州記》："零陵山中有石燕，風雨則飛，止還爲石。"徐秀才汝驊爲余言，山中頗有之，大如盂，蒼質白理，仿彿有兩翅，遇風輒飛，習見不恠，取置他處即不飛。夫大塊噫氣，揚沙拔木，然何以他石不飛？若云石形似燕，氣化相感，而遷地弗良又何說歟？格物之難如是。

筍　石

縣西北九十里爲苟家埡，多出筍石，色蒼黑，剖之，中有白理，棱節似筍。或一莖特生，或兩三莖駢立，或縱橫數莖，縱者如筍，橫者作太極圖形。余在彝陵見之，人呼爲寶塔石，云出寶塔河，形色不少異，斲以作屏，頗亦有致，但大不過尺許耳。

翠石白石

石工王喜善琢石，每得一石，相其形色製爲屏風、硯池之屬，其小者爲印章、爲指環、爲杯，皆光澤可翫。藉以得食，終歲常在山中。余厚給資斧使掾采焉，得翠石二、白石三。翠石一差大一小，大者爲屏，翠質白章。上作峰巒，飛白如雪霽。下備巖壑草樹，疊翠爲偃松形。倪午莊少尉炯爲鐫"翠岩晴雪"四字。其小者祇二寸弱，色純綠，逾於翡翠。剖二印章，以貽如冠九太守山。又琢白石作屏二，一可盈尺，細綠成漣漪，近邊濃翠，瑣碎如竹叢，斜亞一枝，淡紅微著，似帶雨桃花，花下浮鴨迴頸理翎，余題曰"春江水暖"，每直陰雨，尤鮮潤欲滴。其一曰"翠藤紫雪"，古藤周絡，翠點勻皴，紫花下垂，纍纍連綴。一略小，僅能作研，紅蓮綠蓋，就隙爲池。因憶蓮衣蓄研最多，此種殊未備，他日重游西泠，當以貽之。蓮衣，金牛湖僧。

青谿泉

七月既望，或餉巨罌，封械甚密。門者峻卻之，則委之而去。試發緘，瑩然如玉，蓋青谿龍女泉也。亟呼琴奴，然松枝，淘白沙壺，煎沸才如蟹眼，適閨人方焙鳳山雨前茶，試品之，寒芬沁齒，頓覺九根塵淨，心魄惺然。

鳳　山　茶

縣志稱茶以鹿苑爲最，然寺僧曾餉少許，色味均不如鳳山。沿鳳山麓三四里曰董家畈、馬家畈、崔氏山莊，皆產茶。崔氏尤雋絕，嘗介周柳溪學博維翰餉新茶一串，正如閩舶鮮荔支，色香味兼備，荅以楹聯云："當户青山藏鳳尾，卷簾白水試龍團。"崔居多竹，在鳳山後數里，故云。

崔　氏　山　莊

崔秀才名登甲，居鳳山之西、觀音洞東，因竹爲屋，四圍植茶，院落極幽僻。比秋稼憂旱，余時涉阡陌，講求引水之法，欲順涂訪崔，先屬柳溪函致之，崔不可，曰："繩樞朽敝，詎可枉從者？"因言伊祖某翁，嘗夜坐，二縣役扣門入，延之坐，即亦相顧無語。爲辦雞黍，潑家釀，恣其飲噉，從容問來何爲者。初役緣事至西山，歸途謀小憩，他無所欲，及翁問，不知所對。一役狡黠漫應曰："無他，官方備某差，令某等向若貸白金二百耳。"翁唯唯。飯訖，奉金几上。役攜之去，出門大笑，遂相瓜分。鄰人有知之者以告翁，故相戒世安蓬蓽，勿納冠蓋。柳谿爲言："今邑宰雅愛山水，嚴絕苞苴，子豈未聞之邪？"崔終恐僕從爲累，諾以異日。戊午穀雨節乃以寸柬請品茶竹閒，而余又爲案牘所絆，不果赴云。

青　谿

曩聞青谿之勝，未暇遊也。會秋旱，乃以八月之望禱雨於龍女祠，得覽青谿諸景。余謂高安萬山環列，尤奇拔足多者，百井之險、百井山，一名太平山，在郝硯，距城百里。鳴鳳之峭、鹿苑之邃，然幽秀淡遠當讓青谿。山净水澄，峰回溪曲，茂林蔥蒨，幽鳥閒關。余遊之日，凉雨滌秋，巖翠欲滴，雲鱗鱗起松檜間，吹空若絮。泉聲玎瑽，如叢鈴碎佩，縹緲煙際。因就山寺宿。平明雨甚，洞壑迷離，水泉噴溢，尤動心駭目，幾疑此身非復塵中。余《青谿漫興》句云"紅蓼蜻蜓秋寂寂，綠楊魚虎晝沈沈"，稚蘭句云"濕螢見火星將上，乾雉無聲日易沈"，皆是日真境也。

五　　曲

青谿佳處，尤在五曲。《琴書》稱蔡中郎入青谿訪鬼谷先生，所居山有五曲，因制"五弄"，三年而成，出示董卓、王允輩，皆亟賞之。五曲者，《淥水》《游春》《幽居》《坐愁》《秋思》。唐李白有《淥水曲》。余以秋半步屧其間，但覺峰回路轉，有望衡九面之趣。嘗謂琴者，因水得音，響應山谷，中郎琴理，絕妙千古，獨於青溪五曲流連三年，蓋山虛水深，維此爲最，而巖泉瀉玉，天籟自然。惜客中少良材，又乏名師，不得一窺其妙。余《青溪》有句云"終古溪聲作琴語，晚風還悼漢中郎"，又《青溪懷古》云："死哭心難白，生還淚亦紅。傳經惟弱女，知己兩奸雄。史筆千秋絕，琴心五曲窮。至今溪上月，耿耿照孤衷。"頗爲稚蘭兄所許可。兄亦有詩云"可憐五曲青溪水，不爲中郎一洗冤"，又云"《廣陵》併作溪聲咽，不獨傷心蔡議郎"，自注云："熹平閒邕請弛禁錮，帝怒欲殺之，遷徙不死，而死於董卓之難，其可痛惜如何。"詩於無可慰藉中作寬詞以慰之。余愛誦蔡中郎文，每至《薦卓表》輒掩卷太息，比之《劇秦美新》。

鬼　谷　洞

青谿東南五里有山曰"雲夢"，俗稱"雲門"。"門""夢"一音之轉，故譌。山麓有洞，相傳鬼谷子棲隱處。洞口才容人，數武漸廣，然深黝不可測。行里許水聲潺湲，石乳如冰柱，蝙蝠群飛。入愈深，水愈寬廣。盛夏嚴寒，炬火成碧，但見怪石森立，猙獰似奇鬼、似猛獸、似僵樹，種種詭誕，難可名狀。約四五里水深不見底，陰氣砭骨，游者輒駭而退。余意鬼谷當年棲心元漠，其所止託，必尚在深處，安得筏渡一窮其勝？

按舊志，鬼谷子，魯平公時人，《廣輿記》言晉平公時人，然皆無確據。郭景純詩云："青谿千餘仞，中有一道士。雲生梁棟間，風出窗户裏。借問此阿誰，云是鬼谷子。"唐陳拾遺詩"我愛鬼谷子，青谿無垢氛"，則雲夢採藥之説似屬可信。

龍 女 祠

祠在青谿寺右僅數十武，背山面水，青谿環抱，泉源所自出也。泉自祠後一繞左出，左山足側出一泉，合流而東，一繞右出，至祠前三泉並合，土人呼爲"三道泉"。水色非青非綠，如蔚藍天。水年不溢，旱亦不涸，平疇千頃，頗資灌溉。是夕雨少霽，圓蟾清皎，微雲籠岫，娟秀如好女子靚粧坐碧紗中。谿邊秋柳蕭疏，殆不能畫。余有詩云："龍女祠前水一窩，紆藍縈碧抱陂陀。煙雲變幻山皆夢，林翳蕭疏月有波。入手楊枝參佛近，出山泉水活人多。瓣香再向慈雲祝，爲滌牢愁起沴痾。"

龍 女

龍女祠本名"靈昭"。宋政和間禱雨輒應，有司上其事，詔更號"靈貺"。維時神像絳袍高冠如王者，寺僧清暐兩夢女子靚粧麗服立丈室前，目光如日。長林朱震遂以龍女請褒，詔封"通惠順濟夫人"。命既下，僧元皎復夢女子徘徊樓下，俄而風雷大作，有物飛去，鱗鬣可數，乃易舊像。余按：祠在法琳洞前。梁僧法琳嘗誦經洞中，一女頻來獻食，詰之，曰："我龍女也，家岷峨，聞師誦經功大，故來供養。"僧曰：“崖泉聒耳，奈何？”女曰：“易耳。”辭去數日，泉忽從崖下流，半里許方有聲，則不獨清暉、元皎之夢爲可信矣。

國朝乾隆間，居人爲龍女裝像，是日觀者如堵，士女雲集。當陽馮氏女子，年可十二三，貌殊端好，亦在眾中。工人遂肖其狀，女歸示疾，既彌留，含笑謂家人曰：“羽葆迎我，當赴青谿。”後復見夢曰：“住青谿，殊不惡。”父母哀之，屢來祠下，慟哭累日。至今馮氏子孫歲時來奠，稱爲祖姑。柳溪爲余言甚詳。

白　蝙　蝠

青溪多蝙蝠，土人云曾見白者，玉質光潤，大可倍常。《述異記》謂青溪秀壁諸山，山洞往往有乳窟，玉泉交流，中有白蝙蝠，大如鴨。《臨海記》云：“鐘乳穴中，伏翼大如鵝。”《續博物志》：“唐人陳子真得蝙蝠，大如鴉。”而志引“大如車輪”之説未免過甚。《神異秘經》稱：“百歲蝙蝠於人口上服人精氣，以求長生，至三百歲能化形爲人，飛遊諸天。”《拾遺記》又云：“岱輿山有五色蝙蝠，至千歲變形如小燕。”夫既能變形，則忽大忽小，庸有一定？曩在京師，目睹太常仙蝶，時如紈扇，時小如錢。物類通靈，詎可臆度？

鐘　乳

巖洞深邃，輒有乳穴，其乳似簹潘冰柱，泉石凝寒所結。《本草》謂能暴長陽氣，豈陰極反陽與？抑乳爲石精，石性慓悍，故乳尤烈與？柳溪言：“巖乳下滴，長至數尺，竟有垂而下復折向上者。”此理殆難索解。

孫 臏 砦

孫臏、龐涓竝師事鬼谷子，砦在雲夢山西，相傳是其遺趾，幽僻峻險，可容萬人。遠安自明季以來數遭土寇，居民避此砦者，輒無恙。咸豐丁巳春，襄陽土匪擾遠邑，相率入砦中，賴以保全，土人改呼爲“生民砦”，可見古人擇地之善。

人 魚

谿中有魚，四足無鱗，狀如蜥蜴，大可數尺，聲若嬰兒，俗稱孩兒魚，味膩而腥。治法：以稻薪藉地，投魚薪中，沃以沸湯。魚負痛跳擲，腥涎始净，但其痛極作聲，慘於兒哭。天下多美味，何必是。

附攷：

人魚之名見於《臨海異物志》：“人魚似魚，長三尺，不可噉。”他無所據，惟陶宏景《明醫別録》云：“人魚出青谿，一名鯢，四足，聲如嬰兒，其脂不耗。”《爾雅·釋魚·鮞》注云：“別名鯢，又曰鰕魚。鯢大者謂之鰕，似鮞，四足，聲似小兒。”則鯢、鮞、鰕、鯢一物也。然《爾雅·翼》曰：“鮞言黏滑。鱓鰌之類，皆謂之無鱗魚。”不言四足。又曰：“鰐，四足長尾，有涎如膠。”不言似兒聲。郭注：“鯢魚似鮞，四脚，前似獼猴，後似狗。”亦未詳其聲。《益都方物略記》云：“魶魚出西山溪谷，狀似鯢，大首長尾，其啼如嬰兒，緣木弗墜，《博雅》云魶鯢也。”然又不言其四足。或曰能緣木則有足顯然，然青溪魚又不能緣木。段成式《酉陽雜俎》：“鯢魚似鮞，四足長尾，能上樹。天旱輒含水上山，以草葉覆身，張口，鳥來飲水，因吸食之。峽中人食之者，先縛於樹，鞭之，身上白汗出，方可食，否則有毒。”似與積薪去涎之意略同，然含水誘鳥云云，土人竝言無之。《山海經》云：“鯢魚，赤目赤鬣者，食之殺人。”綜核諸書，鯢者，蓋鮞鯢之異名，但溪谷多有，不專指青溪，又無以鯢爲人魚者。宏景去古未遠，當有所本，附志之，以俟博物君子云。

蛙　異

柳溪晨起，呼廚媼作炊。媼言有蛙踞竈觚，駈之弗動。往視，蛙似少斂，既而徐入廚下。炊已，復來。明日亦然。乃捉置筐中，小童入市買蔬，攜以去，縱之。比炊則蛙踞竈如故。家人爭相厭惡，遂呼健卒持以越嶺，投之深潭，殆無生理。而是日炊，蛙蹣跚甑釜間，斜目作怒容。柳溪乃自將渡三水，凡行三四十里，以紅縷羈其足，投大豁中，祝之曰："若欲生，速去之。陂塘菹草是女之宅，飲啖跳躍，人莫女禁。再來，誓虀粉女，弗悔。"蛙一躍而逝。乃歸，前媼奔告曰："蛙從突墜。"視之紅絲宛然。柳溪笑曰："女求死邪？余弗殺女，將禍余邪？請盡出女技，呼朋引類，填溷塞門，不女疵也。"祝已，暴躍入牆隙，蹟之杳然，竟無他異。柳溪以告余，余曰："小人恣侮，禦之彌甚，大度容之，伎倆輒自窮，君於蛙乎何尤？"

西山甜雪

山中多棃，花時似雪，岩谷皆徧，涼秋果熟，味勝他處。柳溪云："極美一種，大如案，脆如冰，白如雪，甘如崖蜜，食之口齒芬芳，心魂涼爽，甘餘舌本，能使華池之泉涌溢兩頰，因名'西山甜雪'。"作詩詠之。東湖羅茂才應箕亦有和作，俱俊妙可喜。余因向柳翁索數枚爲已渴計，而是年適歇枝，俗言花果一年盛生則次年不實，謂之歇枝。深爲快悒。稚翁云："恐此果實不副名，故避知味者。若必固求之，假令楓落吳江，轉失一佳品矣。"斯言頗旨，顧《蒹葭》賢士，溯洄無從，亦可浩歎耳。

望　水　白

"西山甜雪"既不可得，柳溪乃以"望水白"相餉，亦殊甘脆，但帶微酸。稚翁《沮江節物》詩云："果熟經秋細細嘗，分明甜雪勝甜霜。

客來愛把心盟水，宦味須知淡處長。"蓋詠此也。淡而彌旨，詩亦有別味云。

一 枝 誇

暇日以問陳生，梨有佳於甜雪者否？應曰："有。許舊鋪某氏果園中祇一株，歲祇數十箇，或僅數箇，其甘如飴，嫩若無質，指搯即破，名一枝誇。"計哀家珍品，當不過爾爾。

虎 嘯

青谿寺僧言："明月之夕，聞風聲颼颼，撼動林木，眾籟皆寂，惟溪泉助激蕩聲。詰旦啟關，輒見虎蹟，向不爲害，人亦罕得見之。"吳守備杰言曾行西山深處，偶迷蹊徑，時日既夕，腥風出林，數里之内草木皆嗛，獐兔駭竄。俄忽有聲，初似怒飇起邃谷，漸近漸縱，忽若霹靂，震動山谷，不覺毛髮皆豎，計當距半里許。駭極，足如裹，遙望村落，星火如豆，努力奔趨，半橡茅舍乃在絕壁下。喘息甫定，風聲又起，山頂雙炬炯然。野人驚叱："山君至矣。"戒勿喧。少頃，狂吼一聲，越嶺竟去。

袁 公 遇 仙

袁相公未貴時居復、郎間，嘗過青溪，至極僻險處，曰："是當有仙真往來。"既得一草舍，有叟出迎，眉鬚如雪，詢其業，賣藥者也，然圖史滿几案間，皆周秦以前物，知爲異人。試與語，言殊有逸氣，因畱止宿一夕。月明，叟攜袁出戶，徐步山麓，遙望隔溪有藜杖草履者五人，或紗帽，或鹿皮冠，其行迅速如鳥。見叟，遙致寒暄，乃臨澗濯足，長嘯繞溪，先後就叟舍。顧袁問叟云："安得世人來此？得無穢濁累岩壑邪？”宓笑曰：“此生尚不俗。”客或攜巨壺來，索大觥，傾壺則新醅芳洌。列坐共飲，歌嘯甚歡。一客注視袁曰：“大似西峰和尚。”良久曰：“直是。”且曰：“別四十七年矣。”問袁年歲，適四十七，相顧撫掌曰：“覓官去，富貴正未可量。”遂呼宓別，握手過澗，捫蘿度山，其行若飛，轉眼不見。問宓五人者誰，宓曰：“往來雖熟，每詢姓氏，輒笑不荅，但皆嗜酒，至輒暢飲。”袁以告所知，鮮能測者。

祖　遇

祖遇者，金陵僧，服水齋，恒不粒食。成化間居法琳洞，足蹟未嘗及山中。或問水齋有術乎？應曰：“無他，初三五日爲饑熖所灼，體熱而倦，勢頗不支。七日以後水氣澈頂，便清醒不饑。”人謂是當不死。二十二年夏五，夜半雷雨，岩石震墜，大聲如裂，僧然炬視之。祖遇壓亂石中，左股糜爛，掘石出之，已圓寂矣。時提學副使薛綱與祖遇稔，爲文記之，似重惜其爲佛所愚。余惟佛氏以軀殼爲非我，祖遇絕穀枯坐，當有所得，一膿血囊，庸足爲祖遇惜哉？偶以示文印，首肯者再。

朱　橘

深秋山果，橘爲最佳。漫山連澗，朱實纍纍。試剖之，味甘氣馥，深於江陵。大者爲柑，色深黃。有魁頭柑者尤甘美，大如香櫞，皮相若綴巨珠。俗傳魁宿藍面高顴，柑形似之，因以得名。余謂魁，大也，芋栗皆有魁名，是柑獨大，故以命之。或亦呼獅頭柑。

橘　蠹

人家近橘林，墻壁間輒有五色蠹，霜雪不能殺，入春蠕蠕，脫殼便飛。大者似盎似盂，小者似錢，五色畢具，其點染細緻，有畫家不能到者。嘗偕友人分詠五色蟆，余倚《南柯子》詠黃蟆云："媚色雛鶯妒，春情嫩柳妨。綠衣愛學道家粧，越是淡勻梅額斷人腸。簾角輕綿褪，釵頭小繭香。鬱金裙衩立斜陽，笑向忘憂花下捉迷藏。"

五　色　繭

春女飼蠶，亦具五色。余嘗見繭有粉白者，有瓷青者，有深黃如赭者，淺如蜜者，有作水綠者，有綠似蘋婆果者，有紅若美人腮者，但無墨繭。天之生才以墨爲下，爲其不堪染與？墨子之悲，良非無謂。

捻　綢

桑葉沃若，俗多飼蠶，知繅絲而不能織，得絲盡以市河溶，彼中人織而成絹，殊亦柔膩。余告里老曰："産絲不織，譬如沃土不耕，可乎？"荅曰："無善織者。"余曰："是不難，多娶河溶婦，則織法傳矣。"里老頗是之。數年以後，度當有"洄江絹"。今但以麤絲自織，名捻綢，僅較布細密，是良可惜。詹大令應甲有詩云："蠶市家家板屋連，繅車低就樹陰圓。新絲酉與河溶客，不織羅衣換木棉。"詹宰遠在嘉慶十一年，或言當時并無捻綢云。

朱　阜

樓收遠景，故山水佳處，必有危樓，否則山巔結亭，亦堪攬勝。青谿之妙，層出不窮，然余欲畫青谿圖，竟日無下筆處。柳溪謂初曲有一小阜，高祇數仞，可以眺遠。試登之，豁然開朗，全圖在目。對面錦屏羅列，寺宇皆隱約竹樹間，溪流澹沱，紆折作"之"字形。平疇秋穫，婦子嬉笑，雞鳴犬吠，若在雲中，幾疑世真有武陵源矣。俄而夕陽在山，微雲拂水，秋林蕭疏，黃翠相半。稚兄有句云"夕陽在樹疑黃葉，遠水連雲作_{去聲}綠無"，寫盡妙境。余笑謂柳溪："名山之福，豈可獨享？請割此岡屬我，他日得閒，當迭爲賓主。"因憶劍南詩"此地他年名陸村"，遂呼此阜曰"朱阜"。柳溪爭之，呼爲"柳岡"。越日，投詩有云："任攜圖畫江南去，不把青谿讓與君。"教諭劉君子垣請分解之，曰："此阜之在青谿，猶驪龍之有珠也，且阜形混圓若珠，可名'珠阜'。兩家皆愛寶之，奚爭爲？"乃相與長嘯別去。比余去遠，聞邑人士謀就阜築"囂嘯亭"，柳溪實主是議。噫，是終據爲己有邪。煙霞痼癖，可羨可嫉。

中 秋 過 禮

婚嫁儉樸，猶存古風。娶婦者，持酒一罌、擔豕一即納采矣。農家貧苦，并此不需，疋布隻雞皆溫家玉鏡台也，俗謂之"過禮"。嫁娶隨時，而過禮率於中秋一，意取人月雙圓。土人云，由來頗久。

送 秋

中秋夜士女出游，肩摩踵接，弗禁也。閨中少婦輒以瓜互相投贈，取瓜綿之意，謂之"宜子"。土人稱爲送秋。竟有及笄小女子亦抱瓜送人，未免可粲。往歲余攝峽州，亦有此風。稚兄作《送秋》詞，余和之云："秋風坐愁裙帶長，秋月圓滿秋花香。美人晚糚冰鏡皎，偷儂顏色秋菱好。眉條婉約破瓜年，欲下鍼樓還自憐。疏柳乍扶秋蝶病，苦吟未許秋魂定。彩伴渾忘兩小嫌，繞園新試玉蔥尖。瓜甘蒂苦關愁抱，甘多苦少休顛倒。誰家呱泣正鳴鳴，吉讖宜男記得無。安瓜入衾笑辭去，似欲回身向瓜語。明年秋盡綉綳來，燈穗紅隨笑靨開。瓜期正及甯馨至，年年送汝成閨戲。休簪階下女兒花，愁他李把僵桃代。桂薪珠米累如何，猶説安榴結子多。願得瓜分與隣婦，免教抱蔓欺蹉跎。"

蜜　棗

棗甘而大，色正赤，光緻細膩。閭人入糖霜蒸之，甘香療飢，勝江南蜜棗。

羅　漢　谷

徐家棚之上數里，兩山壁立，谷口才容一騎，高峰插天，溪水急流，凡三十里，抵香油坪，始平曠可行。相傳有石羅漢十八夜行度峪，人覺，物色之，十七人竝杳，獨遺其一，至今猶在峪中，故名"羅漢峪"云。

回　馬　坡

入羅漢峪行數里，得回馬坡。溪水險急，峭壁夾峙，爲入川小道，俗稱關將軍回馬處。坡石有凹，形如椀，云是馬駄驍痕。謹按：《蜀志》稱遇害於彝陵，遠安在漢爲臨沮，隸彝陵，當時兵敗，意在入川，由小道經此，見險而退，理或有之。志以備考，且使邑人士過此峪者，凜然思聖神文武與日月爭光，洵足廉頑立懦矣。

百　歲　婦

山中人多壽，志乘所載，八九十者代不乏人。余宰遠日，石管鋪民甯發妻馮氏適百歲，目見五代，長子已八十餘。里中皆言婦性慈惠，既壽且康。余表其閭曰"女宗人瑞"。同時，談世垂妻劉氏年九十八，馮正富之妻任氏年九十七，胡永顯妻張氏年九十，其姑徐以九十卒，兩世上壽，人咸稱之。簡以忠妻徐氏年八十八，竝淑令康健，猶能操家。或云，山中人壽以飲甘泉故也，何以婦人尤多？有言木瓜鋪老農某年九十五尚健飯，惜忘其姓氏。

臨沮散人

徵應辰，元時人，善屬文，尤工吟咏，才名藉甚，塵視軒冕，自稱
"臨沮散人"。惜不得其書讀之，山巔水涘有能髣髴者否？願鑄金以事。

筱　園

署之西偏，隙地數弓，不知何時廢爲蔬圃。公餘相度高下，築垣
鑿沼，累石藝花，面山起樓，引水通杓，數旬而園成，名之曰"筱園"，
志鴻雪也。入園門迤東，得廊，曰"轉月"。由廊折而東，曰"聽鳳
樓"，與鳴鳳山相準。樓北拓窗，曰"挂笏"，則西北諸山排闥如畫。樓
之西曰"甌語"，客至，設茶具於此。緣牆得洞門，別一院落。南向三
楹，則望雲仙館也。自"甌語"折而南，有亭曰"聊可"。迤西則浮眉
沼，沼上一室如船，曰"安航"，航之內曰"明月一方"。由航後度一虛
廊，兩水夾鏡，栽紅白蓮，小彴三折，人行藕花中。廊東一小院曰"藕
花深處"，又牖曰"鄰鷗"，再東即園扉矣。園中地不及畝，然有水有
石，半花半竹，登山則群樓照眄，俯水則眾綠弄影，曲廊虛榭，温涼異
宜，山禽間關，傾耳百變，此筱園之勝概也。園之北，別啟一門，顏曰
"芥納山莊"。擇邑人士之有文章者，以時接見，相與吟哦其間。吏隱之
樂，孰加於此？

聽鳳吟樓

園未成，先得樓。西向三楹，結構殊小，而所眺頗遠。窗櫺網户、
欄楯紗槅之屬，略如吳越閶載酒船。雨後看雲，柳邊邀月，余未嘗不
在，客未嘗不從也。爲定八景曰：高柳新禽，巖雲披絮，蝶樓斜月，西
山霽雪，沮江晚潮，鳳嶺曉鐘，鹿苑晴嵐，青谿煙樹。

輾　轉　山

西山諸峰聚於樓角，一峰高出，勢頗鬱盤，志稱展觀山，爲可以展觀覽也。余竊疑未盡其妙，一日過其麓，詢土人，曰此名輾轉山。余《高安舀別》句云"蹉跎動輒成春暮，輾轉偏難別翠微"，蓋指此也。

竹　器

地多產竹，堅韌光澤。蜀人某匠能作竹器，住遠多年，規制精工，雕刻細密，几榻之類，時出新意，然而其人嗜酒好博，累月所得，一擲棄之，不甚愛惜也。命製器，必俟其酒渴博窮時，則速而完美。瓶中未空，囊底未竭，雖倍直不肯作一器。居無常所，或得錢輒去，不知所之。數日博盡，時臥路旁，或詰之，頹然不荅。余謂人精一技，習氣必多。曩在彝陵，有能以桃核刻作赤壁舟者，窗櫺開闔，艙中几案、琴書、香爐、茗椀，纖細畢具。髯翁幅巾袍服，危坐撫琴，七絃歷歷。客倚洞簫，以指搦孔，如聞嗚嗚。旁坐一僧，意謂佛印，手塵尾，含風微颺，項上戒珠，纍纍圓轉。青衣坐船脣，擎杯若邀月。一童蹲其旁，作酣睡狀。蓬窗六六，啟之則一童整理酒具，眉目皆俊。少婦當舵，短衣窄袖，椎髻戴野花。兩童烹茶，一持破扇，一啟茶匲。船尾一童窺隙，最稚。無不神致欲活，衣褶飄然，殆稱鬼工。初余耳其能，招之署中，時其所欲取，求弗吝。凡十閱月而船不成，既奉檄調，將赴鄂，敦迫之，三日而竟。雖習氣可厭，而其使刀如筆，竝有筆所不及者，目手之良，竝無倫匹。

溫　涼　石

王氏蓄一石，大如瓜，質蒼綠，投置水中，天溫則浮，涼則沈，每溫涼適中，則半沈半浮，或云并測陰晴。輕重與常石等，搖之，作小水聲，其爲中空無疑。

石　臼

客因言白鶴觀有石臼，相傳自地涌出，每夕置米少少許，晨起視之，米盈臼中。寺僧分食，適果腹而止，增數僧不覺少，減不覺多。意觀中當有異僧，特人不能識耳。又寺有一烏犍，日在田中行，不越畔。鄰農或借犁地，必許直乃去。但初稱一畝，則犁至一畝而止，若詐言九分，則犁九分止矣，雖鞭撲不少動。據此二異，余言或應不謬。

蠟　抱　槐

福河寺蠟樹一株，廣蔭畝許，年久腹空，槐生其中，而樹湊合，肌理莫辨，人呼爲“蠟抱槐”。余有句云：“客從真蠟來，夢落槐安國。非樹亦非身，誰榮更誰菀。”後聞寺僧云，壽隆寺亦有一株，蔭差小，相抱不異。夫交柯連理，習見無奇。今兩處皆槐蠟糾結，不雜他木，索解恐不易得。

古　柏

青谿寺前古柏一株，卷曲如虯，蒼翠如薈，鱗身黛斑，晴雨變色。僧言樹在寺先，殆千百年物。拔萃生李時彥有詩紀之，枝江貢生王永彬句云“煎茶小憩清凉界，問柏能知魏晉年”，頗饒逸趣。

禱　雪

地多山，殊瘠，然山泉百脈，溪水縈回，耐蓄善洩，向無水旱憂，憂者蝗耳。是歲省垣多蝗，自東漸西，所及郡縣不少，幸未成災。八月二十二日晡，蝗自東南迅飛過境之北，田禾無少損，惟北山中閒有墜者，頃刻亦飛去。民恐貽子爲害，入冬望雪，日益迫切。十一月八日，擬築壇祈禱。翌日早起，披衣啟窗，則搓絮漫天，兩日始已。山民報，深逾尺，遠近騰歡。余作《喜雪》二律句："已喜隔年蝗盡滅，轉憂窮谷鳥多飢。"聞西山居民度歲無衣，遇雪不得出，恒數日忍飢餓。

衣　火

西山土窟中人，終歲以薯蕷爲飯，兼有但食山果者，生平未嘗得衣，嚴寒則拾松枝積穴中，然火取煖，謂之"火衣"。談復齋大令經正詩云："寒深家自衣松火，歲儉人猶屬硯田。"談，邑人，康熙閒舉孝廉，後宰九和，能詩，有《山中吟草》，多述山水勝概，則衣火之俗自昔然矣。余問："窟中松枝能預儲否？"客曰："朝取夕然，僅供一日。"余曰："雨雪奈何？"客有慘色。乃密令人至他邑購舊絮衣，擇老弱付之。恐經胥役則實惠不及，託柳溪密爲經紀，屬勿言官備，懼博施之難耳。

百　井　山

山在郝筧鋪，距城百餘里，一名太平山，山上多井，故以"百井"名。巔頂有砦，可容萬人。自明以來，屢爲醜類所伏。復齋詩云："蜀道連山歸指掌，荊湖千里在門庭。"竊謂是山當駐一參遊，設兵數百，俾伏莽者無所憑藉，記之以俟。

孔　稚　圭　詩

"石險天貌分，林交日容缺。陰澗落春榮，寒巖雷夏雪。"此孔稚圭《游太平山》詩也。余考浙江《會稽縣志》亦載是詩，云"太平山距縣治五里"，未知孰是。其刻畫險峻，則頗似百井山。邑貢生杜志學有句云"細雨每雷三日霧，晨曦先照五更天"，亦足見一斑矣。

愚　溪

　　由鹿苑西渡溪水，山路頓窄，犖确難行，肩輿不能進，則更坐竹兜。漸入漸險，山峭於壁，磊落欲墜。山足鑿路，寬不及尺，下視深溪，亂石齒齒。又舍竹兜，循壁步行，如蟻緣牆根。是日余因公至南溝，蓋丁巳之小除夕也。寒雨驟至，冷風砭骨，水聲潺潺，不敢轉瞬。方目動心駭聞，忽見壁上有"愚溪"二字，大將尋丈，結體行草，後無款志，不知何年何人逭此狡獪，或亦棲息是間而仿之愚公谷邪？抑有大不得已於中，而以愚得罪者邪？皆不可知，徒念其來此絕境，必非常人。舉問耆老，無能知者，竝言此二字亦所未見，故新舊志皆未載。嗚呼，尋丈大字，置之幽僻峻險之域，年月雖久，記載缺如，則知掇采之難，而有志之士，懷奇抱瑰，終老巖壑，又豈少也哉？余賦五言古一章，落句云："惜哉陸法和，探奇輒中止。"蓋法和蹤蹟，鹿苑而止，未免淺陟。

南　溝

　　入愚溪三四十里，山愈奇，溪愈險，樹木愈古，猨吟鶻嘯，陰蘚撲人，是曰"南溝"。溪水才沒脛，石聚如棋，苔衣滑潤。溪凹覆片席，啟之，一男子屍，鬚髮皓白，口齒盡脫，瘠如麻楷。左手支竹杖，似釋未釋，右手指爲石所礙，傷才如豆，稔視無他。呼其壻詰之，病半年矣，日不再食，但嗜肉糜，穀入喉輒吐，無子姪依倚，止土穴間，時來溝中拾柴，然火取煖，不知何時適僵於此，願領歸掩之。而黠者欲借此株害居民，計歲迫塗險，未必親詣，姑作疑似之詞，連及多人。余先悟其詐，迅赴不俟駕，群小始服。既而思之，傳稱"斑白不負戴""鰥寡孤獨，發政所先"，今使人老而無倚，轉爲溝瘠，咎將誰屬歟？

包 巾 砦

南溝將盡，有山隆然，頂平而方，名"四方砦"，又以其形似包巾，故俗傳是名。石縫皆作方褶，如大磚累成，倪高士折帶皴，此類是也。其巔積雪，經年不消，詹君詩"地控三巴遠，天圍萬砦平"，良然。

雨 冰

嚴寒之夕，雨雹如珠，大者如松子。土人云，三數年前曾雨冰，大如斗，傷田夫額顱或背，有至死者。

鏡 聽

鬼谷子鏡聽法，諸家紀載不詳，惟淄川蒲氏一言之。稚兄爲余言，辛卯在京度歲，宿友人達厚菴寓。夜將半，主人請以鏡卜，乃禱於竈下，神示西南行。相偕出門，趨入小胡同。適一人立檐下叩門，門啟，檐下人舉物與之，曰："穀否？"門內人應曰："足矣，穀了。"遂去之。明年壬辰恩科，達領鄉薦，方悟"入穀"之讖。後屢試南宮，不售。由校錄議敘知縣，需次河南，尋卒，年五十有七。雖博一第，蹭蹬終身，"足矣"二字，若或告之矣，其徵驗有如此者。丁巳除夕，同人擬以"鏡聽"作消寒題，稚兄詩先成，其詞曰："銅仙淚濕迴文鏡，妾身媵汝爲同命。銀薄金花奪漢宮，玉臺竝笑嬌春風。春風吹絮隨萍梗，飛蓬羞向明光整。月華四十五回圓，不及朝朝對汝影。相慰相看又一年，相思無術卜金錢。容成亦是傷心侶，見我啼粧便泫然。雲門山客今何在，古法流傳不我給。稽首先祈司命神，仙靈遥爲心香待。姆教從來不出門，去家五步怯黃昏。鄰墻轉角花陰立，私語喁喁聽未真。似言此際不歸來，知他又向誰家去。小膽虛驚爆竹聲，回頭速覓穿花路。竈下殘燈慘不言，簡中消息微茫度。拚向階前一擲休，又愁沒葬菱花處。"意致纖惋，較唐人作，真有積薪之歎。

卷下

文　石

　　西北山中多五色石，剖之有文，似松柏、水藻之類。小如彈子，文細若畫，或竹筱，或柳絲，或虎斑豹尾，或驚禽駭獸，閒作人物，而山水草木爲多，瑩澈如玉，足供玩賞。吾鄉陸子鏡丈藏文石甚夥，類皆珍異。一枚大如指頂，白色五文，翠巖細皴。巖下一洞，洞門半啟，白玉爲階，赤珊作欄，畫所不到。門外一人，持帚仰首。亂紅點點，飛舞洞閒。巖半，細綠作古柏形，才如蟲腳，而虬幹宛然。余爲題"閒與仙人掃落花"。石文略相似，但彼細此稍麤耳。

鼻　中　蟲

　　嘉慶十三四年閒，西山雨，蟲長三寸餘，首尾兩翅皆黑，身青，界之火，益擁聚。其蟲不害稼，雨止滅蹟。尋有蟲生人鼻中，作痒殊甚，數日穿鼻破屋，或裂牙齦。醫者以瘠治，輒不效，死亡者眾。禱神，良已。蟲頭黑身赤，長祇半寸許。

慧　遠

　　余得一碑，字蹟頗古，有"青豀自慧遠開基"云云。或言慧遠自義熙初入青豀，愛山水幽靜，卓錫於此。此事不見記載，未敢盡信。嘗見梁元文公云：“青谿，荊南諸山之中岳也。”意當時香火之盛，必倍蓰於今日。

卧　雲

自法琳涅槃後百數十年，有卧雲者，復居此洞。卧雲，俗姓陳，名道安，蠡吾郡人，盡日一食，終歲一衲，神致安恬。至元閒居法華院，大德壬寅入青谿，人遂改“法琳洞”爲“卧雲洞”。

朱　風　子

天啟閒，青谿有顛者，言人禍福多奇中，叩其姓氏，笑而不荅。久之，有知其姓者，遂呼爲“朱風子”。嘗蓬首垢面，行乞於市，有餘，以給群乞。嗜酒，人與，飲輒陶然。一日，酣卧溪邊，溪水暴漲，汪洋數日。人謂風子葬魚腹矣。水退，風子酣卧故處，鼾齁如雷，益異之。後數年，忽謂人曰某日當死，至期，風子死道旁，眾爲掩埋。未幾，有遇諸市者，荷擔自若。乃發其塚，棺中一杖僅存。余嘗得率更書《黃葉和尚碑》，有云：“被髮徒跣，負杖挾鏡，人與酒肴輒盡，或十餘日不食。預言未兆，懸識他心。一日之中，分形數處。”和尚葢隨末人，風子踪跡略似。

附　記　三　則

某年秋，將行科舉，或問試題於風子。風子方酣睡，呼之醒。風子殊怒曰：“吃我的飯，喝我的水，睡我的覺，我幾多快活。爾等功名得失，與我何干？”眾慚而退。比入闈，題爲“飯蔬食”一節，始悟風子葢告之矣。

有三老者笑謂風子：“亦有家否？”風子曰：“安得無家？試從我行，當作一東道主。”三老從之行亂山中，日暮抵一村，古木陰翳，茅舍數椽。風子指一扉曰：“是矣。”既入室，僅片席可坐四人。風子入廚下，少選，出曰：“吾且沽，若毋啟吾甄。”遂挈壺出。一老尾之，途中但與諸丐雜語，多不可辨。比歸，傾壺飲客，佳釀不竭。方風子之出也，一老不能耐，啟甄窺之，浮浮者蛆也。一老刻睆而笑，謂風子紿己。及飲已，風子取甄中飯餉客，香潔無異。啟甄者不欲食，強之盡一器，刻笑者盡二盂，一老未見，坦然食之三嚼乃已。其後，飯三者得壽三年，再飯者二年，一飯者越一年卒。時人頗傳其異。

風子一日行乞市中，忽戟指而謼曰：“看者人，兩箇眼。”人莫之省。是夕，居人不戒於火。

了　　機

了機者，自終南來，入崔家洞，居一年，徙蒲團於招仙岩。日食麻棗七枚，與他食，不內也。忽以巨石斷往來山路，有訪者輒不應，如是三年。或捫葛窺之，了機坐岩洞中，良久，目小瞬，曰：“爲我塞穴七七日。”如其言，逾月復至，其處彩雲四垂，籠罩洞口，林木皆白。忽關門洞開，異香縈繞，入洞蹟之，遺一蒲團。

遊　　仙

《雲笈七籤》稱：“洞天三十六，福地七十二，未嘗不在人世間。”遠邑雖無高山大川足配岳瀆，而群山萬壑奔赴荆門，其閒幽奇險銳如麻姑臺、鬼谷洞諸勝處，意古所謂“真靈往來”“神仙棲息”者，當不盡誣。稚翁仿郭景純意，賦《遊仙》詩二十章示余，索和。余惟宦蹟所至，輒與景純有緣，乃援筆續之，竝録入《沮江唱和集》中。

白　菜

遠地果蔬均勝他處，白菜尤美，狀似膠產，大或倍之，甘脆而腴。漬以鹽水，懸風日中，半成乾菜，雋永可味。鮮者煮熟，不攙他品尤佳。余《幽夢續影》有云：「真嗜茶者神清，真嗜菜根者志遠。」粟影師贈句云：「神清半爲編茶錄，志遠真能齧菜根。」今啜佳茗，茹甘蓄，行路感額，以爲瘠苦，而余安之若素矣。稚蘭詩云：「西湖堤上晚菘栽，此味天生屬我儕。一到秋深霜飽後，襄陽白遜遠安佳。」亦殊有風趣。俗有襄陽白、遠安白之別。

水　仙

余生有花癖，尤酷愛水仙，品爲花中第一。嘗謂水仙以瑪瑙爲根，以翡翠爲葉，以白玉爲花，以琥珀爲心。莫清於水，莫靈於仙，古人命名已許獨絕。山中此花不多，偶得數本，清芬耐味。花莖較長輒二尺餘，亭亭嫋嫋，皎如羅襪，凌波微步，是邪非邪？

梅　花

楚地少梅，而山中斷澗絕壑，時有暗香，尤覺孤潔可愛。四五月間，翠實垂垂，芳脆勝江南產。稚兄詩云：「綠葉陰濃子漸香，山家晴雨異江鄉。寒酸不乞靈均盼，只近空山冷處黃。」余有句云：「江梅未入靈均筆，誰種人間一點酸。」花殘果熟時倚樹吟之，輒自淒惋。

什　塚

傅什鋪者，合傅家坪、什塚坪，割裂連綴，因以得名。什塚不知起何時，坪周廣數里，十塚累然，其塚大倍尋常。或謂中藏火藥兵械，未知所據。陳生居坪中，亦言之而不詳。

堰　水

遠安水利修於宋大令，今居民食稅、衣租皆賴堰塘。塘離溪河或稍遠，則鑿溝引筧，經營周至，而莫神於傅什鋪之水。鋪中田千頃，山在四圍，汩汩溪流尚在山外，雨暘若則倍收，小旱則絕涓滴。陳氏之先名楨者思所以疏鑿之，會宋至，乃陳方略：鑿山足，洞穿入溪，引溪灌溉，時旱潦而蓄泄焉。水之來也，穿石數里。疏鑿之計，非智勇不能決。嗚呼，宋公，遠之神禹。嗚呼，陳氏，穀貽孫子。

牡丹冬花

咸豐六年冬，里胥某家牡丹冒雪作花，遠近爭玩。明年春，土匪擾境，僅旬日，蹂躪未甚，但更令而已。董子曰：不時華，易大夫。信矣。

飛　水

或言六年冬，溪澗之水竝溢，不風而波，噴薄累日，夜或竟飛擲田間，如渴注者。

張　果　老

縣西北七十里有撞兒溝，俗傳張果老撞兒於此。"撞兒"字殊俚，稱張果老尤荒誕難信。東北三十里又有呼兒洞，云是果老呼兒處，洞高而深。明季土人避難其中，苦無水，覓火徧照，得文壁上，言井所在，掘之水湧如沸，遂賴以活，惜其文不傳。邑之楊家坪，又有果老墓穴，內供果老像。劉詹五言："果隱中條，何以墓適在此？"或云果爲邑人，豈以遠安岩洞中多白蝙蝠，遂因葉靜能千年白蝙蝠精之説而傅會之與？余徧詢耆老，或云里有張氏子，幼孤，好道，一子善博，撻輒亡去，後麋之山澗閒。張遂無子，老病且死，謂里人曰："必瘞我。"嘗食息一山洞閒，人怪其久不出，訪之，衣履如蛻，張已杳然。互驚爲異，争任掩埋。里有與稔者二人，一得衣，一得履，衣葬楊家坪，履埋傅家台。因其生平不以名字告人，但自稱孤老，遂訛爲"果老"云。傅家台在舊縣市西，其地亦有果老墓在。

芝蘭洞冰柱

程穉蘅祖慶曾與余畫一扇，峰巒層疊，飛泉交流，青緑深秀，山根溪缺，盡綴芝蘭。余卧遊忘倦，曰："安得此境，結小精廬，累石塞門，趺坐禮佛？"四五年來，常在夢寐中，不圖於芝蘭洞見之。洞在羅漢峪内，頗極高廣，蘭草蓊翳，芬溢山溪。山半飛瀑如雪，隆冬寒甚，凝爲冰柱，晶瑩透澈如琉璃屏，尤非畫所能到。余訝蹊徑之熟，俯首尋思，殆在畫閒。穉兄有《詠芝蘭洞蕙花》詩句云："洞以芝蘭名，蕙乃托其體。譬彼屈夫夫，乃有宋玉弟。"寓意亦深。

錦　　雞

山人籠錦雞求售，雌雄各三，入市三日，無問價者。余以二千錢購之，偶縱一雄，飛上庭樹，依戀不去，鷔鳴甚悲。籠中一雌相應，與之食，不食。余憐而縱之，同棲一枝，鳴聲相續，似悲喜交集者，久之始雙飛去。詰朝早起，開籠竝縱，相對聯飛，同集樹閒，若賀若慰，回翔四顧，飛而仍集，三日乃去。越數日復來，臧獲輩謀羅致之，乃飛去。余謂雄不獨飛仁也，雌不獨食禮也，縱之不去義也，去而復來信也，見幾而作智也。是備五德而人顧以馴雉誂我，恐爲山禽竊笑。

獅　戲

遠俗儉，終歲不聞絃管聲，社鼓亦稀，若笙竽之屬，則威鳳歸昌，尠能辨其節奏矣。丁巳有秋，農民相慶，備隔歲儲，戊午元宵前後數日，鄉城遠近，釀金爲會，鼓吹賽神。夜則爲燭龍之戲，編竹作龍，蒙以絺布，中然炬，健者擎以跳躑，肖蜒蜿、屈曲、騰踔、盤施諸勢，無不絕倒。復以綵絹作各種花，綴短燭，同時竝然，照灼如晝。每玉龍飛去，則萬花競發。花飛將盡，突一青獸塞關而入，大倍烏犍，毛茸茸數尺，森豎飛揚，首如栳栲，目光如椀，流轉閃爍，尾大得身之半。初入門，盤辟蹣跚，周堂四隅。俄而怒目回顧，侈口箕張，攫身健舉。觀者鼎沸，吼聲若雷。一小童才三尺，裂紈裹首，眾中躍出，窄袖怒揎，直與獸鬥。獸躍則伏，獸伏則躍，或入腹下，或騰脊上，真如飛花滾雪。撐拒良久，人爭以爆竹火同四面圍擊。獸愈怒，童亦愈勇，金鼓嘈嘈，似皆赴節。既而童蹈獸隙，竟扼其喉，獸始帖服，昂首作人言，厖雜不甚可辨，大略"時和歲豐""官清民樂"諸吉語耳。以巨檻盛果餌，散布滿庭，人獸爭噉，一闋散去，或曰獸蓋獅也。

郊　僧

《世說》載：郊僧愛青谿之勝，每一曲爲一詩，舉示謝聖傳。謝曰："青溪之曲，亦復何盡？"按此與蔡議郎事相合，豈"五弄"之外又有五詩邪？抑山水之愛，千古同心，而後先符合邪？或即一人一事而傳聞異詞邪？余於僧中孚住玉泉，李謫仙投詩往來輒及青溪，而信李詩數篇爲此青溪作，又於李詩有《淥水曲》而信議郎"五弄"之不虛。元人邪律楚材有《贈青溪居士》詩句："時復有琴歌碧玉，年來無夢繞青谿。"真有瑰奇岸異之士韜匿此中，唯恐交臂失也。

玫　瑰

花以色爲上，香次之，味又次之。色佳者十九，兼香者十三，兼味者十不及一。凡味，有香者多苦辛，有色者多甘。五味，鹹下也，於花不多得，甘酸上矣，獨推玫瑰。色豔者皆淺，而此花極深。香重者皆濁，而此獨香濃而遠。余幼有肝疾，不宜於藥，每發，服玫瑰七枚即瘥，劇則佐以梅子，覆杯而愈。山中藥草多至百餘種，其以已我疾者，玫瑰而已。

蘭　蕙

吳俗喜蓄蘭，花時競賞，裙屐如雲。幼見有牓園扉者曰：某日蘭花會。至日，數百里內異卉畢來，主人評高下而次第之。最上者秘置密室，籠素紗，引井華水徐沃之，非風雅士不肯輒納。次者分列亭軒，又次者排列廳院。輕颸忽來，妙芬徐發，游人如入五都，莫名其寶。大率色以白爲上，心以素爲上，瓣以圓爲上，香以淨爲上，莖以亭亭玉立爲上，朵以疏落掩映爲上，兼全者千不獲一。其名有"梅瓣""水仙""荷花"之類，類取形似。花之佳者，多生貧家，初苞即遠近爭傳，三數日閒搢紳之嗜花者踵至，遂有議價者。奇花一剪，索價或至數萬錢。籠之以歸，輒憔悴如菱，明年亦不復花，花則多爲常品，豈幽僻之性與富貴花作尹邢避面歟？遠安之青溪、石管閒，所在皆有，山人不能評騭也。既有知余嗜此者，乃人贈一本，數日成圃。稚兄詩云："美人自古生幽谷，賤妾於今媚國香。一樣騷心分雅鄭，碧雲叢薄倚斜陽。"真能爲花寫照者。微風扇和，芬馥在抱，雖無潔白如玉可當仙品，而嘉種已不可勝計，因爲品第，附錄於此。

黃玉虯神品：一本二莖，一高一下，相映成態。色淡於蜜，瓣細如縷，垂垂作舞虯形，清芬淡遠過於他品，素心中含丹砂一點。

翠鳳逸品：花如翡翠，心黃，沿邊作淡紅色，形似集鳳。開半月，瓣猶斂如半吐者，香淨而永。

淨瓶柳_{俊品}：一莖修潔，長可二尺餘。花淡綠色，下垂氃氃然，香淡而雋。或曰此觀世音淨瓶中物也。

牟尼珠_{靈品}：一本輒八九莖，數花必百八朵，色黃，香遠，頗含靈氣。

二喬_{奇品}：本祇一莖，莖必二花，大如盂，亦淡綠色。花形或俯或仰，或向背參差，無不有致。

綠萼仙_{淡品}：花疏香淡，辦①圓如梅，心含碎點，作粉紅色。

縞衣仙_{妙品}：綠花素心，蒂有衣，潔白如玉。莖亦玉色，花藏葉中，參差數朵，含睇宜笑，香若冰麝。

碧玉簪_{雅品}：莖花皆綠，花如蛺蝶，高比玉簪，清無俗韻。

秋水伊人_{清品}：葉淺綠，花淡黃，心嫩紅，莖微紫，一莖祇三四花，孤潔淡遠，亦殊風韻。

右花九品，色香姿態，竝臻絕妙。余每種各製小詞，錄入《筱園樂府》。

竹　　盆

山中多蘭蕙，惜無盆可蓻。山右喬松軒司馬寓青溪，嗜花成癖，獨出新意，令匠人剖竹編之，方圓在手，高下在心，其口或斂或敞，巧者或五角或六角，或如磬折禾懸，或如扇折半展。花時相度形勢，臚列几案間，次第品評，亦雅人深致也。余仿其意，并增拓之，得種種妙相。春可蓻蘭，秋可蓻菊，以視磁盆玉桮，轉有雅鄭之分。古人因地制宜，惠而不費，非是道與？

---

① "辦"，當作"瓣"。

牡　丹

予遊鹿苑，見佛座前牡丹一枝，高與檐齊，枝葉暢茂，入秋未凋。寺僧歎詫，謂花時至百數十朶之多，敏其顏色，則玉樓春也。公廨西偏，有花一株，方萌時日夕灌祝，謂必有異，及啟苞則仍玉樓春也。春既暮，客告予曰："曾見火帝廟之白牡丹乎？"予亟往視，則一花已開，一苞尚含，兩花依倚籬落閒，如避人狀，而玉骨冰肌，花容婀娜，恐昇平公主家無此嘉植。老僧爲予言，數年前態穠意遠，殆尤過之，今稍遜矣。予乃題詩贈之云："瞥見瑤臺第一枝，清平重譜惜春詞。姚王魏后渾閒事，不及蛾眉淡掃時。"封樹無忘，以詔來者。

夜　紅　山

沮水雖通大江，然皆急灘，六月山水暴注，始通小舟，餘月水淺，不能泛一葉，以是商賈裹足，惟洋坪市小有貿易，粟布果蔬而已。一歲中惟二月初二集夜紅山，陶冶之屬爲多。交易者入夜不散，燈燭滿山，故有是名。山在洋坪北五里許。

王　虎　山

山形最峻，相傳吳三桂屯兵於此，自謂"王者之師，有力如虎"，謬妄可笑。山下泉聲若雷，可名"玉虎"，祇加點而文甚工矣。

法　華　臺

鹿苑右側，一峰軒舉，其狀若臺，土人曰，昔梁居士陸法和講法華處也。蒼松淩霄，風起濤涌，四圍巒翠，襟袖生涼。邑令安可顧喜其佳勝，築松風亭。此山舊有亭曰"松風"，不知何時所築，或指法和，然久廢無考。法和嘗曰："着腳天下名山多矣，未有如此山之幽僻者。"遂棲息於此。意當時必有精廬。或又謂今鹿苑寺即其憩第，亭去寺數武，或築以聽松與？元張翥有《鹿苑寺》詩云"蕭梁殿額獨崔巍"，則寺在陸前，或陸即寄蹟寺中，惜無他據。余謂法和出處殊未分明，觀其習隱岩谷，先居百里洲，後棲紫石山，自號"荊山居士"，似是無意人世，乃一言之合，輒膺艱巨，救湘東，擒任約，受封江陵，其眉宇雄傑，照耀千古。山中猿鶴獻嘲，所不計耳。尋以梁室日衰，欲大集兵艦，以襲襄陽。元帝使止之，乃還，梁王堊其城門，麻衣葦坐，何其衰也。自古畸士遭逢艱運，遯蹟山林，蓋其用世之心，未嘗一日忘，非若石隱絕人，溺而不返。尚論之士悲其遇，原其心可耳。

陽　　洞

縣西南六十里有澗極幽，兩山足相倚如促膝，石礧礧，上作菊花形，稍前一峰摩天，不能以丈仞計。絕壁石罅中木古如虬，經霜映日，五色斑駁。折行百餘步，始聞泉聲，滴如簷溜，蓋匯而成流也。復二三里，兩山面向折腰，如對語狀。壁上懸溜、彫鏤、刻削皆神工鬼斧，如乳如筍，如瓶爐，如肺肝，如楊柳枝、梧桐葉、芙蓉花，如馬上山、獸入溪、鳥赴巢，以千百計，種種駭人。最奇者，一人冠裳危立，後隨一人，略短小，以傘蓋之。傍立二人，各執一器，下垂而張其末，如軍中喇叭形，或曰此喇叭巖也。再前，澗愈窄，山愈奇，日月經年不照，泠氣砭骨。遂得洞口，高廣如廈，面有石壘。洞內石鼓一，石柱二，映日作紺綠色。滴水成潭，可鑑毛髮，然往往墜石如斗，人罕游之。柳溪偶一游，爲余備言其異。

幸　　胡

暮春之夕，有惡鳥來鳴樹巔，其聲曰"幸胡"，啼徹四更，悽惋如泣。越日，又一鳥來，其鳴相似，若唱和然。土人曰："此名'訓狐'，一雌一雄鳴，主不利。"共謀逐之，銃發，斃其一，蓋雌也。自是雄啼愈悲，三日而去。賈長沙有《鵩鳥賦》，説之者曰梟也，梟即訓狐，其鳴曰"幸胡"，故又名"幸胡"。稚兄作《悲鳥鳴》詩，余和之。夫梟，不孝鳥也，食母目，晴始能飛，今集於此，凶孰甚焉？聞西山又有蛇，囓母腹而生，近頗絕迹，不知此鳥胡爲乎來。

觀 音 洞

洞在縣西十五里，深邃不測，懸溜滴石如彫刻，作觀音趺坐狀。洞旁瀑布下飛，可三十丈，寬亦丈許，如玉龍昂首而垂其雪髯也。

桃 李

春花漫山，桃李爲多，子尤甘脆。桃大如拳，李稍小，然相雜，往往莫辨。其李有翠綠者，凝霜潔白更可口，余戲呼爲翡翠李。

櫻 筍

櫻珠大於江南，頗甘，肉厚，宜蜜。筍較瘦，味亦殊佳。初夏廚開，紅白相映，鄉心黯然。余作《櫻筍圖》，寄簪侯弟，竝係以詩。

唱 和 詩

余愛山水佳勝，暇時輒一咿哦。稚蘭兄互相唱酬，兒輩亦學吟，得詩頗夥。邑中能詩如周柳溪、李偉堂、劉渭川、陳爽泉昆仲，皆有投贈，都爲二卷，題曰《沮江唱和詩》，亦山中佳話也。

木瓜鋪諸山

出山城，入青溪，萬山鱗次，五十里中應接不暇，奇形詭狀，有意想所不及者。余有七言古一章云："山城秋霽山翠浮，官閒聊約山靈遊。出郊山比民居稠，欲迎欲距欲挽畱。不暇應接惟點頭，忽然路折峰逾幽。一山當路盤如虬，人行虬脊風飂飀。側出一山高無儔，眾山從之如奔投。滕薛爭長知尊周，或如門闕如軒輈。靜如鶴兮閒如鷗，如溪飲馬陂臥牛。如髻鬟兮如眉修，如美人兮當高樓。尹邢避面如含羞，如瞋如笑如回眸。按圖召幸爭先收，豈無王嬙抱離憂。畫工不向延壽求，珊瑚鐵網誰能揉。雲中雞犬仙去不，古松鱗鬣濤聲遒。瑤琴忽發空際謳，鬼谷已杳成連休。歌碧玉兮夢夷猶，月明何人蕩蓮舟。一曲一詩心悠悠，中郎倡兮郯僧酬。誰與畫此谿山秋，輞川粉本空雕鎪。古來名士水上漚，土花埋碣蕭梁愁。不如飛錫遊神洲，拍掌一笑逢浮邱。"

平　遠　山

古人詩云"文似看山不喜平"，而又有"平遠山如蘊藉人"之句。遠安諸山，即之頗奇險，開軒遠眺，頗覺平曠。有偶占云："官閒如鶴看山行，眼底雲煙寫世情。奇境自來多在險，看山今亦愛看平。"自謂從閱歷得來。

寒　葉　分　詠

深秋木葉欲下，軒窗偶啟，赭黃紅翠，豔若春葩。同人請分題吟詠，補録於此。稚翁《詠踏葉》云："青鞵曾賦踏莎行，似有香痕貼地生。晚逕秋深人已去，虛廊屧響夢猶驚。苔平鹿女朝無迹，果熟猿公夜有聲。要訪寒山尋拾得，飄零莫問庾蘭成。"余和之云："杖策看山落木時，寒煙層疊草離離。穿來樵擔雲無礙，點破秋心屐不知。殘驛西風驢偃蹇，疏林斜日鶴襴褷。軟紅十丈京華路，惆悵槐黃夢醒遲。"《咏風葉》云："幾度春風破柳芽，又傳商信到天涯。魚苗驚處和煙拂，燕子歸時逐影斜。颯颯松濤吹瀑布，疏疏蕉雨點窗紗。霜枝搖曳無餘翠，珍重燈前泠澹花。"余和之云："一抹荒煙眼界寬，金商獵獵攬林端。小樓疏幔秋痕碎，大漠驚沙樹色寒。屏角山兼枯筆點，渡頭人倚峭帆看。殘聲疑雨還疑雪，吹入琴絲欲辨難。"又余《詠黃葉》云："亂山叢樹正蒼茫，濃着炊煙淡着霜。殘月寒鴉村店曙，西風病蝶寺門涼。不甘蕪穢隨衰草，便到飄零戀夕陽。長信當年秋思苦，琉璃殿瓦自鴛鴦。"

鳴　鳳　山

入署即見鳴鳳山，聽鳳樓落成，山葢日在座閒也。今春甫遊之，余有句云："長嘯揖山靈，千造始一訪。"鳳兮有知，得不笑俗吏傲人？

谿　雲

谿雲之奇，柳溪記之甚詳。每於雨後月下見諸詭異狀，大抵山川出雲，故其變幻雖多，不離山水之態，而尤能發山水未竟之奇。余嘗對峭壁千仞，嫌其露根。假令得萬頃波濤，噴溢其下，隨在皆十洲三島。安得東海入我袖中，誓必挹而注之。乃當宿雨初霽，涼蟾忽來，白雲鱗鱗，因風動縠，遂令懸崖叢樹，參差弄影，幾疑海上三山在我几榻。俄而輕絮四起，山麓人家微露燈火，而翠螺一點，浮蕩煙波浩渺閒。又似洞庭深秋，一櫂孤往。曾未轉眼，但見水天一碧，非惟無山、無樹、無寺宇、無村落，乃至不知有雲。天風琅琅，成連將移我情。時漏三商，倦而少息，月色轉皎，窗戶欲雪，復起倚闌，凈無纖翳，獨絕壑斷岅閒，掩映清輝，如微霜點染而已。一炊未熟，詭譎離奇，不翅萬變。浮雲富貴之歎，豈欺我哉？

寶華寺石鼎

鼎高七尺許，白石琢成，上刻雲龍，之而欲活，下則奇花異草，跗萼卷舒，交柯接葉，化去斧鑿痕，殆鬼工也。土人云，青谿寺水、鹿苑寺茶、玉泉寺塔及此石鼎爲四絕。余將汲水煮茶，焚香鼎中，作《玉陽浮屠記》，以獻我佛，或者伸眉一笑。

劉猛將軍

鄰境多蝗，居民大恐，欲預爲祈禱，而不知司蝗何神。余乃告里老曰：「蝗之有神，古無可攷，然吾鄉祠劉猛將軍甚虔，僉謂能驅蝗也。」神諱承忠，元時爲指揮，善捕蝗。元亡殉難，及國朝雍正二年有詔祠祀。往歲北省蝗起，民閒祀神不致，成災。有司請加神封號，旨加「保康」二字，并諭各直省竝建神祠。遠邑雖山僻，神佑不可忘也。因安神牌於火星廟之西，率邑士民致禱焉。是年，遠境晏然。

笋

余自幼不愛肉食，至十三歲時，家大人慮其癯而多病，戒不蔬食，然聞庖聲輒攔箸，蓋天性然也。蔬菜無所不嗜，尤有笋癖，故園十畝多竹。春雷未蟄，貓頭初出土者，甘美無等。四月櫻桃登盤，則甘而肥矣。五月之笋多瘦，入秋則劚竹笋，亦殊鮮嫩可口。冬笋必借材易地，然冰雪中攜小鴉嘴，隨竹根向南撥之，往往得玉尖，如春蘭含苞，此味非熊白可喻也。山中竹類實繁，少佳笋，四月初才見有入市者，雖甘美稍遜江南，輒一大嚼。

龍洞

由愚溪入山，峰巒層疊，邃谷厓庨，忽聞瀑布聲，殷殷欲雷，仰視無睹。峰回路轉，見所謂龍洞者，暗伏山根，高廣才容人，玉泉飛噴如匹練。然興夫言，春尤湧激，投穢物輒暴雨，人不敢犯。豈真有蟄其中者乎？

黃泥坳石碣

碣方廣才二尺奇，蒼碧色，人行其下，鬚眉竝鑑。雨零日炙，迄無少損。僅鐫姓氏數行，無年月可考，志以俟博物者。

仙　女　洞

邑中可名之山盈百，半有洞壑。峽州雷太史思需作《遠安方輿記》，羅列可數。余所見不多，大率皆奇詭動魄，而鬼谷洞、龍洞則其尤詭者也。若觀音洞，則聳秀近情。仙女洞則奇而峭矣，洞廣而不深，蒼翠葳蕤，四時恒似秋半，紅蕖碧杜，玉芝仙柰之屬，充牣其中。唐小説載天台遇仙有繢圖者，蹊徑略與此洞仿彿。

待　月　樓

喻碧峰茂才慈昌工詩愛客，性耽花木。嘗度隙地作小園，累石爲山，巖洞精眇，鑿池置水，林木陰森，花疏竹秀，朱綠四時不改。南向樓三楹，題曰“待月”。啟窗四眺，萬山環繞，風致殊勝。園中几榻，輒以樹根爲之，非檀非櫟，糾結光怪，皆數百年物。一榻橫陳，廣可坐十餘人，其形似老虬盤錯，鱗爪攫拏，雖良匠不能運其巧，不知從何得之。碧峰物故且久，遺詩若干首，余爲點定，子孫當有刊而行之者。

簡　節　愍

簡公而可，字敬所，萬歷戊子舉人，除密縣教諭。丁酉分校南畿，得顧啟元等九人，已而通籍者七人。執政以此知之，擢翰林院孔目，歷部郎，出知潯州府。居職清介，以忤權貴罷歸。崇禎甲戌遇流寇，憤罵被害，年七十四。國朝乾隆四十二年，賜諡“節愍”。校官越省分校，國初猶沿其舊，以此擢官，遇亦奇矣。

錦　浪　園

園在北城外，李石帆部郎友蘭所築。李，萬歷己酉舉人，除吳川令，遷知全州，擢南戶部郎，著有《經世格言》，以丁艱歸，無意復出。治園城北，日與二三素心吟嘯其中。嘗建書院，課邑子弟之能讀者。會闖賊陷城，罵不絕口，遂被害。國朝賜諡“節愍”。今園址久廢，鮮能辨識。惟以“錦浪”命名，意當近臨沮水。此閒少園林勝賞，偶一有之，又聽其荒廢於前，湮沒於後，遂使恬淡胸襟無從想見，可慨也。夫顧其忠義卓著，荷褒聖代，史冊流光，雖喬木無存，而一段俊偉光明之概不可澌滅，故以地傳人，不若以人傳地。

方　孝　子

孝子名雍璧，字藍琳，遠之北城人。少有至性，每親疾，輒涕泣不食。兄玉璧，幼慧，溺水死。雍赴水次，悲號數日不止。玉見夢於父母曰：“弟號水次，恐與兒俱死也。”醒，急覓之，而比鄰賈俊唐者已扶雍歸。初，賈夢玉言：“吾弟哭水濱，將殆，求援手。”尋遇果然。由是家人悉防之。既而家漸式微，父委以會計，勤慎承志。又數年，父病痿痺，雍日夜祈禱，徒步百里外求醫藥，浚溺皆扶掖之。盡輟生產事，遂益中落，猶日多方覓甘旨而自食粗糲，顧不令父母知也。無何，母遘篤疾，百藥不效，雍哀毀骨立，祭葬盡禮。其父衰年喪偶，益無聊賴。雍乃設牀門外，負父坐臥其上，觀市中人往來，或共鄰妿笑語，以爲排遣。温飽之，抑搔之，俱以目聽，侍立終日無倦容。或欲出郊閒眺，背負周行，隮越阡陌，不敢喘息。父病凡十五年，嘗謂人曰："手、足，吾子實立代之，如未病耳。"壽八十三乃卒。雍竭力殯葬，廬墓三年。每歲時祭祀，引領長號，哀戚動行路。

或謂入山卻虎、廬墓驅蛟二事尤奇，余曰："孝，庸行也。蹟其生平，先意承志，能使垂白老人動止自如，忘其痼疾，必有視無形、聽無聲者。孔子曰色難，孝子有焉。生事葬祭，事親之始終，舉矣。度其所在，常有鬼神呵護之，蛟龍虎豹詎能爲害？"余衣食奔走且二十年，半菽時缺，今二親年皆七十餘，甘脆輕煖，時其所欲，委之弱息。一官遠寄，求去不能，讀安廣文嘉緗《方孝子傳》，彌復心痛，不能自已。

陳　節　婦

邑中望族，向推周、陳，而潁川氏爲尤盛，其聚處傅什鋪者，至數十百人之多。有文藻、文蔚者，竝以高才生攻苦致疾，齎志以歿。文蔚遺一子教壋，甫三齡，夫人曹氏撫教之，課耕讀者二十年。教壋有聲黌序，將謀頤養，而曹夫人久勞獲疾，卒年五十餘歲，以例得請旌。余來遠，教壋從余遊，述其母夫人苦節事，泪涔涔下。余許爲立傳，且以生之品醇學粹，纘承先緒，行將大昌其門。先録數語於此，以爲他日左券云。

蕭　節　婦

婦氏陳，邑人蕭家有妻。夫亡時，氏年才二十一，教養遺孤，矢志守節，今五十三矣。子已成立，恂恂稱善人。會修邑志，採訪者踵門，請録事實。其子入白氏，氏愀然正色曰："婦人不幸夫亡，守節乃分内事，何可聞於官也？"余曰："即此數語，可以傳節婦矣。"士有細行自矜，多爲文飾以炫世駭俗者，聞節婦之言，當知愧悔。

遠安雖褊小，然忠孝節義，志不絕書，自明迄今，不下千數百人。余僅録其四，以志景仰。若謂舉一漏萬，則新舊志具在，可以取而讀也。

縣　　志

《遠安縣志》八卷，教諭劉君子垣修輯，余視遠事，志已付刊且過半矣。既成，劉君首列余名，余初不知也，計生平未嘗掠美，此事殊疢心。因隨録在遠聞見，釐爲二卷，語雖不精，意在輔翼縣志，以補吾歉。

幽夢續影

幽夢續影

真嗜酒者氣雄，真嗜茶者神清，真嗜筍者骨臞，真嗜菜根者志遠。粟隱師云：“余擬贈嘯筠楹帖曰‘神清半爲編茶録，志遠真能嗜菜根’。”

鶴令人逸，馬令人俊，蘭令人幽，松令人古。華山詞客云：“蛩令人愁，魚令人閒，梅令人癯，竹令人峭。”

善賈無市井氣，善文無迁腐氣。張石頑云：“善兵無豪邁氣。”

學導引是眼前地獄，得科第是當世輪迴。陸眉生云：“暱倡優是眼下惡道。”

求忠臣必於孝子，余爲下一轉語云：“求孝子必於情人。”熊篋舲云：“情人又安所求之？”王問萊云：“必也其在動心忍性中。”

造化，善殺風景者也，其尤甚者，使高僧迎顯宦，使循吏困下僚，使絕世之姝習絃索，使不羈之士累米鹽。補桐生云：“和尚四大皆空，雖迎顯宦，無有顯宦。”

日間多静坐，則夜夢不驚。一月多静坐，則文思便逸。黄鶴笙云：“甘苦自得。”

觀虹銷雨霽時，是何等氣象。觀風回海立時，是何等聲勢。陸又珊云：“我師意殆謂改過宜勇，遷善宜速。”

貪人之前莫炫寶，才人之前莫炫文，險人之前莫炫識。悼秋云：“妬孀之前莫炫色。”懺綺生云：“妄人之前莫炫才。”

文人富貴，起居便帶市井。富貴能詩，吐屬便帶寒酸。華山詞客云：“不顧俗眼驚。”王寅叔云：“黃白是市井家物，風月是寒酸家物。”

花是美人後身。梅，貞女也。梨，才女也。菊，才女之善文章者也。水仙，善詩詞者也。荼蘼，善談禪者也。牡丹，大家中孀也。芍藥，名士之孀也。蓮，名士之女也。海棠，妖姬也。秋海棠，制於悍孀之艷妾也。抹麗，解事雛鬟也。木夫容，中年詩婢也。惟蘭爲絕代美人，生長名閥，耽於詞畫，寄心清曠，結想琴筑，然而閨中待字，不無遲暮之感。優此則絀彼，理有固然，無足悵者。眉影詞人云：“桂，富貴家才女也。剪秋羅，名士之婢妾也。”省緣師云：“普願天下勿栽秋海棠。”

能食澹飯者方許嘗異味，能涸市囂者方許游名山，能受折磨者方許處功名。鄭盦云：“然則夫子何以不豫色然。”

非真空不宜談禪，非真曠不宜談酒。蓮衣云：“居士奈何自信真空。”香祖主人云：“始知吾輩大半假託空曠。”

雨窻作畫，筆端便染煙雲。雪夜哦詩，紙上如灑冰霰。是謂善得天趣。詩盦云：“君師盛蘭雪先生云‘冰雪窖中人對語，更於何處着塵埃’，冷況髣髴。”

凶年聞爆竹，愁眼見鐙花，客途得家書，病後友人邀聽彈琴，俱可破涕爲笑。沈石生云："客中病後，凶年愁眼，奈何。"

觀門徑可以知品，觀軒館可以知學，觀位置可以知經濟，觀花卉可以知旨趣，觀楹帖可以知吐屬，觀圖書可以知胸次，觀童僕可以知器宇，訪友不待親接言笑也。香祖主人云："此君隨地用心，吾甚畏之。"

余亦有三恨：一恨山僧多俗，二恨盛暑多蠅，三恨時文多套。趙享帚云："第三恨務請釋之。"

蝶使之俊，蜂使之雅，露使之艷，月使之溫：庭中花，斡旋造化者也。使名士增情，使美人增態，使香爐茗椀增奇光，使圖畫書籍增活色：室中花，附益造化者也。星農云："嘯筠之畫庭中花，嘯筠之詩室中花。"

無風雨不知花之可惜，故風雨者，真惜花者也。無患難不知才之可愛，故患難者，真愛才者也。風雨不能因惜花而止，患難不能因愛才而止。仙洲云："姝日則花之發泄太甚，富貴則才之剝削太甚，故花養於輕陰，才醲於微晦。"

琴不可不學，能平才士之驕矜。劍不可不學，能化書生之懦怯。香輪詞客云："中散善琴，去不得驕矜二字。"畢雄伯云："氣靜則驕矜自化，何必學琴。氣充則懦怯自除，何必學劍。"

美味以大嚼盡之，奇境以粗游了之，深情以淺語傳之，良辰以酒食度之，富貴以驕奢處之，俱失造化本懷。張企崖云："黃白以慳吝守之，翻似曲體造化。"

樓之收遠景者，宜游觀不宜居住。室之無重門者，便啓閉不便儲藏。庭廣則爽，冬累於風。樹密則幽，夏累於蟬。水近可以滌暑，蚊集中宵。屋小可以禦寒，客窘炎午。君子觀居身無兩全，知處境無兩得。少郭云："誠如君言，天下何者爲安宅。"

憂時勿縱酒，怒時勿作札。粟隱師云："非杜康何以解憂。"

不静坐不知忙之耗神者速，不泛應不知閒之戕神者真。錢雲在曰："不閱歷不知《幽夢續影》之説理者精。"

筆蒼者學爲古，筆雋者學爲詞，筆麗者學爲賦，筆肆者學爲文。簇飫云："筆高渾者學爲詩。"

讀古碑宜遲，遲則古藻徐呈。讀古畫宜速，速則古香頓溢。讀古詩宜先遲後速，古韻以抑而後揚。讀古文宜先速後遲，古氣以挹而愈永。棅亭云："若得摩詰輞川真本，肯使其古香頓溢乎。"

物隨息生，故數息可以致壽。物隨氣滅，故任氣可以致夭。欲長生只在呼吸求之，欲長樂只在和平求之。澹然翁云："信數息而不信導引，何耶。"

雪之妙在能積，雲之妙在不留，月之妙在有圓有缺。二如云："月妙在缺，天下更無恨事。"香輪云："山之妙在峰回路轉，水之妙在風起波生。"

爲雪朱闌，爲花粉墻，爲鳥疏枝，爲魚廣池，爲素心開三徑。梅華翁云："一二句畫理，三四句天機，第五句古人風。"

築園必因石，築廡必因樹，築榭必因池，築室必因花。春山云："園亭之妙，一字盡之，曰借，即因之類耳。"

梅繞平臺，竹藏幽院，柳護朱樓，海棠依閣，木犀匝庭，牡丹對書齋，藤花蔽繡闥，繡毬傍亭，緋桃照池，香草漫山，梧桐覆井，酴醾隱竹屏，秋色倚闌干，百合仰拳石，秋蘿亞曲階，芭蕉障文窗，薔薇窺疏簾，合歡俯錦幃，檉花媚紗槅。鄂生云："紅杏出墻，黃菊綴籬，紫藤掩橋，素蘭藏室，翠竹碍戶。"

花底填詞，香邊製曲，醉後作艸，狂來放謌，是謂遣筆四稱。師白云："月下舞劍，亦一絕也。"怡雲云："絕塞談兵，空江泛月，亦覺雄曠。"

談禪不是好佛，只以空我天懷。談元不是羨老，只以貞我內養。稚蘭云："談詩不是慕李杜，只以寫我性情。"

路之奇者入不宜深，深則來踪易失。山之奇者入不宜淺，淺則異境不呈。警甫云："知此方可陟歷。"

木以動折，金以動缺，火以動焚，水以動溺，惟土宜動，然而思慮傷脾，燔炙生冷皆傷胃，則動中仍須靜耳。粟隱云："藏府精微，隔垣洞見。"

習靜覺日長，逐忙覺日短，讀書覺日可惜。桐生云："客途日長，懽場日短，侍親日可惜。"

少年處不得順境，老年處不得逆境，中年處不得閒境。澗雨云：“中年閒境，最是無憀。”

素食則氣不濁，獨宿則神不濁，默坐則心不濁，讀書則口不濁。華潭云：“焚香則魂不濁，説士則齒不濁。”

空山瀑走，絕壑松鳴，是有琴意。危廔雁度，孤艇風來，是有笛意。幽澗花落，疏林鳥墜，是有筑意。畫簾波漾，平臺月橫，是有簫意。清溪絮撲，叢竹雪灑，是有箏意。芭蕉雨粗，蓮花漏續，是有鼓意。碧甌茶沸，綠沼魚行，是有阮意。玉蟲妥燭，金鶯坐枝，是有歌意。臥梅子云：“阮字疑琵琶之誤。”雪蕉云：“海棠倚風，粉篁灑雨，是有舞意。”

琴醫心，花醫肝，香醫脾，石醫腎，泉醫肺，劍醫胆。蜨隱云：“琴味甘平，花辛溫，香辛平而燥，石苦寒，泉甘平微寒，劍辛烈有小毒。”

對酒不能歌，盲于口。登高不能賦，盲于筆。古碑不能橅，盲于手。名山水不能游，盲于足。奇才不能交，盲于胸。庸眾不能容，盲于腹。危詞不能受，盲于耳。心香不能嗅，盲于鼻。伯寅云：“由此觀之，不盲者鮮矣。”

静一分慧一分，忙一分憒一分。憩雲居士曰：“静中糸動是大般若，忙裏偷閑是三菩提。”

至人無夢，下愚亦無夢，然而文王夢熊，鄭人夢鹿。聖人無淚，強悍亦無淚，然而孔子泣麟，項王泣騅。梅生云：“漆園夢蝶，不過中材。”

感逝酸鼻，感恩酸心，感情酸手足。無隱生云："有友患手足酸麻，醫不能立方，惜未以《幽夢續影》示之也。"

水仙以瑪瑙爲根，翡翠爲葉，白玉爲花，琥珀爲心，而又以西子爲色，以合德爲香，以飛燕爲態，以宓妃爲名，花中無第二品矣。退省先生云："莫清于水，莫霧于仙，此花可謂名稱其實。"梅花翁云："雖謂陳思一賦，爲此花寫照，猶恐唐突。"

小園玩景，各有所宜：風宜環松傑閣，雨宜俯澗軒窗，月宜臨水平臺，雪宜半山樓檻，花宜曲廊洞房，烟宜繞竹孤亭，初日宜峰頂飛樓，晚霞宜池邊小杓。雷者天之盛怒，宜危坐佛龕。霧者天之肅氣，宜屏居邃閣。雲在曰："是十幅界畫畫。"二如曰："雷景鮮有能玩之者。"

富貴作牢騷語，其人必有隱憂。貧賤作意氣語，其人必有異能。梅亭云："意氣最害事，貧賤時有之，即他日驕侈之根。"

高柳宜蟬，低花宜蝶，曲徑宜竹，淺灘宜蘆，此天與人之善順物理，而不忍顛倒之者也。勝境屬僧，奇境屬商，別院屬美人，窮途屬名士，此天與人之善逆物理，而必欲顛倒之者也。懺綺生云："庭樹宜月。"蝶緣云："非顛倒則造化不奇。"

名山鎮俗，止水滌妄，僧舍避煩，蓮花證趣。蓮衣云："坐蓮舫中，遂使四美具。"少郭云："余每過蓮舫，見其輿蓋闐塞，未知能避煩否也。"稚蘭云："爲下一轉語曰，老僧於此避煩。"

星象要按星實測，拘不得成圖。河道要按河實濬，拘不得成說。民情要按民實求，拘不得成法。藥性要按藥實咀，拘不得成方。退省子云："隱然賅天地人物。"

奇山大水，笑之境也。霜晨月夕，笑之時也。濁酒清琴，笑之資也。閒僧俠客，笑之侶也。抑欝磊落，笑之胸也。長歌中令，笑之宣也。鶴叫猿啼，笑之和也。棕鞵桐帽，笑之人也。玉泫生云："可作一則笑譜讀。"

醫花十劑：壅以補之，水以潤之，露以和之，摘以宣之，火以洩之，日以滋之，甫以滑之，風以燥之，祛蟲以養之，紗籠紙帳以護之。槑花翁云："瓶供釵簪，非惜花者也。"小清閟閣主人云："石以鎮之，香以表之。"

朧字不能盡梅，淡字不能盡棃，韻字不能盡水仙，艷字不能盡海棠。退省云："幽字不能盡蘭，逸字不能盡菊。"蘭丹云："曩於武原陳氏園池，見退紅蓮花數莖，實兼朧、澹、韻、艷、幽、逸六字之勝。"

櫻桃以紅勝，金柑以黃勝，梅子以翠勝，葡萄以紫勝，此果之艷于花者也。銀杏之黃，烏桕之紅，古柏之蒼，篲竿之綠，此葉之艷于花者也。亶帚生云："果之妙至荔枝而極，枝之妙至楊柳而極，葉之妙至貝多而極，花之妙至蘭蕙而極。枝葉並妙者莫如松柏，花葉並妙者莫如水仙，花果並妙者莫如梅花，葉莖果無一不妙者莫如蓮。"

脂粉長醜，錦繡長俗，金珠長悍。香祖云："與富而醜，甯貧而美。與美而俗，甯醜而才。與才而悍，甯俗而淑。"

雨生綠萌，風生綠情，露生綠精。省緣云："烟生綠魂，月生綠神。"竹儂云："香生綠心。"

邨樹宜詩，山樹宜畫，園樹宜詞。雲在曰："密樹宜風，古樹宜雪，遠樹宜雲。"

搏土成金，無不滿之欲。畫筆成人，無不償之願。縮地成勝，無不擴之胸。感香成夢，無不證之因。冶水云："鍊香爲心，無不艷之筆。"

鳥宣情聲，花寫情態，香傳情韻，山水開情窟，天地闢情源。月舟云："雨濯情苗，月生情蒂。"蘿月主人云："鐙証情禪。"懺綺生云："詩孕情因，畫契情緣，琴圓情趣。"

將營精舍先種梅，將起畫樓先種柳。篛溪云："將架曲廊先種竹，將闢水窗先種蓮。"

詞章滿壁，所嗜不同。花卉滿圃，所指不同。粉黛滿座，所視不同。蓮生云："江湖滿地，所寄不同。"

愛則知可憎，憎則知可怜。紫蕙云："怜則知可節取。"

云何出塵，閉戶是。云何享福，讀書是。澧蓀云："閉戶讀書，塵中無此福也。"

厚施與即是備急難，儉婚嫁自然無怨曠，教節省勝於裕留貽。印青居士云："施與也要觀人，婚嫁也要稱家。"

利字從禾，利莫甚于禾，勸勤耕也。從刀，害莫甚于刀，戒貪得也。春山云："酒从水，言易溺也。从酉，酉屬金，亦是兵象。"

乍得勿與，乍失勿取，乍怒勿責，乍喜勿諾。戒定生云："乍責勿任，乍諾勿疑。"

素深沉，一事坦率便能貽誤。素和平，一事憤激便足取禍。故接人不可以猝然改容，持己不可以偶爾改度。无礙云："深沉人要光明，和平人要嚴肅。"

有深謀者不輕言，有奇勇者不輕鬥，有遠志者不輕干進。心白云："有俠腸者不輕施報。"

孤潔以駭俗，不如和平以諧俗。嘯傲以玩世，不如恭敬以陶世。高峻以拒物，不如寬厚以容物。心逸云："能和平方許孤潔，能恭敬方許嘯傲，能寬厚方許高峻。"

冬室密，宜焚香。夏室敞，宜垂簾。焚香宜供梅，垂簾宜供蘭。證淚生云："焚香供梅，宜讀陶詩。垂簾供蘭，宜讀楚些。"

樓無重簷則蓄鸚鵡，池無雜影則蓄鷺鷥，園有山始蓄鹿，水有藻始蓄魚。蓄雀則臨沼圍闌，蓄燕則沿梁承板，蓄貍奴則墩必裝褥，蓄玉猧則戶必垂花。微波菡萏多蓄彩鴛，淺渚菰蒲多蓄文蛤。蓄雉則鏡懸不障，蓄兔則草長不除。得美人始蓄畫眉，得俠客始蓄駿馬。梅朧云："有曲廊洞房，葯鑪茶臼，始蓄麗姝。有名花美酒，象板鳳笙，始蓄歌伎。"

任氣語少一句，任足路讓一步，任筆文檢一番。問漁云："少一句氣恬，讓一步路寬，檢一番文完。"

以任怨爲報德則真切，以罪己爲勸人則沉痛。華山詞客云："任怨忌有德色，罪己不作勸詞。"

偏是市儈喜通文，偏是俗吏喜勒碑，偏是惡嫗喜誦佛，偏是書生喜談兵。信甫云："偏是枯僧喜見女色。"子鏡云："偏是貧士喜揮霍。"

真好色者必不淫，真愛色者必不濫。仲魚云："拈花以微笑而止，飲酒以微醺而止。"

俠士勿輕結，美人勿輕盟，恐其輕爲我死也。心白云："猛將勿輕謁，豪貴勿輕依，恐其輕任我以死也。"

甯受嚃蹴之惠，勿受敬禮之恩。問漁云："嚃蹴不報而亦安，敬禮雖報而猶歉。"

貧賤時少一攀援，他日少一掣肘。患難時少一請乞，他日少一疚心。仙洲云："富貴時少一威福，他日少一後悔。"

舞弊之人能防弊，謀利之人能興利。沈箬溪云："利無小弊，雖興不廣。弊有小利，雖除不盡。"

善詐者借我疑，善欺者借我察。安航云："故疑召詐，察召欺。"

過施弗謝，自反必太倨。過求弗怒，自反必太卑。梁叔云："自反非倨，彼其人必係畸士。自反非卑，彼其人必爲重臣。"

英雄割愛，奸雄割恩。蘭舟云："愛根不斷，终爲兒女累。"

天地自然之利，私之則爭。天地自然之害，治之無益。箬溪釣師云："因所欲而與之，其利溥矣。若其性而導之，其功偉矣。"

漢魏詩象春，唐詩象夏，宋元詩象秋，有明詩象冬。包含四時，生化萬物，其國初諸老之詩乎。薏儂云："六朝詩象殘春，晚唐詩象殘暑。"

鬼谷子方可游説，莊子方可詼諧，屈子方可牢愁，董子方可議論。玉泠云："留侯方可持籌，淮陰方可推轂。"无礙云："老子是兵家之祖，鬼谷是法家之祖，莊子是詞章家之祖。"

唐人之詩多類名花：少陵似春蘭幽芳獨秀，摩詰似秋菊冷艷獨高，青蓮似緑萼梅仙風駘蕩，玉谿似紅萼楳綺思嫋娟，韋柳似海紅古媚在骨，沈宋似紫薇矜貴有情，昌黎似丹桂天葩洒落，香山似芙蕖慧相清奇，冬郎似銕梗垂絲，閬仙似檀心磬口，長吉似優缽曇彩雲擁護，飛卿似曼陀羅璚月玲瓏。嘯琴云："微之似水外緋桃，牧之似雨中紅杏。"

童 樹 棠 集

〔清〕童樹棠 著

陳春生 向玉露 點校

前　　言

　　童樹棠（1862—1900），字憩南，湖北省蘄春縣童畈村人，光緒二十年（1894 年）甲午科舉人。童畈村古來崇學重教，人才輩出，童樹棠的祖父、父親均為秀才，家學淵源深厚。

　　童樹棠幼好學，年甫十四，仿屈原《天問》作《月問》一篇，詞旨清悱，里儒異其才，名冠鄉里。弱冠之年，以詩賦選為州學生。光緒十四年（1888 年）遊學武昌，結識舉人、漢陽名儒關季華（時楚人尊為“漢陽先生”，正參與纂修《湖北通志》）。童樹棠对其執弟子禮，請求指點詩文。關季華囑童樹棠不能溺於詞華，應廣學求進。受此點撥，童樹棠始懇切求於宋五子書，親定治身十二事、讀書八事，潛心自修經史，希冀異日經世致用。

　　光緒十六年（1890 年）冬，黃州府訓導知童樹棠之名，薦其入讀經心書院，食餼於州學二十人中，後入張之洞所創辦之兩湖書院。光緒十九年（1893 年），陳寶箴任湖北布政使，激賞童樹棠才華。童樹棠尊為師長，與其子陳三立交好，詩書往還頻仍。童樹棠因病獨居書院外，陳寶箴殷切探望，並廣求藥方予以治療。

　　童樹棠一生短暫，但孜孜以求學問，探源溯流，條分縷析，心得留諸筆劄，精神傳遞後人。王葆心評其詩文：“詩兼有八代唐宋巨子體，精神乃在吟咏外。文深入《騷》《選》，不廢唐宋家數。”童樹棠閱讀廣泛，精博兼顧，讀經史時不忘涉獵時政和西方軍事地理知識。從其閱讀筆記可見，他努力接受新知，期待了解世界發展大勢，是鄂東出類拔萃的讀書人。

　　童樹棠的作品失散較為嚴重，《童氏學記·外篇》二篇（一説四篇）、《雜著》三卷已無考。《童樹棠集》中《童氏學記·內篇》二篇以湖北省圖書館所藏童樹棠手稿爲底本，《求志齋文集》二卷、《求志齋外集》二卷、《求志齋詩存》一卷及附錄《〈求志齋類稿〉敘目》《清故孝廉童君年三十九行狀》以民國六年（1917 年）流青閣鉛印本爲底本。附錄《〈黄州課士録〉所收之作》以光緒辛卯刊印的《黄州課士録》爲底本，因《團扇賦》《漢賦》《擬〈大言賦〉》《擬〈小言賦〉》《擬楊子雲〈百官箴〉》與《求志齋文集》中收録之作重復而删。另有《學記序》一篇原收於《求志齋外集》卷一，置《胡氏家譜序》之後，因與《童氏學記·内篇一》序言雷同而删。

因水平有限，錯訛之處尚祈讀者指正。

陳春生　向玉露
2022 年 8 月

目　録

童 氏 學 記

求志齋文集

卷一

卷二

求志齋外集

卷一

卷二

求志齋詩存

求志齋詩存

附　　錄

童氏學記

内篇一

　　學問之道，古無門目。《論語》德行、言語、政事、文學，乃就孔門諸賢各人學之所志而記之耳，非聖人垂教有此門目。後世學問，破碎紛歧，不通本原，門户乖異。義理、經濟、攷據、辭章分為門目，有此四端。智者知挈其要領，本末咸在。昧者方鑽孽一事，自詡專門，或求末而忘本，或有體而無用。聖賢之業，經世之學，相望千載，逮古者希，亦可慨矣。樹棠觀書除經史外，亦分義理、經濟、攷據、辭章，然致力大恉，窮乎義理，通乎經濟，辭章觀其文采，攷據存其大略。有關義理者。四端並舉，不可析離，但體用不淆、輕重有法而已。守博文約禮之方，希天民大人之學，即物窮理，勤求貫通。《大學》一篇，以為課程，循序精進，人一己百，往哲鑒觀，毋自菲薄，可爾。童樹棠識。

為 學 心 法

提撕此心，認清天理邊做去。如此便無不敬。當悟得一"仁"字，當悟得"理一分殊"四字。

格致心法 以敬為本

窮天理，明人倫，講聖言，通世故。涵養，致知，力行。

六　師　圖

道理出於聖，吾欲探其源。六經垂世，肇究莫窮。用表道理師。周公、孔子兩聖為大宗。學聖法：博學於文，約之以禮。為學之方：博學之，審問之，慎思之，明辨之，篤行之。

氣象靜淵者近聖。惟靜可通鬼神之奧，可通造化之機。用表氣象師。伊尹、顏淵兩人氣象。尹恥其君不為堯舜，一夫不得其所，若撻於市。顏不遷怒，不貳過，三月不違仁。

彌綸萬變，善區畫者必須命世之才。用表經畫師。孟子經畫。本領在精義。

三代以降，以近道之才而扶持大局者，寥寥不少概見。用表求達師。諸葛忠武。自比管仲、樂毅，謂有整頓顛危之略也。若其學問根柢，則較深於管、樂。

六　輔　圖

管仲，孫武，樂毅。

管仲霸才，其救時區畫有可觀處。若孫、樂則用兵之奇者也，故能扶危定亂。

程明道，朱紫陽，王陽明。

道義淵粹，程朱尚也。若姚江則以道學而發為事功者，其用兵神奇處、臨事鎮定處不可及。

讀孔孟書義例表

舉大義：經緯天地，扶立人極，是曰大義。用朱筆單圈出。

證心法：學問心法，淵乎微乎。用朱筆旁圈出。

察世變：哀周世變，不可不察。孔孟仁論，於斯可見。用綠筆旁點出。

審微權：義精仁熟，乃可言權。權至孔孟，斯為孝極。用緑筆單圈出。

隨在先以此四事求之，反身體驗。義理必有獨得處，學識必有長進處，此所謂大處攻得破，其餘細碎義理，便易貫澈了。細碎一文一字，亦家國身心之繫。

觀書法綱目表讀書時常閱之，常存之。

《孟子》讀法：別見《讀書師孟圖》，此為通識。

《朱子》讀法：居敬持志、虛心涵泳，循序漸進、切己體察，熟讀精思、着緊用力。此為心法。

群經為通證。

《語》《孟》為權衡。

觀書通義：讀書以觀理為主，不必但求記誦精熟。若騖於記誦，徒耗精力，終是無用。即若前代史册、制度、典章，經世之迹，有精意在。精意即理也，窮之可已。必沾沾講求其迹，務為精熟。推行不通，終是陋學。諸葛讀書，觀其大略，晨夕從夕①，抱膝長嘯，此意可知。以觀理為己學，為己者也。以記誦為主學，為人者也。此在學者寸心自為分別而已。凡讀經史，亦須一字不遺。此居敬以讀書法。以觀理為主，自能精熟，自能記誦。志在記誦者異是。凡儀禮書歸入性理看，凡性理書、禮書歸入正經看，一貫。

觀書微義：去聖日遠，諸儒之説，每多破碎，紛然殽亂，雖可齊一，自非孔子之聖，而持義立説，不能無弊。學者彰於千載遺經，詁其義理，體之當躬，措之天下，乃鮮不為諸儒傳註之説所蔽。較異同於錙

---

① "從夕"，《三國志·蜀志·諸葛亮傳》"亮躬耕隴畝，好為《梁父吟》"，裴松之注引三國魏魚豢《魏略》"晨夕從容"，疑為"從容"。

銖，辨得失於秒忽。究其所得，乃諸儒之諸論，非聖人之精蘊，君子病之。或覃究遺經得所趨向而弗於義理之大，先致其極，僅即其細微之耑、一文一義之係，無關宏指者，竭力探索，則終以無心見先聖道之廣大而造其深。故學者窮理，莫要於讀書，而讀書之要，當在於潛玩遺經。窮理之方，先在精，不為瑣碎，是在學者之有以自悟焉已。此旨專用之讀經，然亦可用其意讀史。

讀書師孟圖

孟子讀《書》曰：“盡信《書》則不如無《書》。吾於《武成》，取二三策而已矣。”讀《詩》曰：“故說《詩》者，不以文害辭，不以辭害志。以意逆志，是為得之。”讀《春秋》曰：“春秋無義戰。彼善於此，則有之矣。”案：孟子所言，可見古人讀書，真能見得大意。又曰：“誦其詩，讀其書，不知其人，可乎？是以論其世也，是尚友也。”案：論世知人，是孟子一生讀書得力處，如此乃能上晤千載耳。凡讀書，惟心通其故者，乃能得其大意，觀其大略。夏貢、殷助、周徹，制不同，而孟得其大意，曰“其實皆什一也”。夏校、殷序、周庠，制不同，而孟子得其大意，曰“皆所以明人倫也”。即此可悟讀書之法。諸君讀書學孟子得其大意，後能觀其大略也。

諸葛主靜圖

靜以修身，儉以養德。非澹泊無以明志，非甯靜無以致遠。

夫學須靜也，才須學也。非學無以廣才，非靜無以成學。惰慢則不能覃精，險躁則不能理性。

案：諸葛學問，得力靜字。董江都云“正其誼不謀其利，明其道不計其功”，即靜以成學之義。王文成學問亦得力靜字。

治《毛詩》次第圖

先治漢學。綱要鈔首卷，用註疏本，以《毛傳》為主。齊一家，鄭箋。魯一家，孔疏。韓一家，陸釋文。自魏晉以降，博取古近，為《毛傳》說。又博取古近，為齊、魯、韓說。音韻用顧亭林《詩本音》，參江、段、苗三家。箋疏與傳訓故指義同異，潛心玩索，附之《毛傳》。魯、齊、韓三家亦玩索之，附之《毛傳》。古近為毛說者亦玩索之。所要繙閱各書，薈粹左右，以窮極漢儒諸說為要歸。治漢學且從漢而觀之，會其指歸，有愜意處，有不愜意處。

對治宋學。綱要鈔首卷，用御纂本，以《集傳》為主。御纂所粹宋元明諸說、御案。《朱子語録》、《文集》各書及此篇者。宋元明諸儒、御案之說與朱子指義同異，潛心玩索，附之《集傳》。朱子別書、二程書亦玩索之。所要繙閱各書，薈粹左右，以窮極宋儒諸說為要歸。治宋學且從宋而觀之，會其指歸，有愜意處，有不愜意處。

終味經文。用單經文本，以經文為主。審漢儒諸說，審宋儒諸說，定其得失。通證群經，見得大意。思無邪是詩教，以意逆志是讀法。參攷諸論說，所以窮理，是立志通法。窮於義理，得為躬行，是實學通法。如是而不惑，傳註得聖心矣，是為有用之學。

治《毛詩》次第說

以《毛傳》為主，並鈔齊、魯、韓三家之說，審其同異得失。節鈔箋疏陸釋文坿之。節鈔先儒說毛及陳氏《毛傳疏》並《毛詩音》坿之。大概訓詁音韻，漢儒所得較多。阮氏《詩書古訓》鈔《毛傳》之首，以探詩學之源。節鈔國朝諸家之說，有精確而證明《毛傳》者。又節鈔國朝諸說三家者，其陳石甫《毛傳源流通論》鈔之首卷，並御纂讀書綱領及先儒諸圖，合鈔此為下手先著。其箋疏與傳指義同異得失，必精究之而後鈔。此專攷漢儒家言。

以《集傳》為主，兼鈔御纂所粹宋元明諸儒之説，有精確而證明《集傳》者，並及御案。又鈔《朱子語錄》、《文集》之及此篇者，並二程有説此篇者。其宋元明諸儒、御案之説與《集傳》指義同異得失，必精究之而後鈔。凡宋儒有説及之者，必鈔在御纂外。其讀詩綱領及先儒諸圖，鈔之首卷，朱子所辨小序鈔《集傳》之首。此專攷宋儒家言。

漢宋兩家，沈潛玩索，稽合同異，折衷經文。折衷之法，屏去群言，將經文虛心涵泳之，熟讀精思之，諸説與經文合者即取，不合者不取。如是而漢宋兩家，兩無憾也，經亦無憾。甲日先治《毛傳》畢然後治《集傳》，畢然後治經文。蓋不窮極漢儒之得失，無由知《集傳》之得失，不玩索經文，亦無由知漢宋之得失。

須將魯、齊、韓三家諸説，統鈔為長編，分附經文鈔之。又將毛一家諸説統鈔為毛編，分附經文鈔之。後稽合同異，觀其得失。治宋儒家言，亦將《朱子文集》語鈔之，涉是篇者另鈔。次取宋元明諸儒之説，統鈔為長編，分附經文鈔之。觀其得失，終合漢宋兩家而審定之。此一條經生法，予不暇為，存之而已。

編閲書零碎散見有資證明者必鈔，太長者記號俟鈔，夾一紙條，另補寫之。註疏及御纂所有者不鈔，以筆識出之，此省力法。暇將識出者鈔為註疏提要、御纂提要，分章附經文鈔之亦可。其正冊所言乃大義也，另鈔。大概漢儒以毛為主，宋儒以朱為主，諸説附之。漢宋均以經文為主，漢宋兩家彼此無偏主也，但漢宋家言須徧考之。毛、魯、齊、韓、朱五家，魯、齊、韓不全，所對勘者，毛、朱而已。最要繙閲數部《古經解彙函》《玉函山房輯佚書·經編》《皇清經解》《皇清經解續編》《通志堂經解》《皇朝五經彙解》。凡治註疏及宋儒説，亦玩讀其所當讀者，餘只熟讀參考。

讀 書 分 回

一日讀經。閲註疏五紙，對讀《御纂七經》。所以必從註疏用力者，漢儒為原本，宋儒學問亦從此出。參考諸經註疏，並國朝人經説。與日讀註疏相涉者。晚讀四書，集註為主，註疏隨看。及諸儒性理書。經夜溫史。每夜必觀恒星並十六宗學。讀經時為許氏之學。鈔小篆。

次第例。首正音讀，於此看陸氏《釋文》、學海堂《校勘記》。次詳訓詁，閱《經籍纂詁》，看本傳註妥否，或恃古訓以明之。次攷制度名物，終觀大義，精究漢儒、宋儒之說。

識別例。用三色筆。經文朱點，註疏通用黃筆一過。註疏家言愜意處，以朱圈識之，疑處紫點。《御纂七經》通用黃筆一過。宋儒家言愜意處朱圈，疑處紫點。繁宂無甚關繫處，只用黃筆一過而已。雖不愜意處，但有資攷證者，用朱筆點之。偶有詳校處，用紫筆作一旁圈以識之，黏籤簡端。

攷訂例。校勘異同，補正譌挩，詳辨制度名物，據成書可已。有攷其未備，訂其不及，本之心得者，劄記，置經史雜記冊。自己攷訂，必視其有大關係者為之。瑣碎鑽挈，自矜精博，便是為人，便是陋學。凡制度名物，不過經之粗迹，詳辨一過可已，貴得大意。雜記冊凡有所見，不妨扯雜書之，讀史同。前擬凡經史攷訂繙閱成書有用者，亦隨冊鈔。蓋將所繙者彙鈔一處，時省覽之，以知得失。此別為註史鈔閱冊而已。今以所鈔閱者亦歸雜記冊，使簡而有要，不另置冊，不過心得者另條記之而已。用圈於此條卷端識別之，以便後日尋檢鈔出。凡諸儒五經大義同異之說必鈔於冊，篇長者作記號，暇日鈔之。此隨時看書之事，擇精而定。

鈔錄例。群聖之學問心法，三代之制作根淵，必鈔於冊。天民大人之學，此為基本。鈔於冊者，經本亦用朱綠二筆識之。置有經鈔冊。註疏中精要宋儒說經精要有可印證聖經者，另置冊鈔錄，以備玩索，或即附鈔經冊後低一字鈔之。國朝人說經，擇其精塙不磨有裨大義者，附註疏精要冊中鈔之，低一字。無裨大義者，即為無用，雖攷據精碻不鈔。學問心法用筆圈出，制作根源用綠筆圈出。

已上讀經法。

二日讀史。閱《通鑑》三十紙，隨看《讀史兵略》，附讀《史》《漢》，不定葉數。晚讀四書及諸儒性理書。史夜溫經。觀星閱報亦如之。

讀史時為十六宗之學。十六宗目別，必以兵法、地輿、天文、洋務四宗為先，隨攷他宗。

次第例。首定句讀，於此看《通鑑釋文》並《釋文辨證》。次用善本詳校誤處、挩處。其詳語粘籤簡端。次看文法分段落，次攷證方輿、典實各門。此方輿各門隨所讀攷之，不在十六宗內。終觀時局變動各端。

識別例。用三色筆。定句讀用黃筆，看文法分段落用丹筆乙 ① 之，詳校挩誤處，用紫筆作小旁圈。

攷訂例。瑣碎攷訂，據成書可已。其自己詳校有關處劄記。典章制度攷求時間有所見劄記。置有雜記冊。凡典章制度不過史之粗迹，攷求一過可已，貴得大意。

鈔錄例。治兵之要略，經世之遠模，國家治亂存亡之機，大局危疑輔翼之策，必鈔於冊。治兵要略、危疑輔翼二件，用綠筆圈出。存亡之機、經世之模，用朱筆圈出。鈔於冊者，原書亦用朱綠二筆識之。置有史鈔冊。名臣哲士嘉言懿行，記之雜記冊。各家讀史卓識宏論，有關大局者，附史鈔冊鈔之，低一字。

已上讀史法。

讀四子書不定葉數，先《大學》，次《論語》，次《孟子》，次《中庸》。四書乃萬理總統，畢生窮理盡性之學，不出於乎此。

識別例。經文用朱綠二筆，註家用朱紫二筆。經文朱點一過，求以四義，曰大義，曰心法，舉之證之，用朱筆圈點。集註朱點。集註愜意處朱圈，疑處紫識之。玩索後隨用朱筆閱註疏一過，並國朝人經說，不合者紫識之，精者朱圈。有詳校語粘籤簡端。

思辨例。熟讀精思，虛心涵泳。思之弗得弗措，辨之弗明弗措。大要以註證經，不以經就註。此思辨意也。思辨其大者，若小有參差處，俟積累貫通後自能明之。《大學章句或問》、《中庸章句或問》宜熟考。《論孟或問》之合於集註者，並鈔讀之。

---

① "乙"，讀書記止處的符號，據《王力古漢語字典》乙字備考項，餘同。

記録例。潛玩經文窮理有得處入日記册。集註思辨有得處入日記。疑處亦記之。註疏家言精者記之，不合者不記。

已上讀四書法。

讀諸儒性理書例：性理以周、程、張、朱為最要，通用朱筆點之。愜意處朱圈，疑者紫識之，鈔入日記册。其看時思辨有得處，於四子書諸經有發明處，亦入日記。格致工夫，儀理居其太半，凡儀禮可歸性理看。

已上讀諸儒性理書例。

讀《説文》例：《説文》以段氏註為宗。首定註讀，次考證各家一過可已。次定四體。東原以指事、象形、形聲、會意為四體。次察篆形，窮原始，觀義理，終審其敘字之條理次第而記之，必鈔小篆為要。凡讀許書有心得大義者，有緊要考證者，悉記。凡許書義例散氏註中者，用朱筆識出劄記。凡段氏精義奧旨發明制作之原者，用朱筆識出劄記，置有讀《説文》鈔册。並對讀郝疏《爾雅》。王氏《説文釋例》，擇其精而不鑿者觀之。徐氏《部敘》可一看。凡段註有不當六書本旨、義理不甚純正者，用紫色筆識出劄記。

已上讀許書例。

讀《史記》《漢書》例：首定句讀藍筆，次用善本並各家劄記有關《史》《漢》者詳校一過，次看字法、句法，次分段落。分段落處必申其大意，註於劄記，歸雜記册。凡有所記，綜歸雜記册。看章法大段用朱筆中乙之，小段用朱筆半乙之。次看氣脉朱緑圈，次觀義理精奧處朱緑圈。次觀精神妙處緑圈。次觀義法朱點之。氣魄盤礴處丹圈，後用大氣一往觀之。看篇法大篇中須察其氣脉關動處、振掔處，此史公之秘。終觀其為文一切義法、作史義法，《史通》必讀。並求典實及古言古義，一切劄記。置讀《史》《漢》雜記册。看《史記》妙處，全在氣脉上冥心孤往，上晤千載，乃得其深。粗求史公法度，近人刻《歸方評點史記》可一看，後求其深，弗取乎此。

已上讀《史》《漢》例。

考求十六宗例：

考兵法以孫子為宗，參證《讀史兵略》、戚氏諸書，及近出東西洋及學堂譯本兵書附之。凡史有關兵事者，皆宜與孫書相參，《讀史兵略》最好，所以綜史書兵事也。故鄙意擬讀成一部，以佐兵略焉。《經世文編》、《續編》據葛氏本，當更訪盛氏思補樓本用之。中言兵事者附之。本朝兵制及歷代兵識，識其大略，審其得失而已。本朝兵制、歷代兵制看《三通攷》，並參《五禮通攷》中《軍禮》觀之。《管子》一書用兵可附孫書看，天下之才，長於治國。

攷天文以觀象授時為宗，參證各史《天文志》。星圖最要，秦書《恒星圖》頗有大略。今參據鄒特夫遺書中《恒星圖》。《皇朝通攷》中《象緯攷》及新譯天文圖書附之。《步天歌》不及西書《經天該》，然宜熟讀。陳副貢《經書算學天文攷》，明白易看，先閱為要。

攷方輿以國朝地志胡文忠《一統輿圖》為宗，輔以《方輿紀要》。此書意在兵事最要，以近出譯印西文地圖及直省近日測繪之圖附之，《經世文編》、《續編》中《地利》附之。看胡圖對看《水道提綱》，《紀要》中歷代世域形勢宜讀。外國方輿書必當並究。知籌中外形勢，乃能綜觀全局，料敵決勝。《括地略》宜讀。

攷時務以從前設經濟特科六門為宗，用近出各本《續經世文編》。凡一切新譯書及各種新聞紙附之。西國只通藝術，不通本原，不必為所眩駭，當求吾之所勝者而已。《四裔編年表》先須一覽。

此外，冠、昏、喪、祭四宗歸入禮書項看。講求禮學，以此四宗為先。後編及之。其書以《大清通禮》《五禮通攷》《讀禮通攷》為宗。三書中以《通禮》為主，而上溯之終夫《儀禮》。以《通禮》為本經，以秦、徐二書為外傳，後及各書。《讀禮通攷》只詳喪禮一門，歸入《五禮通攷》中喪禮看最詳，可為一部。關季華先生云《五禮通攷》精華在《讀禮通攷》一部，能詳看《讀禮通攷》，《五禮通攷》一閱而已。《經世文編》、《續編》中言禮者附之。《皇朝通典》及一切禮書附之。官制、財用、鑄法、刑律四宗以《皇朝通攷》為宗而上溯之。刑律宜參《大清律例》。鹽政、漕務、河渠三宗，俟覓三宗專册為宗，鹽政、漕務以《皇朝通攷》為宗亦可。以《經世文編》、《續編》及群書附之。十六宗外群書均作國朝掌故看。讀經世書時，《大學衍義》、《大學衍義補》及程氏《伊川易傳》宜讀。

已上考求十六宗例。

誦書六法最録第二

經則四書、《周易》、《尚書》、《詩經》、三禮、《春秋》，史則《通鑑》、《續通鑑》、《明通鑑》，用誦讀例。《史》《漢》略求誦讀。

性理則周、邵、二程、張、朱、陸子、王子之書，以周書為始功，《太極圖説》可見道之大體。先宜玩索，後乃下手用功。以朱書為主宰，即以為課程。小學書常看常體察之。凡為學須知行合一也。求其印證孔孟，以體聖經，用體察例。王文成亦從格物致知來，後標致良知之旨，與程朱異。經註疏及宋儒説經精要，讀經時亦宜熟玩。

兵法、地輿、天文諸書，必講求貫通，得其要領。典禮諸書，必精求禮意，心通其故，用精擧例。

國朝掌故，必當討論，時務諸書，甚為繁瑣，道在汎觀一過，得其大者，用旁考例。

諸史古子觀其大略，用略觀例。訓故必詳。

古子外諸子百氏之書，菁華菪穢，一望而知，用涉獵例。

誦書大宗最録第三

經部大宗：四書為大宗，《周易》、《尚書》、《詩經》、三禮、《春秋》附之。值日讀經史畢，必讀四書，有歸宿，有權衡。大宗乃日月不可離。附者輪次誦習，此為讀法。

史部大宗：司馬氏《通鑑》、畢氏《續通鑑》、夏氏《明通鑑》為大宗，《通鑑紀事本末》《宋元明紀事本末》附之。又參之《通鑑綱目》以觀其得失，廣之二十四史以宏其誦覽。數部並看，事理易明，又省苦讀《紀事本末》《通鑑綱目》。讀書亦用筆點出，隨看《通鑑目録》以提

《通鑑》全部之要。《史》《漢》《明史》最要,《明史》義例最精。

讀書大意最録第四

讀群經大意:先務講求訓故,以探義理,後必潛玩經文,以證聖心。屏去群言,虛心窮理,必求至乎其極而後已。如是而遺經不傳之旨乃得吾心,體用乃明。

讀《通鑑》大意:務在察得失之微機,觀廢興之至理。務其大者。大要天時人事國勢邊情,必須置身當時,澄心體察,乃能窮理,乃能有用。分門瑣碎,汎騖攷究,綴游之學。

讀《説文》大意:倉聖制字,天文理人事物情指畫可察,道在通其本旨而已,所謂即物窮理也。瑣碎鑽挈,區區小學,未暇此為。

讀《史》《漢》大意:子長宏識孤懷,微文隱義,求而得之,例用識別。小緑圈。其頭緒紛起處,亦有鐵識。朱鐵。宏識孤懷,微文隱義,多在陰柔,不可不知。義理精奧處,精神宛鬱處、恢張處,小朱圈。微文隱義處,氣魄盤礴處,氣脈關動處,皆識之。由氣魄及氣脈,及義理精神微文隱義,以得其深,陰柔陽剛特其大槩耳。

攷求十六宗大意:歷代通制因革損益之迹,攷究詳明,通其大意可已。至所以因革損益之故,必窮極其理,得至善所在而止,而後此一代之制盡善與否可識也。曾文正云:“衷之以仁義,歸之以易簡。前世所襲誤者,可以自我更之。前世所未及者,可以自我創之。其苟且者知將來之必敝,其至當者知將來之必因。雖百世可知此之謂也。”

經史計年最録第五

甲日讀經,乙日讀史,每年工夫各半。經約得百六十日,史約得百六十日。恐有尕閡甯少計之。經日五紙,史三十紙。經以《周易》、《尚書》、《毛詩》、《儀禮》、《周禮》、《春秋》為主,餘經附讀。史以《通鑑》、《續通鑑》、《明通鑑》為主，餘史參看。限以六年，其功可畢。先四年內，經得二年，史得二年。史二年功可畢，經較難，然精通一經後，諸經要義既經參攷已得大概，再治他經功力自易，且意以觀理為主，不在繁碎攷據，日力較寬，以其難於史，加之二年，統為六年之限。此二年專主讀經，附溫《通鑑》諸書，求經史一貫道理。或旁及別史雜書，則經約得四年可以成功。綜計讀書之功及攷一切經世之故，六年而學粗就。優游涵泳，貫通大意，七年而學成矣。

内篇二

日課凡例程式最録第六

一功課正月朔起至歲終止，此為次第。若月日有間斷，案其月日之次第多少空之，當日續填。

一值日正功有闕即不填，若全日躭閣，即註闕字於冊，以自警惕。

一此程用學海堂規制，因温故之功，萬不可少增温誦一條。

一經有發明，史有論斷，皆明之著述。

一正經史每日功不闕，史易於經，其功速。

一附觀冊，以正課推之。

一附觀冊，以性理、經世二書為要，餘則視暇觀之。

一《孟子別集》亦以甲乙日輪次觀之。

一看雜書宜多宜速，有用者識出之。

印日課冊式。

正月初一日讀經：

句讀。下書某經疏若干葉起止某，四書若干章起止某，《説文》若干字附之。評校。下書某經若干條，四書若干條，《説文》若干條附之。鈔録。下書經文若干條起止某，註疏宋儒之説若干條起止某，附國朝經説若干條。箸述。下書發明若干條。温誦。下書經夜温史若干葉、若干徧。附觀冊：性理書。下書某書若干則。經世書。下書某書某類某條。古子別集。下書某書若干葉。有用雜書。下書某書若干葉。

初二日讀史：

句讀。下書《通鑑》若干葉起止某，四書若干葉起止某，《史》《漢》若干葉附之。評校。下書本書若干條，四書若干條，《史》《漢》若干條附之。鈔録。下書某書若干條起止某。箸述。下書論斷若干條，無者弗註。温誦。下書史夜温經若干葉、若干徧。附觀册：性理書。下書某書若干則。經世書。下書某書某類某條。古子別集。下書某書若干葉。有用雜書。下書某書若干葉。

課程條例最録第七

每治一經必先立一法。考究中亦有次第，不可不知。所立法記於册。凡讀一經必有綱領，須下手先鈔之以爲把握。讀史及最要各書依此爲例。一經中必有大義數十百條，鐢究會通，隨在劄記。俟此經畢，綜而觀之，以識其大義若干。經文闕衍處、倒亂處，有終古終通處，不可別生穿鑿，破碎義理，存之劄記而已。讀《禮記》一書，當略仿別録之法，分類讀之最好。近儒陳澧說讀《儀禮》約有三法：一曰分節，二曰繪圖，三曰釋例。三禮當以《儀禮》爲主，《周禮》、《禮記》二部附之。《周禮》爲其散殊，《禮記》爲其義疏。讀經必鈔經，三禮尤宜鈔。《儀禮》用陳澧法，以本經合凌廷堪《禮經釋例》、張惠言《儀禮圖》三書鈔之最妙。《史》《漢》亦宜鈔，大抵繁難宜記之書，可用鈔讀法，然亦須有擇。《易》、《書》、《詩》、《春秋》，程端禮鈔讀法亦可參用。治註疏以《詩》《禮》爲先。《禮經》浩繁，未易卒業。《易》，《書》，《春秋》左氏、公羊、穀梁，此五經，國朝人經說且附閱之，後徧及諸經之說，擇《皇清經解》、《續經解》中最精經觀之。註疏涉其全文，提其精要，繁尤無甚關係處審看一二過可已。大概求熟誦，此經生之陋也。此爲讀註疏法。讀經攷究漢宋家說異同所在，有關大義者，或箸辨論以明之，或爲數言以識之。讀史有尚論處亦録存之，以徵識力。均用經史雜記册。凡讀經遇一字之詁某某也，即緜《說文》求其本義，而後此詁爲本義，爲別義，爲引伸、假借舉可知。至假借者，亦必求其本字當爲某，而後此一字之詁明，而後義理明耳。此求訓詁之法。凡纂輯六朝以上經説類書，可擇要流觀之以為讀經之助。《通志堂經解》博次宋以後諸儒之説，看《學海堂經解》後宜並看之，自有益處。治經附閲經説，以國朝諸儒於諸經有全部註疏箋證者先之。若《周易集解纂疏》、《尚書今古文註疏》之類。後及雜經説，斯為不濫。經解中《九經古義》、《經讀攷異》讀經時必看，《註疏攷證》讀註疏時必看。溫群經用註疏本，對看宋元人註五經本，其註疏家言與宋元諸儒之言亦於溫誦時溫讀之。蓋義理以熟繹而愈出，不可不知。治專經必附閲國朝諸經説者，蓋徧觀諸經説後，後儒之義已得大略，此一經亦較易通，正可持以衡宋儒之説耳，且治他經註疏時尤易為功。看近人經説後，註疏亦易入門。凡國朝人諸經通論收入《學海堂經解》及《經解續編》中者，必先觀之，以為讀經之本，精語劄記。治《周官》必對讀《大清會典》，治三禮註疏必先看《五禮通考》一過，知其要領。

已上治經條例。

讀《説文》每篇畢，綜其序部之條理而記之，每部畢，綜其序字之條理而記之，以求貫串。每部中長篇必分段落讀，自有理致。每讀一文，當即物窮理，仰窺聖人制作，俯察萬物情文，斷勿以區區小學家自限。阮氏《揅經室集》於小學頗有深談，訓詁最為精當，必當讀看。讀段註《説文》某某字，當檢《朱氏通訓》。定聲某某字，攷之轉註、假借，易生會悟。兼讀郝疏《爾雅》，此讀許書之要。讀《説文》對郝疏《爾雅》讀，以《廣雅疏證》廣之，《經籍纂詁》亦要，蓋訓詁以旁通而益明耳。《説文》《爾雅》宜熟。讀《説文》對顧野王元本《玉篇》讀，僅為考訂之資。繙許書《説文通檢》最便，記部首苗氏《建首字讀》好。《説文》過筆可證以《説文句讀》，段氏論許書義例散見註中，用異色識出為要。《説文識例》必看，但有穿鑿處，阮文達通制作之原，可以窮理，《揅經室集》可。案：《小學攷》為讀《説文》類書之門徑，隨看。《説文》有不可盡信處，如"始"，許以為"女之初"是。顧亭林疑《説文》有三可以細繹，讀書不當泥古。此為心法。許氏義理原多未備。

已上讀《説文》條例。

讀《通鑑》有攷求典制者，看《文獻通攷》。史家方輿先據史志，後攷群書，證以今地，此為定法。一切典制以史志為主，後旁攷之。讀史懸圖左方，遇某為今某地，指而知之可已。若近今方輿，必須爛熟中外形勢，掌上觀紋乃為有用。讀史攷究方輿，將所繙閱之件見各書者，均隨手鈔之。勘其同異，彼此鈎稽，形勢乃出，此讀史時攷緊要方輿法。讀史橫生議論不取，以無益學問也。至當論處，亦必塙見其大有關一代得失沿革者而為之。

已上讀史條例。

道之大體，吾於《太極圖說》、《通書》、《西銘》見之。學之指歸，吾於《朱子全書》見之。精義之學，吾於《孟子》見之。為人樣子，吾於《朱子小學》見之。大道無罔不在，吾於《莊》《列》見之。周子"中正仁義"四字極精。窮究大道，須得"理一分殊"四字。天下事物，不外此四字布置。《西銘》為宗，餘書輔之。讀書以窮天理、明人倫、講至善、通世故為宗。觀宋儒書，以不破碎為宗。自課以《朱子全書》為宗，周、程、張輔之。窮理以心為嚴師，隨事精察為宗。下手以《朱子小學》為宗。讀書能窮理，乃能變化不失其道。讀書窮理，所以精義銖寸積累，錄為劄記，以自攷精義若干。《孟子》一部，精義之冊。讀性理書以程、朱為宗，千古不易，但亦須通曉歷朝諸儒學術大概。漢魏至唐，性理之學代有名儒，可以自攷宋元明學術大旨。至國朝諸儒均有學案成書，觀其流別後益定厥統宗。此讀性理書法。

已上讀性理條例。

經世書以《三通攷》為大規，分門專探，每看一門，參證群書而歸附之。以《五禮通攷》為其根柢，以《經世文編》、《續編》為其發揚，貫串精通，務求至當，隨件劄記，用讀書雜記冊。又以《五禮通攷》、《大清通禮》作一部看，更為有要，乃經世禮學之專冊。《會典》亦歸《通禮》看。經世十六宗，《通攷》無門目者，以他書補之。經世各宗均以本朝為主而上溯之，審其沿革，知其得失，以為推行之本準。《大學衍義》、《衍義補》為義理經濟類書，必當一觀，可見體用之學。

已上攷求十六宗條例。

讀《莊子》用異色筆。義理精磽處朱圈點，文法恢詭處綠圈點。讀古子，辨學術為要，古典古事次之。置讀書雜記册，精粹劄記。管、葛、孫、王四家書，常觀大體。學葛，葛甚有道氣。

已上讀古子書條例。

讀《文選》中漢魏諸賦，以四事求之。曰訓詁曰聲調，求之外者也。曰氣魄曰筋脉，求其內者也。訓詁精鑿處小朱圈，聲調鏗鏘處小綠圈，氣魄盤礴處大朱圈，筋脉空靈處小綠圈，餘點。讀《文選》有精較補正處，鈔讀書雜記册，此視暇為之。李註精博可觀，間有未精處，可隨考之。講求選學類書可以一觀，以此部乃文章之總會也。楚詞全部必當熟讀，僅恃《文選》中數篇無當。

讀韓文用異色筆，有義理處朱圈點，氣力盤礴處綠圈點。先用朱點一過，次分段落，用朱筆中乙之，次觀字法、句法，次觀義理，次觀氣力，次觀篇法，終觀義法。不愜意處紫抹之，論文劄記。文法有二：一行文奇變處，一義例謹嚴處。擬圈詩，《昌黎集》各體各作一次用筆，以審定一家之長短大概。韓文仿曾文正《經史百家雜鈔》，分體讀之。讀孟、莊、《史》、《漢》、楊、韓之文，字法、句法、章法、篇法均須留意。恢詭處、雄精處識之。孟、莊、《史》、《漢》、楊、韓六家外，各大家鉅篇古文宜多讀，周秦樸茂古軼文字宜多讀，學古文須以學諸子者為之。文以載道，不可分為兩事。六經而降，《通書》、《正蒙》載道之文也，不可不學。此為作文大義，即以為例。各體文字必探源六經。《古文辭類纂》必分類輪讀，或讀《經史百家雜鈔》，此古文之規矩。學古文者宜先讀之，桐城、陽湖兩派亦可一觀。《漢書》《文選》兩註最為精博，可以攷證，必當究心。凡讀古書，遇有瓌文異典，隨手記之，以裨詞章。鈔纂類書當以《爾雅》為分類之古體例最高。凡箸述必仿其最古者為之。非三代兩漢之書不觀，當知此意。忌多用唐宋以後事、以後語，此讀書人修辭秘要。文字必從訓詁精鑿而來。陶詩宜常覆之，阮亦好。建安已降，數陶、阮、鮑、謝及徐、庾。讀各家詩文集，隨手評點採其精華，有關義理事實處鈔記。國朝諸家集中多有關係處，亦宜隨手錄之。紀文達評點各本，學識俱高，為詞章必須一覽，可悟法門，可掃眾陋。

已上讀集條例。

通人箸述、劄記最要者，若《四庫提要》、《困學紀聞》、《日知錄》之類為讀群書之要領，必常觀之，即以為討論。本朝陸桴亭《思辨錄》、陳蘭甫《東塾讀書記》宜常看。段、王二家訓詁書，閻、戴、錢、阮諸家書，均須一覽。《廣雅疏證》、《經籍纂詁》、《經傳釋詞》古書中語助有難通而誤解者，得此了然。為讀古之關鍵，必常看。《經義述聞》為讀經之要冊。王氏《讀書雜志》、俞氏《古書疑義舉例》為校書之門徑，可一看。讀書必校書，心易入細，此為要法。先看俞書，若論校讐，則必學劉中壘父子。《經典釋文敘錄》、《方輿紀要》冊首《歷代州域形勢》、《文獻通攷敘》諸篇，《三才紀要》中《步天歌》、《括地略》、《讀史論略》諸篇並宜先讀。此經學經世之大綱。凡讀經，先讀《釋文敘錄》，讀史先讀《史通》，攷方輿先讀《州域形勢》、《括地略》最要，此讀書之門徑。經世各門先讀《通考序》。又讀性理書，宜先讀《太極圖說》、《西銘》、《朱子全書》。涉獵書宜多宜速，此為定法。國朝諸有用書必徧觀之。能抉擇有用，棄其無用，乃能多能速之道。除兩治經史外，以性理、兵法、天文、方輿四書為要，此平生學問之指係，僅隨攷觀其大略而已。禮學書歸性理。專門之書不可不備，詳攷貫通是為至要。讀古書宜有分別，世間有用書可以觀，無用書不必觀，廁目。然書中亦有有用無用。然書中亦有有用無用處，亦宜分別，此看群書要法。就有用中亦宜分別，益身心、益天下為上，資於攷證、博聞者次之。不能分別，分別不能割愛，便非智者。觀書宜博，畢生精神受用處，不過數部。此讀書心法。凡讀書必善讀、善疑、善悟，善參攷，善變通，善別白真偽，善棄取瑕瑜。此為定法，無論何書，準此為例。學問之道，必深明其指歸，窮究其源流，乃能辨天下後世一切學術。文以莊、《史》、楊、韓為宗，《漢書》輔之。詩以李、杜、韓為宗，蘇、黃輔之。六朝作者以鮑、謝、徐、庾為宗，經世以《五禮通攷》為宗，《三通攷》諸書輔之。治經以通大義為宗。精義以《語》《孟》為宗，程、朱輔之。識通大體，下手用功，以周子《通書》、張子《西銘》為宗，餘書輔之。讀書以窮天理、明人倫、講聖言、通世故為宗，觀宋儒書以不破碎為宗。置讀書記一冊，所以綜群書也。凡先秦、西漢真正古書及歷朝各大家別集，必視經史之暇讀之，有得記之。凡讀集宜知體要。或一月中盡三四日之力，涉獵群書亦好。涉獵得圖☐①部，可省一切叢部類書。凡讀群書有疑、有誤、有資攷證者，不妨並記於冊，為一小條，以俟後來，此劄記例也。但不必馳於此，以蹈大惑之識。遇繁難之件，有關緊要者，攷究時或為圖為表以明之最好，須記其要者或為歌括以志之。此治繁難之法。隨手劄記，有警要者自以墨筆識之，以便開卷豁目。凡有校證，須黏籤於簡端，俟此書畢，鈔録成冊。凡課程略用句讀、評校、鈔録、箸述四法，讀經用王魯齋法。或十日內分三日，以序倍溫玩索已讀經史、性理書，天文、方輿、兵法各書宜以序倍溫，諸經世書亦熟玩之。義理經濟之書，不求記誦，但求爛熟。常常講貫，即爛熟之方也。爛熟而後有用。讀書法三人，孟子以意逆志，諸葛觀大略，淵明不求甚解，皆善讀書者也。讀書有省力法。有看此一部、他部可一覽而盡者，有主此一部兼看他部者，此讀書分主輔法。每讀一書畢，必舉其大指於冊，使瑕瑜所箸，過後自見，以備遺忘。記事者必提其要，纂言者必鈎其元。此韓子讀書鈔録法也。凡書之繁與要者，當準之以鈔録焉，庶得韓公掇其大旨之法。日記冊中，凡一日言動起居必書之，凡格物窮理有心得處必記，以便逐日自攷於性理，事皆歸之。日課身心之學，一靜坐一時，上晤古人，默思道理。一慎言。一少惱怒。一清心神。一二更後必睡，睡時檢點一日所為。一早起。一工夫有恒。鈔經史註疏、《説文》日記數冊用楷書，餘行書可也。經史夜必略閱《四庫提要》數十子朱點，精者劄記。每日有書寸楷之功，或於每日擇目為之，閱報同。

已上通論課程條例。

①　"☐"，原漫漶不清，且字數不詳，餘同。

群書要覽目録

涉獵書繁博不記，所讀經史各書不待標目。學問並不能分門目，為觀書計，似分門目較有條理，較易致力。今以義理、經濟、辭章、攷據四門要册約略記之。學以明達聞為故，以義理經濟為先。義理經屬，經濟史屬。義理為體，經濟為用。攷據則資乎體用者，辭章為文采。攷據指有關義理者，非瑣碎攷據家之謂。

義理：

周子《太極圖說》，《通書》，《二程遺書》，《朱子語類》、《朱子全書》、《朱子小學》，《張子全書》，邵子《皇極經世書》，《陸象山集》，蔡氏《律呂新書》，《王文成全書》，《宋元學案》，《明儒學案》，《國朝學案小識》，《大學衍義補》，《正誼堂全書》。《近思錄》最約最精，用集註本。

經濟：經世大事分十六宗，攷求各宗，均以《通攷》為主，諸典禮、經濟書分類附之。讀☐《皇朝通攷》為主，而上溯之通源流沿革大意。為☐兵法洋務，《通攷》無此門。讀《通攷》斟酌沿革損益之故，便是窮理。

馬端臨《文獻通攷》，杜《通典》、鄭《通志》隨看。《皇朝續通攷》，《續通典》、《續通志》隨看。《皇朝通典》、《皇朝通志》、《皇朝通攷》，以《三通攷》為要。《五禮通攷》，以禮學經世有用之册宜常看，此為根柢。《大清通禮》，《大清會典》，《歷代職官表》，《十一朝續東華錄》，《皇朝經世文編》、《皇朝經世文續編》，已上二書事類最詳，最為有用。《十朝聖訓》。已上典禮、掌故、經世要册。此類書為經世之總册，故首列。近出之《三通攷輯要》亦好。

《管子》，經世之才，善用兵。《孫子》，兵家大宗。《吳子》，《司馬法》，諸葛公《將苑》，《紀效新書》，《練兵實記》，《讀史兵略》最要，《洴澼百金方》。《水雷秘要》，《防海新論》，《營壘圖說》，《臨陣管見》，《陸操新義》，《水師操練》，《水師章程》，《輪船布陣》，《各國師船圖表》，《兵船礮法》，《礮準心法》，《攻守礮法》，《克虜伯礮說》，《克虜伯礮操法》，《營城指要》，《行軍測繪》，《湖北武學》，《自强軍操練章程》，

《製火藥法》，《礮藥記要》。已上新出兵書二十種存以備覽。近出西洋各種兵書，《經世文編》、《續編》中《兵政》。兵以《孫子》為重，後世神奇變化不出於此。兵法最要，兵制亦不可不攷。已上兵法宗。《管子》一家，劉歆《七略》亦入《兵書略》中。

《方輿紀要》，最要形勢，宜熟讀。《郡國利病書》，《大清一統志》，《小方壺齋輿地叢鈔》，擇別觀之。《新疆志略》，《衛藏通志》，王校《水經註》，《水經註圖》，《水道提綱》，《皇朝輿地韻編》附輿圖，《朔方備乘》，《瀛寰志略》，《海國圖志》，《三省邊防備覽》，《繪圖澳門記略》，《譯印西文輿地圖》，《皇朝中外一統輿圖》，李氏、鄒氏輿圖，新譯《西洋海道圖説》附《長江圖説》，《海道總圖》、《分圖》，《長江圖説》，上海石印五色西圖，亞細亞洲東部圖，武昌官局分省輿圖，《輿地經緯度里表》，《地球説略》，《括地略》，《皇輿表》，《歷代地理志韻編今釋》，《歷代沿革圖》，近刻《歷代沿革險要圖》，以上三種可考歷代輿地沿革大略。《四裔編年表》。此編為外洋掌故，非輿地志，以其可考四裔，故附之。已上輿地宗。續得者補之，為通世故之學，為格致之學。

《步天歌》，《恒星圖》，《恒星圖表》，《五禮通考》中《恒星圖》，《鄒徵君遺書》中《恒星圖》，各史《天文志》觀象授時，《經書算學天文攷》，《天文圖説》，《談天》。已上天文宗。歷數或可不學，日月五星薄蝕之理不可不求。此大儒之事也。陸桴亭先生已言之。每夜必觀恒星。凡一藝之司皆可不學，此天民之學，貴務其遠大者也。西國星球宜置，羅經宜置。一藝之司弗學其事，通其理足矣。

《經世文續編》中《洋務》，《萬國公法》，《各國交涉公法論》，《法國律例》，《西國近事彙編》，《泰西新史攬要》，《西政叢書》，上海近出各種洋務書。洋務統觀其書，知其大略，斟酌在我而已。西國只精藝術，不通本原，不必為所眩駭，當求吾之可勝者而已。附鈔閲日報。已上洋務宗。凡新譯夷書頗多，夸誕瑣碎。譯筆尤多劣者，不可不知。

考據：

《皇清經解》、《皇清經解續編》，二書皆有編目最便。《古經解彙函》，

《小學彙函》，《古經解鈎沈》，《玉函山房輯佚·經編》。治經所需或有正續經解未備之本，亦必取觀，但有經解兩部已得大概，餘即緩看不妨。《通志堂經解》稍緩，亦不可不看。已上經部叢書。兩《經解》中有最要之册，可另觀之，待暇日標目。凡近人經說有精確不磨者，擇出而條記之，鈔為一册，亦甚有益經學。必須漢、宋未發者，若先代已發不取。精確須有關大義者，生平不暇為閻、戴攷據之學，亦不願為。

《漢書·藝文志》、《隋書·經籍志》，二書均有考證可看。《經典釋文》，《經義考》，《傳經表》。已上經典目錄音義書。經師授受家法，《漢學師承記》可略一看。

《說文解字》段氏註，徐鍇《說文繫傳》附《校勘記》，小學彙函本。《說文繫傳校錄》，參看。《說文句讀》，《說文釋例》，《說文聲讀表》，《說文舊音》，《說文通訓定聲》。已上《說文》。意不在考訂家，然考訂諸書必徧觀之。若不標目，《說文新附考》、《說文逸字》好。窮制字之理，以極萬事萬物之理，亦格致一大宗，鑽硏瑣碎末也。

《汗簡箋正》，《鐘鼎款識》，《積古齋鐘鼎款識》，《謬篆分韻》，《隸釋》，《續隸釋》，《隸辨》，古佚本《玉篇》，大廣益會本《玉篇》，小學彙函本。《皇朝通志》中《六書略》。中有國書清篆、西域各部字體。已上六書形體。

古佚本《廣韻》，《音書五書》，《古韻標準》，《六書音均表》，《皇朝通志》中《七音略》。已上音韻。

《爾雅義疏》，《廣雅疏證》，《小學鈎沈》，《釋名疏證》，《經籍纂詁》。已上訓詁。讀許書並讀《爾雅義疏》，二書相為表裏。廣之以《廣雅疏證》、《經籍纂詁》二書。

已上經學考據格致。

《新斠註地理志》，《漢書地理志水道圖說》附考正德清胡氏《禹貢圖》，《三國疆域志》，《晉書地理志新補正》，《東晉疆域志》，《十六國疆域志》，《隋書地理志考證》，《遼金元三史國語解》，《廿一史四譜》，《歷代紀元編》，《歷代地理志韻編今釋》，互見經濟門。近人刻《歷代險要沿革圖》、《歷代沿革圖》，已上二種互見經濟門。《通鑑釋文辨誤》，《通鑑註辯正》，《通鑑考異》，《通鑑地理今釋》，《十七史商榷》，《廿二史考異》，《廿二史劄記》。諸史表志可自為考證。已上史學考據格致。

辭章：學最好觀而以為學者，餘不記。為文義法亦記。《周禮》、子、管、商、莊、荀為其根，屈、宋、兩司馬、楊雄為其學，昌黎為其先導，李、杜為詩宗，蘇發吾浩氣，奏疏最好。

《周禮》，《孟子》，《戰國策》，《管子》，《莊子》，多互見古書門。《荀子》，《商君書》，《史記》，屈宋詞賦，楊雄文賦，《李太白集》，《杜少陵集》，《韓昌黎集》，《蘇東坡集》，司馬相如賦，《漢書》。孟、莊、《史》、《漢》、楊、韓六家最好。已上辭章之宗。

《金石十例》，《文心雕龍》，《史通》，《文史通義》附《校讐通義》。已上為文義法之書。諸書必當看，章氏所見深通，能窺學術之大。不標目者總集蕭選最要，賦宜賞其奇麗處、精剛處，李註精博當看以外，要冊尚有《古文苑》、《續古文苑》、《唐文粹》、《文苑英華》、《漢魏六朝百三家集》、《全唐詩》、《全唐文》及宋金元明各大家別集，皆所博觀，但非精力所在。若不標目，餘非參冊，涉獵而已。別集即看不妨。非三代兩漢之書不敢觀，盛唐以前次之，降乎此者，視暇否及之。讀書窮理，豈必有意為文？而載籍之華自不能掩，不求工而自工，可以涵養性靈，兼資筆札。若徒溺乎此者，其文亦可知。讀集宜讀專集。《古文辭類纂》門類必辨，《經史百家雜鈔》門類更精。先秦真有用古書當記，漢後隋前有用書並記。餘所涉獵不記。標目於此，以便檢目觀之。別古書真偽，姚際恒《古今偽書考》可一看。讀古子觀其義理、知其學術而已。精者朱筆識之劄記。多識多事，古典最好。

《國語》，《戰國策》，《大戴禮》，《七經緯》，《山海經》，《世本》，《逸周書》，《竹書紀年》，《穆天子傳》，《周髀算經》，《素問》，《司馬法》，《老子》，《管子》，《孫子》，《晏子春秋》，《列子》，《莊子》，《文子》，《吳子》，《墨子閒話》，《荀子集解》，《韓非子》，《商君書》，《鶡冠子》，《孔叢子》，《呂氏春秋》，《春秋繁露》，《新序》，《說苑》，《列女傳》，《吳越春秋》，《越絕書》，《家語》，《漢官六種》，《三輔黃圖》，《淮南子》，《華陽國志》，《法言》，《鹽鐵論》，《新語》，《新書》，《潛夫論》,《論衡》,《獨斷》,《風俗通》,《申鑒》,《中論》,《齊民要術》,文中子《中説》,《顏氏家訓》,《王函山房輯佚書·子編》。《司馬法》、《管子》、《孫子》、《吳子》互見經濟門。莊、荀諸子互見辭章門。總以有關義理、有裨經濟為有用,以外則多識古事而已,先秦尤要。

各家劄記、箸述之最要者另記。《四庫提要》,《困學紀聞》,《日知錄》,《潛邱劄記》,《十駕養新錄》、《餘錄》,《讀書雜志》,《癸巳類藁》,《挈經室集》,《亭林遺書》,《曝書亭集》,《西河合集》,《東塾讀書記》,《無邪堂答問》。《八史經籍志》近刻本可考歷代書籍盛衰,舉其通證群書者,《讀書雜志》訓詁最精。

定課子弟日程第九<small>略仿元程畏齋先生讀書日程法修之。</small>

真西山先生《教子齋規》:一曰學禮,二曰學坐,三曰學行,四曰學立,五曰學言,六曰學揖,七曰學誦,八曰學書。

朱子讀書法:居敬持志,循序漸進,熟讀精思,虛心涵泳,切己體察,著緊用力。

古人讀書法:未熟快讀足徧數,已熟緩讀思理趣。

已上日程綱領。

八歲未入學之前,讀程逢原《增廣性理字訓》,使之識字。自八歲入學之後,讀《朱子小學》正文。<small>此宋儒小學入德之門。</small>隨日力、性資,自一二百字漸增至六七百字,日永年長,可近千字乃已。每大段內必分作細段,每細段必看讀百徧,倍讀百徧,又通倍讀二三十徧。後凡讀經書仿此。自此説小學書,即嚴幼儀。分段用朱筆點記於册,大段約近千字為率,資性聰强者不限。隨讀《説文建首字讀》。<small>此漢儒小學識字之要,於讀《朱子小學》夜讀之。用陳氏《説文提要》本,以苗氏句讀點定之,或三四句,或一二句,隨説解之。凡讀《説文》必先讀《説文部首》,必熟必通。</small>

葆心案陸桴亭先生謂子弟宜熟讀各家歌訣,意以為提要之先資。今擬於讀小學時附讀蒙學要書,經學自《説文建首字讀》外有王謨《十三經策案·韻語》，史學有沈炳震《歷代年號世系統編》、鮑東里《史鑑節要》。粗略知西史可誦《地球韻言》。理學有唐鋊《幼學口語》、羅澤南《小學韻語》。算學有李氏《算雅》、江氏《學計韻言》。天文有《步天歌》。粗略知西學可誦《天文歌略》。地理有《直省府廳州縣韻語》。粗略知西學可誦《地學歌略》。此皆袟簡易誦。其未入學以前識字有中文識字法，初學讀書三歲即可通明說其識字。學文法有《中文釋例》《訓蒙捷徑》等書。又初學讀書示以圖則明，約以表則簡。圖表之稍進者，經典之圖有《御纂七經》中《圖說》、《毛詩品物圖考》、《爾雅圖》。其表有翁氏《十三經註疏作者姓氏表》，洪氏《傳經表》、《通經表》。史籍圖表有馬氏《繹史》中之《世系圖》，齊氏《歷代帝王年表》，李氏《紀元編》之表，洪氏《史目表》，司馬氏《通鑑目錄》。其職官地理圖表有《歷代職官表》、《歷代沿革險要圖》、《一統志表》。天文圖有鄒氏《赤道南北恒星圖》，地理圖有李氏《辨志書塾圖》、鄒氏《皇輿全圖》、《內府分省輿圖》，皆可於讀歌訣時略指授之。

　　授說初學讀書法：授說平日已讀書，不必多。如說小學，字求其詁，句求其義，章求其恉。註中無詁者，發《經籍纂詁》檢之，當面講過，不可模糊杜撰。既通說每句大義，又通說每段大義，即令自反覆說通，面試通乃已。久之纔覺文義粗通，能自說，即使自看註，沈潛玩索，使來試說，更詰難之使透。凡每句通說之法，必先令說本註透，然後依傍註意說上正文。後溫《論》《孟》仿此。凡子弟來試說法，必使之口說本註，眼看正文，字字說過乃已，未透再授再說，必使之字明其詁，句明其義，章明其恉，合說分說都會乃好。凡書上口時，必令當面試讀，正其音讀。凡初授書日間只宜專讀一書。凡誦讀字句要分明如講說然。凡記徧數用籤。

　　弟子倍讀書法：平日已讀書於夜間或倍讀一二卷，或三四卷，隨力所至，記號起止，以待後夜續讀。倍溫熟書必緩而又緩，思而又思，疑處、誤處記號再倍讀之。凡倍讀書必先倍讀本章正文畢，以目視本章正文，倍讀盡本章註文，熟思玩味，涵泳本章理趣。凡倍讀訓詁時，視此字正文。凡倍讀通解時，視此節正文。此法不惟得所以釋此章之深意，且免經文註文混記無別之患。凡已讀書一一整放在案，周而復始。凡早必倍册首書，夜以序通倍溫已讀書，決無不熟之理。間或挑試已讀書。

　　小學書畢，讀《大學》經傳正文。讀倍溫法，並如前法。次讀《論語》正文，次讀《孟子》正文，次讀《中庸》正文，次讀《孝經》正文，讀倍溫法並如前。次讀《爾雅》正文，以知訓故為通經之本。次讀《春秋》並《左傳》正文、《公》《穀》正文，次讀《詩經》正文，次讀《易經》正文，次讀《書經》正文，次讀《儀禮》並《禮記》正文，次讀《周禮》正文，讀倍溫說如前，漸能自解後不必說矣。

　　當讀《春秋經》時，隨讀《左氏博議》，明事理，通史論，始學為文。計一經完而《博議》可畢，後但溫倍玩索，務宜精熟以為作文之基。讀《博議》義例見後。

　　讀《詩經》時，隨讀唐人詩集，先讀五古，始學為詩。用陳太初先生《詩比興箋》本最好，先讀三四卷，次及一二卷，乃漢魏六朝作，使知詩教。又識源流，此本所選漢魏六朝止三十餘家箋亦精，非他間選本比。過此以往，宜觀全集，或用《四唐集》，擇真有聲韻情采者讀。此以為先河，亦無不可。以學為詩文不可過遲，故讀經之次如此。學者二十已前為文宜成，後專為學道之日，無暇及此。讀《博議》畢，讀《古文辭類纂》，以知為文義法體例，後讀韓文，此為學文師法畢。漸讀《史》《漢》古子，輔讀歐、蘇各家。韓文誦畢，宜常誦玩。讀《詩比興箋》畢，讀韓詩，此為學詩師法畢。漸觀杜、李，輔讀《文選》中漢魏歷朝詩，次及《選》中雜體文、楚辭全部。韓詩讀畢，宜常誦玩。讀《說文部首》後，宜讀《通書》《西銘》性理諸書，講經之漸次及程朱各書。性理書最要數部畢，漸攷求典章、經世各書，守此以與經史終始。自讀《部首》畢，後無論讀何書，夜必讀性理書無間。

　　讀《論》《孟》時，寫字以大徐本《說文解字》解說，教文於寫字後授之，必通記字數於別紙，亦用小篆。緣此為識字之要册故也，漸多辨識。或值治諸經史時，接續看段註本《說文》。

　　讀群經正文畢，始為大人之學。始讀《大學章句》、《或問》畢，次讀《論語集註》，次《孟子集註》，次《中庸章句》、《或問》，次鈔讀《論語孟子或問》之合於集註者。此讀《語》《孟》時對看註疏，始為群經註疏之學。治本經並為史學，治《通鑑》以甲日經、乙日史循環讀之。經學先取陸氏《經典釋文敘錄》讀之，為史學先取《三才紀要》中《讀史論略》及《統系圖》讀之。讀史必攷典實，又先取《文獻通攷序》讀之。治經先《毛詩》，次《儀禮》、《禮記》，次《周禮》，次《尚書》，次《春秋》，次《周易》。《爾雅》附於《說文》，《孝經》附於《禮記》，三傳附於《春秋》。治經史時或每日之夜，或於十日內分一二日，以序溫讀玩索已讀書最要。治經史日必倍溫玩索四書最要，惟此每日功不可闕。

讀《左氏博議》後，俟有可為文之意，則以三日讀經一日專讀《博議》，即仿其段落為之，漸仿其全篇為之。讀《四唐人集》後，俟有可為詩之意，亦以三日讀經一日專讀詩，仿其體為之，漸能為詩文後即擇之八日並詩文為之，盡一日之力。先學論而後為時文，先學雜體詩而後作試律。凡初學為詩文不可無摹仿字句法，若能自作時，不可蹈襲前人一字，亦求自立之一端也。

初學小字默經，大字臨帖，授筆法將安吳筆法攷求之，漸取《藝舟雙楫》一種與看。院體書宜知。治經史法，予有專册。至治經史時，觀書宜博，此涉獵之學。成立後，聽資性為之。始治註疏為攷據時，看《四庫簡明目錄》一過。正音讀時，繙釋文與面看。攷訓詁時，繙纂詁看，並使仿定本點定所讀經本及圈發字音，教之翻切。

讀《博議》時說文法，宜取朱墨本《史記菁華錄》指授之，漸取論文諸書若《文心雕龍》等授說之，學文先論。讀《詩比興箋》時說詩法，將《談藝珠叢》中各種說詩門徑時開編指點之。文取《瀛奎律髓》紀評本指授之，學詩先五古。凡評點詩文各本，初學宜看，可啟心胸，可增識力。讀韓文時，朱墨本一看。讀韓詩時，朱墨亦可看。凡讀詩文必全集切要，此一家精神意格乃有悟處。詩文以昌黎為正宗，因初詩文不能處，從此入始，以他書先之。凡初讀詩文，篇法、章法、句法、字法須子細指授之，以異色筆識出之。凡讀書漸有悟時令自册記。

　　讀《東萊博議》義例：先逐段看某段某意，標明之，認明一篇主意在某句。主意句連用姚圈，若句好加點。主意再見者亦用之。次一氣看其層次先後。用玩索。次一氣看其每段相銜處、相生處、斷續處。有此段可直接彼段而中間加別一段者最妙，最宜切思，即斷續之謂也。只用玩索。次看某段為長，某段為短，某段為疏，某段為密，只用玩索。某段為正幹，用三連圈。某段為旁枝，用兩連圈。某段為前面，用三姚圈。某段為後面，用兩姚圈。某段為反面，用一姚圈。某段為提起，用三點。某段為平鋪，用兩點。皆在起句用筆。次合通篇潛玩，察其局勢之善否，察其為常局為反局。只用玩索。總察其起處、看平與不平。中間、開張與不開張。結處，看有味與無味。認線索。只用玩索，逐段看後，至此不論多段數，約略分三段看之。次看議論通達處、縱橫處，皆每字一圈加點。無中生有處，每字兩圈。餘好處。句末用連圈加點。次看用筆，排偶處，句末用排圈。錘鍊處，縱筆、斂筆、曲筆、轉筆。只用玩索。次看行氣，停峙處、流走處、騰擲處、轉折處、緊處、緩處。只用玩索。各看一篇之菁華在某處而自得之，又看間句、間字，又看某處我愜意，某處我不愜意，標明之。何以愜意，何以不愜意，亦自明其故，以觀得失。先單點一過，後單圈一過，看段落只有敘題事處不單圈，後用諸法依例看之用筆。

求志齋文集

月　問

　　廣寒無譜，蟾生自何年些？當空照影，魄胡爲而圓些？宵從何來，豈渡海之石橋些？曉從何没，豈土葬於海外之山坳些？顔色易衰，胡終古如珪璧些？年月未改，胡三五而盈缺些？中有桂樹，昔種自何人些？吳剛何憾，乃斧斤之相尋些？姮娥佳婦，作誰氏之妻些？人閒何苦，竟天上之相依些？天路迢遥，夜行幾千里些？勢與地絶，胡遺光之得底些？玉兔何辜，胡見食於天狼些？死胡爲育，授何人之藥方些？霓裳何曲，胡音均之不通些？明皇何德，胡使之而步入宮些？夜短夜長，胡仙姊之不眠些？猶是照臨，胡下界之無熱炎些？此故不解，吾其招姮娥而一問些？姮娥不答，其訪亡是叟之室而一證些？葆心案：此篇爲君童時作。

反悲秋 并序

　　宋玉廬居，愀然悲秋。羈孤忠愛，對景流歎。上帝感焉，夢其弟子相如曰："下方有人，鬱其咨嗟。肆汝宏辯，吐芬含蘤。吾弗汝範，汝試爲之。"相如曰："唯覺而游，思作《反悲秋》。製别於辯，思託乎荒。盪滌蕭騷，舒發襟抱。質之閬臺，亦自有道爾。"辭曰：
　　啟靈都之紫翠兮，洞窈窕虖玉房。垂紅雲之宛延兮，張璃筵之路漿。帝憫下方何繁憂兮，爰告之以樂康。況忠良多愴悗兮，重祝之以吉祥。惟宋子悼湘累兮，對凜秋以徊徨。時遞代而律莫兮，歲蕭瑟而降霜。木搖蕩此回猋兮，百草變綠衰以黃。帝蓐收以運衡兮，循造化之典常。感君情於盛枯兮，亮徒為此愴傷。願將煩紆一蕩滌兮，使素心其飛揚。與纍駕兮蜚龍，上游翔兮帝宮。鸞鳳紛其御蕤兮，麒麟又為纍景從。叱虎豹兮開乾關，十二旒兮坐其閒。陳道德兮峨華冠，錫壽三光兮福如山。君毋悲秋兮，謁帝可以回丹顏。攬纍轡兮大荒，倚長劍兮白玉。京決浮雲兮掃天狼，截垂霄之雌霓兮捎后土。夔魖與獝狂暾一出兮紅扶桑，解陰翳兮山河光。瑞霄斕斑兮道昌，埃壒豁開兮九方。君毋悲秋兮，上下昭曠樂未央。與纍揖兮慮犧，聖如天兮焉加，畫八卦兮參差。闢二儀之芒昧兮，肇鴻文以包羅。導余以八方之定位兮，闡余以陰陽之變化。君毋悲秋兮，得覯神聖而為儀。與纍訪兮軒皇，咨制作兮如衡。羽皮既衣兮道有衣裳，州野剖分兮崇義昭明。風后戒余以秩經兮，沮誦告余以周行。君毋悲秋兮，復覯軒轅而發其華英。丹鳳來歸兮一鳴，九阮舞兮鏞與笙。放勳重華兮列於玉庭，稷卨皋夔兮用司典刑。懌賢聖千齡而左右兮，焉戚斯纍之睘睘。君毋悲秋兮，亮昝帝亦以纍之為貞蒙。為叫蓐收兮回帝車，啟句萌兮發東都。轉九陽之盛樞兮，土膏澤而萌芽。草青蔥而布濩兮，木垂榮而散華。倉庚鳴而在樹兮，燕巢梁於室家。品庶乍其訴兮，晤蕭條之蕩除。永萬代之為春兮，君亦焉用夫鬱紆。重為辭以醳之，觴桂酒而酌之。歌以祀玉並以告，靈均勇愉兮萬古，薦忠良兮擊鼉鼓。秋江芙蓉兮露芳，秋山黃鞠兮齊吐。折芬苾而享之，秋鳥能歌兮秋華能舞。

漢賦並序

　　南條大水，江執其瑁。裨以巨漢，遂爭盤敦。攷厥上源，《禹貢》晰矣。自班《志》所紀，弗區其詞。紀《禹貢》嶓冢山在西縣，西漢水所出。於氏道言《禹貢》養水所出，東至武都為漢。後儒疑誤，乖異正經。源養源番，兩山鑿說。華陽巴漢，紕繆斯夥。玆篇所稱，墒循姒載。正朝宗之定位，表荆國之宏瀾。蚤讀蕭《選》，廣川一海，河東一江，陳詞美富，鬱爲巨製。洪乎玆川，南坤效靈，弗有高藻，恧爲缺典。敢學前哲，箸爲賦頌。雖大體相襲，而詞無多借云爾。

在昔大禹導瀁番冢，定位東流武都、沮縣，瀾汗漢水。斯記上通闗隴則長源鼎沸，下灌南紀則獝雷聒地。東有褒沔，潋灩震蕩，回旋噴沫，交會條流，三四氐道轟轟，杌隉駭悸。西有西漢，奔赴砰巖，礚谷頮注，葭萌歧派，挺出汎濫，溝瀆東爲一川，響動萬族。爾其長濤卷舒，後先參差。水童弭節，駕波逶遲。蹷猴徑踰狼潭，瀉鯨灘逕鼈池。安紆南東，魚鱗萃追。兩岸不溢，彭亨渺瀰。若乃大氣旁舉，洪猋坐吹，高厲孤涌，葩華紛披。樹爲斗峭，横爲廞巇，軍裝隱轔，建以素旗。萬蹏齊軼，千轂並馳。硠硠礚礚，礌石相擊，震虖四垂，駭其天迴。藏魅吐魑，莽莽雲昏，翳虖巛祇。爾乃暴雨零晝，萬厓淵池，交練飛灑，配藜四施。斜谷羣流，洶溢旁枝。洵河出鄠，太乙西移。衆壑陽陰，滂沱增奇。斯水大振，脇洞横潰。末流蕩隨，穿郧國，出蕭江，過均房，而下襄城兮閃重瀾，其盱睢也。貫樊南，洞内方，轉大别，而會武昌兮動蜀江，其蹽踂也。爾乃下瀉彭蠡，並江東之，浮天湯湯，大海呈規，萬古朝宗，肅然尊卑。爾乃探源索流，遐迴趨奔，道里三千，長驅朝昏，塗遠力大，灌輸無痕。曲折盤注，不可殫論。爾其水怪則有潛蛟鼓波，怒螭雄翻，猛鯨掉尾而刺天，勍鱣曝顋而迎暾。濁浪騰威於大兕，翠壁綴飲於元猿。潛潭竦躍而舞獺，洄淵高磨而横鼃。晴生陰動，雨吼風吞。湊集衆夥，游戲乎乾坤。其珍寶則有明珠抱孕，碧玉流温，神璽深夜而燭霄，銅鐘圻岸而雷掀。瑞蛤懷書而字奇，金剛吐篆而文尊。灘環白石以玓瓅，峭壘黄金以陽暄。儲精蓄英，光族皤屯。赫戲南天，鏡波不渾。爾乃水患則秋夏暴灌，刷隄壞岸。襄荆呌歒，天潛通貫。鱓龍夜嚎，人獸昕竄。疇宫秔稻混其内，鄂皇紀畺堊其半。孤子煢煢而酸鼻，寡婦流離而悽歎。悼竹箭之填閼，唏沙洋之中斷。蔑戈斧之疏鑿，樹洪災虖巨漢。若乃下游萃精，扃鐍所居。夷貨萬方，雄富實儲。虎旅星營，河艫周臸。金湯宏謀，邦侯坐攄。爾乃晴旭爥旦，乃以襄河之軍，耀觀武儀。大纛高厲，照爛江湄。礮尊雷闐，煙焱結離。騈船沸朝，揚棱指麾。爾乃機器肇創，建局厪羲。括羅法英，彈壓蚪螭。製造中夏，冠精羣夷。鐵道雙縋，炎輈電司，旱陸旬隱，鮫眹鰐窺。漢江一區，奇氣夸麗，走萬祀之譎異，茲一漏虖盛期。爾乃臨皋眇望，泳舟鳧鶩，追翔鸝鷁。歌聲杳冥，發揚幽思。悼魏將之七軍，慨姬王之六師。美盧鈞之保障，盛張柬之隄基。歎蔡昭之縶荊，歸祝玉以涕洟。陋元凱之好譽，瞰千尺而沈碑。儀山公之酌尊，慕任子之綸絲。固大川之眾殊，每懷古而稱其。且其爲川，在昔強芊之時，迅雷鈴鈴，晝嘯宵叱。鄢郢奔注，蕩天浴日。瞭弗見霄，插空坌溢，據爲洪池。畫疆衛都，保守懍慄。召陵陳師，齊威以律。包茅縮酒，大義昭詰。戈鋋屬雲，霸氣橫軼。進觀洪濤，沆瀁沕潏。韜志而退，魄動弗謐。洪惟茲川，掍江爲一。表楚望兮祀典秩，跨睢漳兮享芬苾，壯南國兮肆奔泆。撰爲茲篇，罔弗單述。

騎兵春操賦 并序

　　中國長技，騎戰稱首。國家自入關以來，以東省驍騎橫蹂薄海內外曼已。各行省馬兵，罔弗精練。嗣茲已降，統帥得其材，雖萬祀躪蹂，八紘易易，不過旁博製造，兼蒐西國用之，豈必以我所習吐棄也？近聞退覽者好獵新異，頗亦矜夸乎泰西，豈亦察中國諸君子用泰西而不爲泰西所用之宏術乎？因藉騎兵春操一賦，以眩耀之。其辭曰：

　　歲之中春，楚幕府大閱騎兵。紅旗沸天，士氣騰喜。礮聲雷闐，震蕩千里。有談瀛策士者騁而觀之，過洞微居士而休焉。居士曰：“今日之春操侈乎？”客曰：“蒙猶未盡觀也，亦嘗覽西國之兵法矣。”居士曰：“廣我海外之恢偉，雜以諸國之鞭箠，幸賜之吾子也。”客曰：“唯唯。西國者，署指曰德、曰法、曰英、曰美。俄部剽悍，歐洲虎視。陸軍襲德之雄精，馬兵亦西北之長技。衝萬人之陣綫，佐步隊之譎詭。自火器之制新，詫榴彈之光起。燒大隊爲飛灰，卷金城若涌水。加以鐵道之各都般互，調兵之風霆轟耳。金鐘一鳴，萬里若思。竊聞騎兵希所用，蓋蘖芽此而中國猶用，茲爲操也。毋亦非變通之理乎？"居士曰："談虎而忘其乙，孤瞀之懷也。談兵而棄其本，凋耗之階也。子亦知中國所據以吐吞八荒者，其長不必孔皆耶？陸軍橫行，長驅一步，衝陣則騎。曩者視操，神駭目眴，奇壯斯記，請爲吾子述之。斯時也，日出山紅，風吹草翠。大纛樹天，人聲滿地。何紫頷之會齊兮，五花肥而印字。響銅鈴之啾瑲兮，滾長身而影至。馱金鞍而照耀兮，向圍場而一試。而軍裝如火森以羅，而大兵如海回以旋，而立陳如山屹不動，而簇躆如雲鎮不變。而蹋鐙而上身如飛，而銜勒而待情如戀，而一望盤出人如龍，而逸欲上翔馬如燕。而氣欿如虎不可挐，而精神如霆似欲戰。倏金鼓之亂鳴兮，驕跳梁而嘶徧。雜海螺之一吹兮，走青天之雷電。齊總總以摶摶而膠葛兮，振隱轔其後先。馳匈匈以轟轟而迅奮兮，御駭森其紛絢。於是法薩司博以震響，俄白爾單以應律。布莫司爾以焱飛，美林明敦以火出。德槍毛瑟廠製怒相環，英馬梯呢亨利爭四溢。定弧綫之高低，審洋槍之精一。噴馬首而煙飛，障人身而霧失。爾乃火箭橫飛以陽閃，地球跑空而電疾。一弓彎而月高，萬鏃攢而星密。蔥躆滾雪以成團，竹耳捎風以咉胙。四圍之大鳥不飛，全隊之流虹已畢。至於放彈之指揮命中，舞槍之盤旋若逸，試馬上之神奇，都淋漓而奔軼。壯哉，操也。幕府高坐，張皇沕潏。紅光噀空，血汗黏日。奇氣旁飛，軍聲走叱。蹋北國之冰洋兮，求水草於戈壁。叫南極之一星兮，想炎荒之陵轢。跨西海與東阮兮，浩氣爲舟以四歷。控十萬之虎貔兮，將恣觀五大洲肺葉之所羃麗。以此百戰而兩儀無堅陣，以此千攻而四隅消鳴鏑。況乎機器開局，製造疏剔，將以鐵道聯南北之都會，炎輧走荊襄之霹靂。上通乎關隴之兵，旁制乎戎夷之敵。此騎兵輔而行之，海外奚足爲蕩滌？抑子亦知今春之大操也，非徒馳騁排擊云爾乎？武昌握天下之轉樞，楚省乃要衝之傳檄。氣勢宜養其雄深，重臣弗忘乎警惕。故當茲天放寒消，春回暖覓，將士飽滿而神驤，大馬驕酣而響激。試火器之精良，發雄心之踊躍，練時而地熱天烘，操罷而場空野寂。固有用之鑪錘，實無形之羈靮也。今吾子晷讀各國軍政之書，私考彼邦交戰之績。兩牟絢轉而未停，寸心矜夸而自愆，何吾子之弗通乎我國之兵，而竟蹈夷情之溺耶？況我國智者博學而能通，達者病根而自析，笑泰西之精華，已蒐羅其破的。授羈縻而不驚，抱深沉以相覷。若吾子所抵掌乃索塗而收其瓦礫也。"辭未終，客乃灑魄而起，解泰呈遜。居士曰："復位。今將廣子以二篇之詩。"客既卒業，乃稱曰："宏哉乎恉，包象有萬。蚤蹈狂簡，敬聞高論矣。"詩曰：

天命中華，貔虎強建。控勒五洲，毛貢鱗獻。海軍建牙，北洋所券。長江水師，星宿潮飯。陸軍桓桓，武騎剛健。坐消欃槍，表裏通販。右遵中。

潭潭泰西，兵律勿蔓。力殫機駚，填耗起困。鐵船火輈，雷吼星噴。我擷精能，勞逸交勸。立國有木，疇督尺寸。智勇羅宙，洞然利鈍。右酌西。

雲　來　賦

秦皇既壹海內，駝[①]驚區表，下詔羣臣曰："有能以元術賙纛朕者，吾與之黃金萬勋，爵丞相。"方士進而稱曰："臣願后皇之勿有此也。后皇齊年壽於三光，侔元德於泰古。勋兼乎在昝，號崇乎三五。將享洪禩於千億萬歲，奚鬱林聚穀之足數也？"秦皇曰："雖然，天下豈有崇厚貞固之域可以宅軀者乎？"曰："有奧區廣矣，靈蹤博矣，遐齡忽荒，難究索矣。"秦皇曰："其若何也？豈所謂雲來者耶？揣彼異狀，騁子鴻詞，游思八隅，爲朕賦之。"對曰："唯唯。維雲來之隆崐崔崒兮，橫高厲乎滄海洪波，滛滛之溶裔涌沸兮，睒電日之光采石礫。磊砢礌礌

---

① "駝"，疑作"馳"。

以相銜兮，褓斑駁而魂魄。靈黿贔鳳六位以扶其根兮，六萬歲而不改。何天風之淙淙兮，擊龍堂而聲大。元虯玉螭之坌涌交會兮，盪怒雷以砰礚。自有泰壹，此狀斯在。橫絕萬古，寥寥億載。其地有寶花垂垂，珠樹離離。鴛鸞頡頏，皓鶴般飛。淥草駢衍，鬱蓊蔚蔚。祕路舒卷，四時祥風。菌華昕披，與其靈藥。叢生乎岊屭，其下有大海。紫貝出水，鮐鰯鰟鯉。光傀隱見，轉帽珠子。長鯨奮翼，鼓沫千里。萬端鱗萃，离不可紀。上至岡頂，地盍底平。萬宮嵯峨，千闕崢嶸。樓閣瓏瓏，揭乎紫清。五色雲瑕，倒垂繡楹。煌煌熒熒，奪人目精。金銀兮白黃，曾不可殫。形羽衣煙，客羨門高，谿安期容，成此焉窟宅。著鸞鳳之衣，表芙蓉之冠。蕫皇紛其銜蕤兮，駕雲車而流轉。麒麟耀其騰驤兮，赫迴旋而扶輦。朅來八鴻兮，周軼九方，虹蜺為旌，日月為章，汎乎無垠，回節扶桑。昝者黃帝采首山之銅，鑄鼎成功，蜿蜒上升。臣曩見之，在彼靈仙之居，嶕崒之巔。綠髮玉顏，盛容華鮮。后皇必欲之，處清宮，肅齊戒，運元化，六龍邁，游珠宮，餐沆瀣。”

瑤池宴賦

緊羣真之十萬兮，傃瑤池以來朝。鳳凰扶轂陸離而上下兮，騏驎銜驂容與而逍遙。黃龍玉虯，差池偞儇，紛陰陽其離合兮，白虹赤鸞，駢布羅列，屬雲霓而扶邀。軼羣玉之刻削而嵯峨兮，曶霍會乎壽朝。祝阿母於華閣飛雲之絕景兮，冠帶襟袖曜霧縠而霞綃。倏璠筵萬所瞰霄以高敞兮，錫坐宴乎崇宇。甕九天之沆瀣兮，疊洪梁之寶醪。太真鳳裾引素手以斟酌兮，飛瓊翠翹流眄而微語。行太乙之珍龍胎與鳳腦兮，雜石髓而閒麟脯。風實雲子萃崑嶽而駕壺嶠兮，紫密紅芝，百種千名，無物類之可方伍。吸長鯨而盡醉兮，脫巾冠以相羊。聆諸天之清邃兮，聽子登之八琅。如抗如墜，閒步元之妙曲兮，天飆淙淙，相飄颻其迴翔。無何歡會未渫，叩蓬萊之使者兮，云滄溟已塵揚。於是人閒譜其辭曰：“人閒之界無了劫兮，人閒眾生易銷滅兮。人閒漢武化塵土兮，人閒嬴皇莫回首兮。羅綺簫管歸山邱兮，珠玉宮闕麋鹿游兮。哂萬族之俱幻，無甯永會羣侶與元氣爲徒兮。

修 辭 賦

貫古今之源流兮，窺運會之衰興。討倉頡之製造兮，契周孔之心神。寶精鑿之義理兮，盪大氣於空靈。橫光芒於四海兮，潛蟄龍之雷霆。化萬實於一虛兮，窮帝心之妙微。吸日月之精英兮，茲固仙藻之所獨。歸繫斯道之究極兮，亦畧區乎天人。有人力而可造兮，或天事而獨神。擎寸管而高索兮，嗟萬古之冥冥。

團 扇 賦

若華欲瞑，桂苑行開。著羅衫而釧響，臨水殿而風來。曇曇輕糚，團團小扇。粉絮當胸，梅香吹面。安鳳凰之雙飛，貼夫容之一片。量霜度雪，削縞裁紈。回身玉鏡，垂手珠闌。倚匼匝之蘭房，欹俜停之蓮步。姑射之冰肌無汗，姮娥之菱花暗度。璧月常自滿，三五光恒盈。未央宮中無暫缺，長樂殿裏相隨生。晚糚新，微風發。持此合君歡，恩情莫休歇。

朔 風 賦

朔風蕭蕭，百草已凋。霜背斷雁，雲閒飛鷗。覽廣埜之遐迴，驚景物之諏寥。木葉脱而表幹，林岫空而見熛。揣萬族之觸感，茲一寫於今朝。則有征子萬里，胡天一涯。白山叢霧，玉關飛沙。馬蹻僵而罷驕，金鼓寒而禁譁。悲羌兒之觿箽，冷朔女之琵琶。復若轉輪殊，區振策絕國。隴水異響，代雲奇色。聽寒雞之早號，悵羲轅之易側。川原夕其莽蒼，路衢晏其阻塞。又有雄才暮館，壯士窮途。掌上簫筑，腰閒鹿盧。

既踟躕於燕市，旋奔走於吳都。攬毛鬢而意索，撫髀肉而心孤。至如高樓思婦，幽闈單娥，角枕歡少，綃巾淚多。居人掩闈臥，蕩子去關河。朝朝泣明鏡，夜夜約青蛾。皓齒停兮巧笑，美目損兮層波。誰不蕩魂傷精，延頸增歎？重重夢驚，寸寸腸斷。惕涼鐙之照宵，怯霜氣之警旦。作歌曰："寒雲塞四埜，朔風莽回薄。一片愁人心，萬古歘不落。"轉歌曰："蒲萄酒美香氣深，寰客四坐琵琶琴。正有開愁宴，能忘遲暮心。"

麒麟山覽古賦

當荊藩全盛之時，高張玉節，雄掌金符。疏潤天潢之派，分權帝斗之樞。旗擁綠車，繞虹蜺而半轉。雲飛青蓋，假鸞鳳以雙扶。寶玉展親，大典出成周之庫。土茅胙德，九州紀神禹之區。采靈秀於方國，表壯麗於宏模。芙蓉天外開，蜚皇之屏嶂。丹青地上寫，般麊之畫圖。築金城而百雉，作保障於名都。磁石飛紋，鎖麗譙而高聳。銅牆照采，塗頹壤以模糊。纏以大江四面，有廣漢之水。飛來明鏡一條，通赤東之湖。傑殿巍峨，危樓燦爛。重璧裝百尺之臺，七寶製九成之觀。紅光流衍，橫蝃蝀於長空。紫氣宛延，軼雲霞之太半。鱗昫抱柱，龍文扶斗栱以高騫。屈戌垂環，獸紐齧交關而不斷。朝開仙仗，虎貔羅侍衛之軍。鑰啟雲關，星宿捧冕旒之案。別有離宮，通乎靈漢。鉤聯般爾之奇，夸麗姑蘇之冠。當空藻采，垂覆海之圓匀。滿地珠光，躡飛雲而輕散。遺香婉變，荃蕪留神女之芬。薄霧橫陳，鬢髮織靈妃之幔。南都佳麗，越國豔姬。掖庭十四之選，姮娥二八之時。臨卬文君，自芙蕖而脫骨。姑射妙子，同冰雪以為肌。展屏風於湘水，開步障於錦絲。玉唾吹香，製薛芸之故事。博山攜手，覯秦女之神姿。牀架珊瑚，洛浦薦淩波之枕。門安瑪瑁，越南留釘押之帷。百轉驚鴻，賭金錢於妙舞。兩行么鳳，垂翠羽之葳蕤。敞璃筵而酌醴，搴紅箋而賦詩。叔寶無愁，倚玉樹之曲。三郎離月，有紫雲之詞。漏鼓不催，新聲按瓊簫而暗度。銀河漸落，曉光照綺疏而來遲。肆歡宴於長夜，迴六龍於天垂。帝子中年，悦乎神仙。慕甘露於吉雲，儀紅虌於洞淵。毗騫國王得不死之方術，華蓋容成享長生之自然。采砂句漏之遠道，煉丹綿洞之祕傳。赤燄燒成，借靈風而吹鼎。祥煙噓起，隨列宿以通天。豈知蓬壺莫渡，功德難圓，已極繁華，卒與禍牽。藩軍卷高牙之旗，虜騎控神膠之弦。六街張鐙，妙女照秋千之索。萬馬銜枚，潛兵拔螫弧而先。宮闕飛灰，臁石坊於殘碣。樓臺片土，指梳粧於近前。胡天胡地，盡化馬鬼之羅襪。大喬小喬，無非爵臺之可憐。慨走馬於滄海，悟蕉鹿於隍邊。月虧必盈，日昃必正。雄封舊傾，巨觀旋盛。鐵甕標高，金輿輝映。長江雪流，迴岡綠净。攬筆成賦，用寄退詠。

擬《大言賦》

楚襄王登陽雲之臺，宋玉、唐勒、景差侍。王曰："智綜萬物，精鶩八表。辭辯所茂，萬古齊壽。諸大夫窮極儀響，才無所放，誰爲寡人大言者賜白璧。"唐勒進而稱曰："校士百萬，獵於中州。西秦扶輦，東齊導斿。舉員天以爲羅，莽雲風其迴周。開九乾之一角，灑怪物之血毛。獸窮鳥殫，囘車而還，乃以大饗息乎昆侖之山巛，祗奉牲泰壹旁。觀雷動海沸，停精失魂。"景差曰："將有大人凌雲縱虛，元氣爲輿，周軼九區。出乎元黃以外，拊造物之萌芽。揭日月以爲鐙，照兩儀之根株。歸乎廣莫，裏羊無形。唾爲雨，咳爲霆。蔑際宇宙，一息千齡。"宋玉不對。王曰："子若何矣？"玉曰："二子之言，恢矣詭矣，何弗有矣。忽矣荒矣，尊無兩矣。然皆大其所大，非臣所謂大也。今有聖皇宰世，志舉四表，氣吞八荒。霜露所隊，罔敢弗來。王提挈河山掍爲一家，使兩曜之下無二君，海外數千萬邦悉稱藩侯。德邁堯舜，業崇湯武。麒麟游於苑囿，鳳皇乳乎郊藪。祥瑞鱗萃，協氣上下。萬歲無兵革之患，黎民平潦旱之苦。告天成功，鴻名軼古，而猶兢兢馭朽，不息自強，保守休命，慄弗敢康。竭至精，求賢良，擁幼艾，懷萬方。固將享洪禠於垂拱，齊年壽於三皇。"

擬《小言賦》

大言賦畢，宋玉得璧。王曰："寡人聞之，大包宇宙，纖析秋豪。天地變化，安所弗昭。鳳皇鷃爵，並生之義也。制辭舒斂，哲人之宜也。《大言賦》既極偉奇矣，誰爲寡人小言者，永爲上客。"唐勒曰："詞在假借，智者弗爲。臣所謂小，諸人未能過也。昔者蠛蠓子與蠛蠓氏戰於芒忽之壁，士卒百萬，營陳彌天。擊杳冥之鼓，樹惝怳之旗，伏尸填山，流血成淵。察其追逐之區，紀其鬥爭之年，后土不知其何方。大撓造甲子，不明其何辰。"景差曰："製一塵之輕車，坐萬人而齊輪。點太虛之浮光，運眸子以無痕。"又曰："寸心之中，入乎虛元，所造天地，萬物生焉。有日與日，高山與川。何大不細，何細不全。"詞未畢，宋玉曰："二子所稱何關錙銖，且但知以小爲小，焉知以大爲小乎？提挈西秦如嬰孩，九州之地，浮蟻聚壘。一寸之筆，可驅風雷。"王大喜。玉曰："未也。臣聞之古昔聖王，勤求細微，富有四海，懼生禍胎。成湯大智，銘盤寡尤。姬武衣帶，訓辭昭垂。"又曰："一絲之滲，行成江河。一寸之焰，可焚邱阿。蚯蚓弗摧，變爲龍蛇。二子芒昧，烏足以知此？宜受上賞者，臣獨多。"王揖玉進，以爲上客。

擬江文通《江上之山賦》并序

人事今昔，各有幽抱。悵懷瓊樹，流歎漢皋。置尊酒於琴臺，託深情於在御。擬彼前哲，別來會心。事有同賦，無嫌異趣云爾。

漢有渚兮蘭有馨，折芳華兮遺精靈。楚波橫煙不可渡，白日欲暮芙蓉舲。結桂枝而遠望，悵羣山之一青。翠岫丹厓，參差而嵯峨。圍屏匌匒，六曲而鋪螺。夾江水之千里，長連峯之綠蘿。我所思兮掃秋怨，青山之阿白雲飯。讀書幽草足覆廬，澗花無主紅千萬。我所思兮在千仞，青山之顛養綠鬢。俯瞰沄沄東去浪，素琴一鼓霜海信。我所思兮識曲難，青山之外陽春寒。一彈情婉變，再彈淚闌干。仰天宇之寥迥，憐衣裳之暮單。揚哀響於歲宴，嗟一心其抱丹。念人事之多迫，結千感於今昔。蕪滿園而不芳，桐焚灰而可惜。亮明月之遺珠，訝夜光之輕璧。信春華之可愛，眺江皋而不懌。紛既有此內美，豈終棄於泉石？上蒼天而無際，下素練之千尺。盪予心之浩蕩，吞雲夢之九百。悟造物之仁厚，敢薄躬而寡責。重曰："漢上一望山重重，彼美闊絕不相從。辛夷爲車桂旗曳，翱翔上下如游龍。"

釋《七發》并序

《七發》者，賦頌之選而諷諭之流也。崇賢撰注以爲規諫梁苑，後人因廣陵觀濤疑值吳王濞時大抵屛塞開竅，原本忠愛，命之《七發》，陳諫斯製。因綜大指，釋爲一篇。學步辨騷，辭無軼焉。

自辨囿淼涌，各製厥體。枚生《七發》，啟塗孟子，乃賦家之鴻裁，詩人之逸軌也。觀其勇藻極情，播采陳戒，足以芬悅宇宙，宣導幽閒。諫臣之笙簧，詞人之藥石，使聽者憚而忘倦，弗悟其爲苦口矣。嗣茲作者，諷諭寡昭，徒以綴珠拾翠，衍厥宏製，詢以要宰，墜霧茫如，乃肖貌之工巧，運意之匠拙者也。懼挩宏恉，請綴辭焉。夫其少海耀位，青宮稟貴。洞房燕閒，莫涉淵水。故始馳騁以哀樂，終銜轡以道要，一篇之義也。綜茲一篇，析爲數類。兼討萬狀，畢會眾情。徵文定指，繁以博己。獨鵠晨號，鵾雞哀鳴，悲禽之韻也。孤子之鉤，九寡之珥，哀絃之響也。犓牛之腴，肥狗之和，珍異之味也。鍾岱之牡，齒至之車，騑駕之奇也。登臺置酒，蕩樂娛心，杜連理音，傅予垂眥，遊眺之悅忻也。冥火薄天，兵車雷運，旌旗偃蹇，羽旄蕭紛，校獵之橫軼也。六駕蛟龍，純馳浩蜺，三軍騰裝，壁壘重堅，江濤之壯駭也。凡茲眾眹，震蕩心耳。語其憪悷，則悲難爲懷。覽其發皇，則標而高舉。固肆意以靡節，亦抽思而寡範者矣。故《七發》者，物博而辭麗，才辨而義盛。智慧駕於逢比，而波瀾富於儀秦者也。揆厥命製，亮有三長。夫辭家搆奇，易襲夸誕。屈原《騷經》，鴆鳥媒女。宋玉《招魂》，元蠭若壺。莫不啟文囿以索詭，獵蓺林以討諷。茲則哀絲怒濤，事切於人境。莊周楊朱，獻考乎曩哲。意匠酌奇，博而不荒，此一長也。文人製篇，每溺於采。玩彼纂組，或晦本懷。荀卿《雲》蠱妙呈理而遺貌，相如大人乃耀華而虧實。以此陳諷，竊不謂然。茲則漂霰飛雪，灑其心魄之制。雷霆霹靂，警其聾瞶之具。賦物章志，表不遺裏，此一長也。諫臣命辭，直而傷激。故孤忠歇靈，滑稽獻智。然優旃之諷漆城，優孟之譏葬馬，詭辨張幟，大雅弗稱。茲則出輿入輦，雍容諫其躄痿。洞房清宮，明昭戒其寒熱。言者罔罪，策勳斯上，此一長也。儀彼三長，枚作咸備，洵忠良之文藻，諷諫之儀典者矣。靈均謝秀，蘭臺啟華，漢京辭傑，競獵夸豔。若《七發》者，取材憂患之林，扶棟淵冰之宇。匪經緯以呈綺，亮錯綜而獻規。觀其樹指要妙，搤理孔孟，洵抗席於騷雅，方絕塵於翰墨也。昔劉勰賞其腴辭雲構，夸麗風駭，徒知摘彼奇采，莫或選其宏抱。後沿茲派者，若植義以立偉幹，振耀以抒諫章，則詞客之高矩，枚生之茂裔矣。

贊曰：

枚叔麟鳳，《七發》采毛。儲宮翼輦，諫苑馳豪。飛文電駃，標義霞高。逸彼忠愛，疇與游翱。

擬崔駰《上四巡頌表》

讀《崔亭伯集》，惜其所作《四巡頌》闕而弗完。表乃寥寥短章，未稱厥製。夫將獻明堂之作而寡宏麗之引，則謂鳳皇在輦而尺鷃前車矣。因少廣其體爲之。

臣聞太紫不采，觀象則績其星辰，戊己無瑞，見物則頌其麟鳳，亦以章飾茂美，翼贊宏偉。雖製等疣贅而情由抃舞，洪惟大漢之受命也。乾應珠緯，坤戢玉弩。金刀拓統，白水鎮鼎。圖讖會湊，靈貺逢涌。二祖振其大緒，夐德遐祀四宗。豐其偉業，垂光薄海。今陛下神聖天縱，繼體前武。合轍茂軌，符契隆矩。自嗣位以來，早爲荒裔之所瞻睹，天人之所悅喜。歲降災旱，則捐其租藁。時方東作，則勸其甽畝。察舉英俊之士，襄理綖冕之治。振興六蓺，隆教億載。虎觀講議，章明祕文，方軼三五之后，以耀炎火之祚，而復賜上林池籞，膏澤黎庶，矜郡縣刑獄，保卹罪罟。斯乃三光之所震動，九土之所福祐。德茂乎在笤，事隆乎近古。比者元和，建號厚澤。旬溥胎穀之賜，抣所未睹。故宜下騰醴泉，上滲甘露。鳳皇五色，翔集郡國。黃龍萬鱗，宛延亭部。白烏吐其奇瑞，神雀舞於庭樹。零陵芝草，必致仁壽之寶。徼外生犀，或慕時歲之享。懋哉后皇之洪禠，一代之偉觀也。乃者大舉茂典，巡狩方嶽。肆覲羣后，絜裡明神。西度關隴，興瞻舊都。割牲萬年，酌醴高廟。斯乃所以大孝思也。南望衡嶠，鬱盤朱方。紫荔屬漢，蒼梧垂雲。斯乃所以望重華也。東登岱宗，燒柴焚寮。灌薦闕里，賜帛諸孔。斯乃所以表師宗也。北瞻恒嶽，中山停蓋。諸王扈從，羽騎發華。斯乃所以麗幽都也。臣伏見陛下，振曠古之紀，修三代之禮，百靈焱其奔踊，四野動其翔舞。實乃書契所錄，罕覯茲盛，皇漢之政，曩所希媲，弗有以嗣勒陶姚之典，廓張清廟之績，昭爛帝皇之烈，表暴隆盛之迹。將朝廷之美，鬱而未睹。萬代之經，闕而弗理。斯亦握符所陋也。且罔抱鴻藻，弗樹厥體，必克匄撰兩儀之象，牒造天皇之史，乃稱夐揚聖治，昭示九有。在昔先朝，相如封禪，揚雄甘泉。偉茲二臣，撰述瑰麗。垂日月之光景，躋雅頌之義理。莫不藏在冊府，芬苾蔑已。以今準古，竊有微慕，謹撰上《四巡頌》以獻。雖蟋蟀之奏，不列於球磬，而國家之故，或備乎纖細。伏念臣朔鄙樗，散代浸休。況幸覯嘉會，希坿末耀。高深罔贊，埃滴思報，耳聞霆騎而已。氣溢於旬，目瞻采斿，不知辭涌於舌。弗勝悚惕，上瀆聖慮。願陛下留意垂覽。

擬司馬光《進資治通鑑表》

臣某言：臣聞古昔聖王宰制區宇，萬幾旁午，日不暇給，而前代之載，罔弗搜稽。所以考得失之故，察衰興之數，洞觀既往，斟酌近今，求治遺軌，異君同符。然竊維子長，已降簡册。孳乳文字，繁興紀傳。分互表志，錯重數年。殫精尚懼，弗周久思。提挈綱要，箸爲編年。通貫千載，累朝法戒，發册咸在，可當帝王之覽，備乙夜之掌。宏編大典，斯作爲難。伏遇英宗皇帝，神聖天縱，宵旰振厲，欲博綜古來治亂之迹，鑒觀作用，開布宏化，膏澤黎庶。下詔愚臣，有事編集，至哉聰明。今古之融會，天人之關繫，雖堯舜聖哲胡以邁玆。微臣荒晦，忝膺鉅任，常懼弗克告功，以辱先帝之命，負區區之抱。嗣我皇帝陛下，愛臣最篤。如天之德，符乎先帝。故臣得以畢生精力，修成一書。上肇戰國，下訖五季。凡一千三百六十二年，二百九十四卷，又成目錄三十卷，攷異三十卷。閲十九年，今始畢就。正史外，楚漢事則司馬彪、荀悅、袁宏。南北則崔鴻《十六國春秋》、蕭方等《三十國春秋》、李延壽《南北史》。唐以來則柳芳《唐歷》。其他稗官野史暨百家撰錄總集、別集、墓志、碑碣、行狀、別傳，罔弗搜討。凡博採羣籍二百二十餘家。又臣修是書，頗昭義例。凡年號皆以後來者爲定，詩賦有所譏諷，詔誥有所戒諭，妖異有所警惕，談諧有所補益，並存弗削。凡兵事必詳，亡國之臣，盜賊之佐，苟有一策，亦登於簡。凡畧定有例三十餘條，獨念臣檮昧之衷，最重名器，望古秉筆，託始三侯。天子不恤同姓，爵其賊臣。曲縣繁纓，良足深悼。大統正閏，豪不容借。周、秦、漢、晉、隋、唐，皆嘗混一天下。其餘蜀、魏、吳、宋、齊、梁、陳諸國，地醜德齊，不能相一，宜用列國法。劉備雖號承炎，然族屬疏遠，是非難明，今並同之列國。名器所關，弗敢弗審。启是編者，考政事之美惡，則可以洞存亡之原。觀生民之休戚，則可以察終始之運。辨禮樂之興壞，則可以悟升降之道。覽天文之常變，則可以握陰陽之機。消息禍始，則有忠良規諫之遠。振扶顛危，則有豪俊籌畫之要。君臣愓厲之微恉，先後盛衰之樞紐，咸於一書，羅列昭箸。伏念臣年歲衰朽，精力勞瘁，蒙先帝非常知遇，許於崇文院置局，借祕閣之籍，朝命自辟官屬。皇帝陛下又寵以序文，賜名進讀。圖報之志，昕夕罔間。紕繆疏漏，固所弗免。幸捄臣不逮，亮多偉彥。纂《史記》、前後《漢書》者，則有臣劉攽，三國南北朝則有臣劉恕，唐五代則有臣范祖禹。提挈鉛槧，燭照羣冊。上悟古先，纖悉畢會。竊於是書，自謂差備。伏望陛下閔臣犬馬之勤劬，涓滴之幽隱，以庶務閒燕，俯垂慈覽，必能坐握九重之璣衡，洪敷薄海之教澤，取前代良法，作出治之玉尺，鑑前代穢迹，作發號之金鏡，則九土咸拜其賜，社稷張大其靈，慰先帝在天之陟降，樹陛下同天之茂烈。臣老且隕，亦可無缺於地下矣。謹奉表陳進以聞。

卷二

擬李商隱《上崔相公啓》

某聞元甲呈河，芴流地彩。青萍應斗，上隱天文。道既寓乎精英，功必稽於宣漏。含華不翳，抱氣都舒。是以朱亥登車，不礙信陵尊貴。淮陰拜將，終歸蕭相靈聰。力固重乎吹噓，德亦師乎吐握。某材憨拳曲，學陋秕糠。笈昧汾河，編疏天禄。星辰不辨，坐帝後之七車。水土茫然，譚目前之兩戒。自分照乘無采，食肉不飛。席敞燕臺，誰譁隗始。囊收趙國，敢薦遂行。本輸九宮江夏之才，豈獲一表平原之奏？短竹橫吹吳市，縣黎坐泣荆山。雜酒家則李變爲備，鼠海表則虞翻漸老。加以路歧悼歎，恩舊凋零。開府關河，不傳枯樹。左徒涕淚，自詠江蘺。此則抱有千秋，但引古人爲知己。驚看兩鬢，坐籌近遇而關心。既而得仰璣衡，來呈尺寸。蛙方出井，立講滄溟。鱗欲升雲，待求雷電。江左睎夷吾爲麈尾，海內誇元禮作龍門。遂瞻太華之高，欲借羽毛之大。雖頑金不寶，何能上藝洪鑪。而枯木知春，尚冀回温短律。豈料謬加雕藻，猥荷光輝。吐紓鬱於青霞，醒窮愁以甘露。足使西園喜躍，東閣歡飛。中郎候門，爲仲宣在外。越公握手，重道衡一人。固隨葢之隆情，亦汙茵之異數。枚乘梁苑，揮毫自足乎平生。賈誼漢廷，對策敢希夫大用。詎謂既得淵潭之潤，猶懷渤澥之波。重望鴻恩，深懇鼇戴。伏惟相公鑪錘不倦，樞紐常旋，滿轂琳璆，一門枏梓。愛材有茂陵之渴，延英切汝墳之飢。以爲大禮郊天，必建麟皮之鼓。仙廚宴客，須羅鳳脯之盤。視羣賢爲朝廟之資，取一士媲山川之寶。故能飛揚鱗甲，咁吐風雲。使地上潮趨，策羣龍而齊歸大海。天中光見，仰下方而共指文昌。春申能曳珠者三千，齊相待舉薪者八百。氣潛通於秘藏，力旋振於洪鈞。某尚愛斑文，再思澤霧。攀髯有願，坩尾殊深。醜貌忖留，屢荷般輸之畫地。窮途涸鮒，復蘄莊叟之通江。倘其寵以握籌，教之決算，則奇能讞虎，法可驅蝗。庶開紫電之蹝，稍知道路，亦振青雲之羽，即長精神。玉兔方催，金烏不縶。曲垂愛惜，私奉恩光。下情無任攀戀之至。

自古偉髦半興振挈，啓菁華之槖鑰，發賢俊之韜鈐。兹事甚大，開廓風會，自非薛燭，劍氣不吐。此馬融通家，所以自投元禮，李白傲骨，必思一識荊州。慨知己之寥落，仰當代之泰斗，其亦旁皇不已，庶幾肸蠁相聞。因擬樊南，憐其婉切，亮感遭遇，抱厥遐想。登岱見海，指天攀星。辭富乎舊，氣溢於翰。姬公吐哺，其亦樂聞乎此爾。啓成並記。

爲烈婦王何氏徵詩啓

蓋聞湘鬟委佩，山泣蒼梧之雲。蜀妃徹瑱，江咽白帝之雨。凡兹愴絕，今昔同欷。况乃惡浪横生，挾黄姑之再渡，剛風吹大，遂寶婺之消光者乎？吾邑旌表節烈何氏，王君鳳池之配也。箴嫺太僕，訓稟女師，早歲法度，步表明燭。嗣歸名門，道修布裾。錦水無獨宿之鴛，玉簫有雙飛之鳳。君子怡志墳典，澹懷儋石。柴門對雪，炊煙不生。荒籬看花，送酒弗至。蘭成尠一畦之菜，子淵無二頃之田。少紓執戟之貧，全倚繡經之指。此則非徒鴻椀之齊，不僅鹿車之輓者已。王君以終雲之妙年，倏文園之卧病。湯藥親調纖手，吉祥屢祝心香。扶瘦骨而枕帳憐生，買奇方而釵環典盡。姮娥莫求仙劑，曼卿竟去蓉城。玉樹中摧，金閨一哭，先是檀郎方呻於牀席，蕙心已極於酸辛。夢裏嘑醒，將離已兆。人間多事，獨活何聊。早懷滅性之方，待覓全貞之路。於是腸爲九轉，誓已三生。既王君歸大暮之時，是嫪孀侍靈輀之日。獻英腸斷，新别垣閦。文叔人亡，難留令女。羣魈張四面之網，孤棲取一隻之鸞。强

綠蕚再降金環，學嬴娥別攜槃水。斯時也，魂驚地府，繡帳鐙搖，火燎
天元，須彌山動，鐵杵犯金蓮之座，妖雲扶神女之車。指鬢髮而怒罵方
終，握翦刀而貞魂已去。繁霜滿地，催歸短命之花。落木千山，枯到孤
生之竹。金蕚血在，妙端之填海何年。銅斗心寒，代后之磨笄可想。所
望當世之儒林文苑，仙口佛心，闡厥幽光，慰彼泉下。隃糜磨處，貞松
之骨節生香。斑管提時，碎玉之精靈含笑。爲人世手扶大義，替閨中事
表冰霜。庶幾採入東京，續後漢陰瑜妻之傳。垂諸南史，即衛家貞義婦
之書。

張廣雅先生六十壽序

皇帝御極之二十二年，東事甫平，海國綏靜。維時聖懷勤念左右，
永肅邊陲。有東南之一人，繫中外之倚重。如我廣雅尚書南皮夫子張
公，學究天人，才長刊奠。近今專閫，罕其等倫。是年八月三日，爲
尚書六旬嶽降之辰。三光清和，八表茂育，以聖恩之優渥，國脈之靈
長，眷佑良臣，誕受多福，豈偶然也。於時海內人士，附景延喜，嚮風
祝釐，不難舉韓歐之文章，許鄭之經術，教育英才之前事，出鎮汾晉之
盛年。迄今大猷，悉爲誦述，而博而寡，要擇焉不精，搵之載筆，恐無
當焉。

夫惟我朝，盧牟兩極，候尉九垓。廣聲靈於羲軒，宏駕馭於唐漢。
圖理琛奉使，遂窮北冰海之山川。越南國稱藩，並同炎徼外之冠帶。雪
山蔥嶺，抵戈壁而爲鄰。元菟樂浪，通榆關而入貢。遂欲搜羅鼇極，包
括鯤程，事肇康熙二十二年。既平臺灣，旋開海禁，荷蘭首求夫通市，
英人踵事而叩關。國家以遠人之來，懷柔是尚。關市之利，匈奴所貪。
但彼此之相安，遂羈縻而弗絕。由是議通商之政，講交涉之宜。萬里重
瀛，往來旌斾。四夷君長，時奉簡書。鯷醬魚鞬，更廣殷商之王會。象
胥龍節，別求送迎之周官。文摯乳而寖多，事應接而尠暇。重以犬牙交
錯，狙伺紛紜。南則法蘭西之踦迆，湄江彴午。北則俄羅斯之部落，興

安迴環。虯國東通，日置沖繩之縣。衛藏西去，英設天竺之官。凡茲與我比鄰，無在不關臥榻。昔漢待西域，乃三絕而三通。晉責駒支，豈不侵而不叛？由來異類，維繫多艱。近者天威震怒於上，綸綍屢宣於下。海內臣庶，罔弗悚惶。而我師荷國殊恩，適膺多事。奉《春秋》尊周室之明訓，參孟氏交鄰國之微權。不息自強，變通盡利。其籌運於帷幄者，其策布於寰區。告之外夷，書之國史，豈樹棠有弗知也？韓昌黎曰："記事者必提其要。"爰就師綜理東南諸大政，有關通商諸事宜，照耀封圻，震鑠寰海者，條舉數事，揚觶而言之。

　　中國方興，東南環海。折衝禦侮，首重舟師。先是新嘉坡之門戶開而西夷至，繼以庫葉島之關鍵失而東道通，鐵甲方行，飛輪激水，或濟師閩越，或觀兵渤澥。自非收荊州之衆，大治水軍。帥徐承之師，入自海道。竊恐鯨魚跋浪，不足以制其爪牙。錢鏐射潮，不足以張其撻伐。要惟聯首尾爲一氣，合南北爲一家。瞬息之間，斾轉旅順。枕席之上，帆指瓊州。破浪而來，逢逢擊靈鼉之鼓。橫海而渡，炎炎建飛龍之旗。以吳淞爲會蒐，則中央之運斗。以天津爲正軍，則衆星之拱辰。蓋必有鐵艦之奔馳，而後可聯絡粵嶠。必有水軍之翊衞，而後可鎖鑰瀛洲。此不易之策也。在昔漢通滇池，先習昆明水戰，晉下建業，特立龍驤將軍。不過小涉風濤，猶資習貫，矧迺稽天大浸，非同小水麟洲。或則經度緯度，鼓行而前，或則水雷魚雷，舟焚無算。電光入海，八面照受，敵之兵飛輪御風，無端列循環之陣。諸惟運用之奇妙，胥關指授之韜鈐。將材備而析木之津雄，戈船橫而龍伯之國大。直使扶桑日出，常照神山。黎母煙消，不迷海氣。非惟建威得攘外之計，亦使通商無道梗之憂。我師昔者總海疆全勢，是以有廣東水師學堂，羽翼北洋海軍。

　　然而防海之策，水師是先。防邊之策，陸軍亦要。中國勁旅，無敵於天下者也。中興以後，老成徂謝，積弊滋深，項梁破秦而方驕，子玉戰晉而爲戲。漸爲武臣之擊柱，甚則寺人之漏師。同澤同袍，有昧勤王之義。兵戰心戰，兩無可恃之方。一旦有事，欲率偏師以修封疆，庸有濟乎？夫大蒐示禮，晉文之霸畧。出師以律，易家之精言。謂三軍之統紀不明，即四裔之威棱莫抗。夷吾脱囚而霸國，政令能修。光弼持節而入軍，旌旗乍變。爾來泰西，講求步伐，號爲整齊。靜如山屯，視其轍而不亂。動如雷震，無所往而不摧。莫善於火中成軍，焚斾説輵。莫便於造父爲御，車馳卒奔。技巧滋多，廣兵家之四種。形勢並用，合孫武之一書。良以教訓既深於十年，倉卒無難於一試。破寰中之險阻，道無留行。講戰守之機宜，髮無遺憾。是惟用彼國之制，備陸地之兵，使江海要衝，隱然有金湯之恃，邊關遼遠，無在非指臂之師，則堂奧已窺，尚可經營於屏翰，羽毛漸滿，無難障蔽於藩籬。閭暇明及時之刑，疾病蓄三年之艾。從此玉帛相見，鞭弭周旋。議戰議和，易得列邦之要領。守險守國，已植内地之本根。我師是以昔者有廣東陸師學堂，近有江南自強軍、湖北武備學堂。

惟是礮有克虜伯，冠於諸洲，輔以黎意槍，戰而可霸。泰西火器，實出神奇，但無彼刱物之能，恐終有難繼之患。得西戎昆吾之劍，即繫周王。買宋人澼絖之方，能爲越戰。市諸異國，蚤屬尋常。而公法所載，凡二國違和，戎兵相見，但屬局外之國，未容軍械相資，則不幸而函谷之一丸不封，息國之二矢已盡。正恐求天下匕首，燕丹虛擿夫百金。取茨山鐵英，干將猝難於一鑄。夷情變幻，豈常楚材晉用之年？同類輔車，將有亡鄭陪鄰之議。因人乃目前之計，久假非常勝之圖。善自爲謀，在探源於星宿，務爲可勝，衹自索其衣珠。夫燒燕壘之牛，田單鑿穴，蓺曹軍之艦，公覆建旗。中國火攻，何奇蔑有？自金元益精於礮制，歐洲竊取於錘鑪。以算學、畫學爲運巧之入門，以藥引、電引爲發機之妙用。木牛流馬，廣意匠於軍資。富魏勁韓，增良材於武庫。每當千里之外，星流霆擊，方寸之鏡，測海窺天。雲霧窈冥，破陳靈通於吐火。大地震動，激響絡繹於連珠。當之而不能成軍，用之而可毒天下。惟是西人智慧，豈必絶軼羣倫？而心思既竭於專門，性情復樂於戰鬪。大欲而闢土地，原本商君，無德而争諸侯，善修軍禮。蒐厥不祥之器，遂爲備禦之良。車軌可同，柯則不遠。我師是以有湖北鐵政局，製造槍礮。

　　然而二十一省郡縣，四萬餘里神州，地廣則易啟戎心，鞭長則不及馬腹。不幸而羽書交至，方有事於干戈。邊方數驚，終縣隔於道里。而欲大軍從天而下，諸將卷甲而趨，周大千於剎那，縮邊徼於咫尺，則有金輪若涌，馳道如飛，重江複關，四會五達。雷動猋至，廣行記里之車。弦直砥平，悉鑄菠賓之鐵。從此朝馳玉塞，祇受命而方行。夜戰洮河，每生禽之已報。聞之：商者國之本也，富者強之基也。鐵軌開而後，皇輿自有之利權，可以皐牢而坐享，並諸道所養之兵力，可以飆舉而橫行。強國便民，斯爲上策。所在指畫形勢，周知廣輪，分枝幹之疏通，得邊腹之條理。肇造漢口，聯貫蘆溝，秦晉節次而推行，滇粵步武而繼作。所至則蜃樓海市，照爛龍鱗。所過則天迴雲昏，訶叱雷電。運天下於掌上，悉此虜於目中。姑射神人，御飛龍而游四海。臨邛道士，排空氣以求三山。絕迹飛行，周阹響應，彼威公之勤遠畧，秦王之振長策。得茲方軌，何以加諸？我師是以有湖北鐵政局，刱開鐵路。

　　記曰地不愛寶，中國地產，諸洲稱首。鑿山通道，落實取材，又何禁焉？夫中古農事，乃有鐵耕。聖人鑽燧，爰用火化。以前民用，煤鐵爲大。但非藉名山之利用，無以應冬官之考工。昔成周設廿人於司徒，漢代置鐵官於郡國。所以自贍天府，取阜財賕。近乃機器生新，莫非乾坤坎離之用。制作工巧，漸廣堯舜陶鑄之門。由是力士開山，競讀常璩之志，月氏鑿空，廣繙博望之書。彼夫泰西諸國，講求礦學，並定工程者，豈無意哉？所用者宏也。特是人力所通，祇得尺寸。斧斤所入，僅用山林。爪二華之山，不能無阻於卷石。掘九仞之井，不能無棄於及泉。禹鑿龍門，擬受策神之術。媧斷鼇足，難窮立極之根。今乃蝃蝀橫空，鹿盧旋運，九天之上，發機而引重，九地之下，索隱而鉤深。挈水若抽，佛王之鐵輪常轉，度索而下，秦皇之金椎坐飛。將使煙火不恃乎樵蘇，精金充牣乎鑪冶。堅甲利兵之鼓鑄，不輟其工。風輪火琯之周旋，不竭於用。啟不測生物之筦籥，發沛然江河之蘊藏，過慮者至疑於車載谷量，山崩川竭，而不知地廣八十一分，中國已多，泉穿七十萬人，酈山不壞。其所以出雲而爲雨，淵源而灌輸者，有自來也。我師是以有湖北煤鐵各礦。

自泰西互市以來，輪舟鳥章，相望於道。始猶依附外海，繼乃獵取內江。護商而駐夷酋，要盟而定條約。由是羽毛齒革，波及晉君。流離珊瑚，無非漢寶。矧坿羶之性，動見利而爭趨。故銜玉之方，遂求新而易售。漸遂得隴望蜀之志，因有鄰厚君薄之嫌。爾來中外招商，輪船建局，冀以稍徹桑土，自補漏卮。然漢趙相爭，欲立淮陰之幟。而蒼黃相逐，終輸臣馬之良。於此而不收自有之利權，不足以彌罅隙。不濟生人之日用，不足以挽波流。是惟采吉貝之華，開製造之利，使布帛盡成於天巧，組織可媲乎人工。動以雷聲，經緯星辰之度，舉以大氣，回旋雲漢之機。不日而衣被萬方，不勞而步障十里。馬鈞十二躡之巧而無用，竇光六十日之成而過遲。黃潤入筒，太沖論蜀都之價。水羊用毳，後漢記大秦之精。自有此織造而漸推而漸廣者，特公輸之就規矩，王良之駕輕車也。抑又聞赤金下幣，銷鑄爲私。嚴道銅山，英華易盡。而海國又行橐載，泉府坐耗本源。閭閻漸絀於轉輸，關市漸疲於運用。重以海邦所鑄，銀幣滋多。流入諸華，光被都市。語其實用，則璧重一雙，語其輕裝，則蚨飛萬里。示易示簡，遂徧行王面之銀錢，用馬用龍，幾不計漢家之圜法。盈虛所在，食貨攸關。此中非細故也。遂乃采匠心於各國，作白金之三品。觀於天象，出冶而月暈重輪。飾以蜿蜒，望氣而龍成五采。銖兩有文字之紀，大小有出入之宜。將使橐籥一動於良工，泉貨旁流於山海。萬國通市，可濟中州銅幣之窮。異文兼收，並記安息旁行之畫。國用可足，民困可蘇。我師是以有湖北織布鑄銀錢各局，暨昔廣東銀錢局。

近今大政，既資西學，則居肆成事，教學爲先。與其涉獵而不精，何如片言而居要。是在遺其糟粕，取厥精華。勤講貫於一藝之長，收成功於十年之後。彼夫泰西諸國，巧爲機變，事析秋豪。竊儒家言，得能盡物性之指。悟河閒法，正實事求是之名。語其精心，則剖纖析微，似亦讀書窮理之枝派。證其實用，則開物成務，莫非智者創物之本原。通道妙於斲輪，寓形上於制器。細入無閒，大包無倫。是泰西格致之學。

若乃富國樞機，存乎商務，舟通雍絳而秦輸粟，利轉山海而齊設官。所以通功易事以爲常，爲國生財而有道。故范蠡致霸，遂箸陶朱之書。衛文中興，爰講通商之政。矧泰西務爲壟斷，算及錙銖，商共有獨有之利權，辨進口出口之稅則。史遷精貨殖之傳，計研明治歲之方。是泰西商務之學。若夫西學入門，不離測算，徑一圍三之術，股四弦五之規，用同於《周髀算經》，理肇於《幾何原本》。爲點、爲綫、爲面、爲體之妙得，黍米無差。平矩、偃矩、覆矩、臥矩之工程，符節若合。上窮列宿之度，下測坤輿之圖。是泰西天算之學。至於殊方文字，本於佉盧。各國語言，同於鴃舌。華文而外，歐阿澳美之雜箸，重譯以來，兀格蟋自之難通。在交涉所必行，亦文義所宜曉。故元奘能繙西域經典，楊雄善采別國方言。廣譯成書，則兵農工商藉以勤求四國之故。徧通夷語，則盟會聘問並備出使絕域之科。是泰西方言之學。我師是以有湖北自强學堂，講格致、商務、算學、方言。

若夫包舉宇内，乃仗通才，宏濟艱難，非無偉畧，必以中學立根本而後可及旁枝，必以儒家定權衡而後可應奇變。馳騖乎域外，而不先修之户庭，國家將何賴焉？矧乃中州典籍，實爲圖書之淵，四裔魑魅，不出神姦之鼎。事或刱生民未有，實則百世而可知。理疑爲聞見不經，實則陳編而可竊。究其端委，在我牢籠。均髮均縣，列子爲重學之祖。蛻地蛻水，亢倉爲汽學之宗。雷電緣氣而能生，《關尹》爲電學之俶落。蝦蟇鶉生而非類，《淮南》爲化學之淵源。聲學本於《樂經》，篇亡而律呂可補。光學本於《墨子》，取景而木鑒惟精。至若天員地員，本《大戴禮》之說，天靜地動，昉《考靈曜》之文。唐一行開銅輪激水之門，借根方實彼土東來之法。尤其章明而較著，無難案籍而相稽。知此者遂可囊括品彙，條貫中西，博關羣言，横絕四海。鄒衍居中國，乃談九州之天。孟堅收九流，已知萬方之畧。何至見駭於異類，坐昧其本來也？夫中學之大端，以經史爲握要，《詩》《書》《禮》《樂》六藝實義理之綱維，紀傳編年兩家繫政事之淵海，於此而既窺奧窔，始可以自廣會通。舉凡時局眩我之新奇，波瀾動我之譎詭，而匕鬯不喪，周公造指南之車，雷雨弗迷，軒轅識蚩尤之霧。洵本末而賅貫，爲經濟之有方。可立可權，良相良將。我師是以於廣東廣雅書院外，復建兩湖書院，用經史爲基本，終之以時務一門。

諸凡大端，提挈洪綱，彌綸萬變，事胥關軍國之要而別有遠謨，道在濟運會之窮而不憚改作。逮天未雨，弭羣夷窺伺之心。亡羊補牢，收中國桑榆之景。政幾疑爲闊大而罔不本於規矩準繩，迹似涉於更張而罔非察於盈虛消息。清虛爲治，陋老氏之末流。變通趣時，悟《繫辭》之大義。是非周天之二十八宿，羅於心匈，大地之百十七國，圖於指掌，則所見不廣，等諸蠡測而管闚，推行不通，何以演疇而畫卦。夫封疆重寄，王國屏藩。茅土錫於羣侯，節鉞膺於專閫。固宜恢宏遠畧，刱建殊猷。然時或易於設施，事無難於措置，則雖智竭囊底，而事功祇在寰中，才盡畢生，而綢繆不過牖戶。孰若今關門不閉，四夷來同，兩戒既廣，其山河上國大開其風會，其所爲經營而殊絕者，固前代之罕睹，當世所希聞也。樹棠執經三年，畣在馬融門下，上書一讖，曾逢荆州階前。昨當受福之辰，宜有致祝之雅，特以雲林臥病，未遂摳衣，幕府深居，疑難捧袂。故蓄茲芹獻，未即上聞。終以後至之誠，輒嗣賡歌之美，亦謂我師以五洲之應運，建百代之非常。惟棠也相知最深，能觀大略。一舉而或鄰於刱，識師之苦心，一舉而或議其疏，仰師之特見。苟弗補綴闕典，撰述殊勳，將使望風鄒枚，頌之而不盡，及門籍湜，傳之而無文，私甚惡焉。茲者海天浪靜，將相星明。充國平羌，早具老成方畧，桓公運甓，足知垂暮精神。詠元老壯猷之篇，上君子福履之頌。其在六月，文武吉甫，萬邦爲憲，師當之矣。繼讀《魯頌》曰：「天錫公純嘏，眉壽保魯。」又古簠簋銘曰：「用蘄眉壽，用匃眉壽。」是知合蒼生之頌禱者，可蘄大年。繫萬國之觀瞻者，必膺多祉。既用宣威南紀，可起李贊皇籌邊之樓。行將傳檄東陲，爲撰郭汾陽中興之傳。

重修楚相孫叔敖廟碑

　　昔周季崩紀，天子馭朽，旋機不轉，侯代其理。時則有齊桓、晉文、秦穆之雄，提挈區夏，雷駴猋怒，蒼姬恃以永祀。踐其拇者，楚莊後起，爲傑爲偉，天啟英輔，扶翼宏統。時惟相君孫叔敖，實左右之相君。荊國微鄙，蟄伏海荒。樊姬一言，遂薦清廟，夑政三月，邦民綏和。議者謂楚莊稱霸，代襲王號，觀兵問鼎，輕量河洛，服鄭圍宋，日肆干戈，處鄰周疆，罔所駭憚，以孫叔之哲，不能戢其强燄，張大仁義，以歲時修我職貢，以朝於天子，未必非賢者之漏也。然吾稽楚莊之世，天下諸國雄强者莫楚若，而又王室頹壞，一隅孤守，偏師壓境則九廟震恐，不待大智決矣。爲楚莊者，猶克遵義守己，暮志彌謹，微相君之忠輔，吾恐霸君猛鷙何以能此？竊聞霸國之臣，譎詭好功，篤實而謹於事者罕。相君於邲之戰也，伍參騰沸，士氣涌起，南轅旋旆，韜銳而退以爲師，在討罪弗在遷敵。避晉弗爲畏，歸楚弗爲弱。且晉世執牛耳，雄長中土，乍失與國，固所震怒，無爲悍鬬，共離於罟。冲度戢其雄才，單心錮其肆志，相君有焉。相君以前，推霸臣者管夷吾。夷吾才犇區宇，抱志不侈。齊威耄耋，馳騁荒大，將封於東，昭示來裔。夷吾止之，大惑旋解。故霸臣篤實而謹於事者，夷吾與相君二人而已。相君霸才，亦實良吏。陂塘之利，澤枯潤槁。完復故幣，市民大喜。庫輿移尊，變化善理。逮乎寢疾，告封寢邱。越禨荊鬼，守此無尤。廉絜高蹈，畢世弗衰。相君卓行，誰弗聞之。江漢靈寶，上應星紀精采，下垂彭魄瑰瑋。虎乳之輔，德功光宣。孫叔綴之，爛施于今。夙有祠廟，四時崇享。歲久剝壞，檐棟不保，後來懼焉，用是庀材集工，重植其宇，日晃月曜，神居以妥。峨峨大姐，逢逢靈鼉。千祀拜薦，神呴鬼呵。遺澤洿流，頌者不滅。瞻我賢相，將永垂眂斯文爾。

重修琴臺記

南紀精粹，漏乎漢上。邦侯建樹，以營以經。余以來觀，侯政爰戾。琴臺案蹟，訪古聿稽。方志則以眘伯牙鼓琴、鍾子聽琴者，即此處也。時則隄外柳綠，湖心水香。暮春三月，漢上無事，芳車隱軫，都人游眺。羣止斯臺，良可怡悅。而余則倏爾移矚，豪情坐飛。指點戰艦，其漢上水師所成軍也。環顧鐵廠，其漢上槍礮所製局也。電竿森立，鏡道縈軌，炎輈飛駞，砰磕隱起，壯矣哉！鬱爲雄都，峨爲重鎮。亞洲天啓，風會日新。自芈姓廓疆已來，未有盛於斯也。江漢實東南會，亦天下樞。南通衡湘，北指燕洛，西走關隴，東達吳越。自夷人互市，履我堂闥，鎖鑰無靈，鼾睡紛雜。師彼長技，樹我强敵。故大啓機局，橫肆追角。洵意匠之慘澹，而老成之宏謩也。蒙以何幸，來眺茲館。際彼重飾，軒楹生新，佳境良會，縱恣談燕，以云可愉，誰謂弗爾？然念及哲人之黽勉，重臣之勞汗，則又有憑闌罷酒慨然興懷者矣。觸我孤抱，發爲茲篇。是役修理，正值其事，即用爲記。重修琴臺者某某也，握筆爲記者某某也。某年月日刻文樂石，留我鴻爪，過眼陳迹。琴臺不頹，片石不堶。大別山高，漢江一碧。

三楚草木贊 并序

震離秀氣，彭魄三楚。一華一卉，咸載厥寶。三楚之輿，西指濁河，東界東海，南畫衡嶽。据《史記·貨殖傳》淮北沛、陳、汝南、南郡爲西楚，彭城以東，東海、吳、廣陵爲東楚，衡山、九江、江南、豫章、長沙爲南楚。虵蟠千里，草木眾夥，雲精霧靈。胎瑰瑋，豈計億？而發芬表華，爰執私好，即異族奧稱，非載厥三代以上及周秦兩漢故書雅記，弗登於頌。覆覈載籍，一書中祇稱單族，弗闌其兩，并審厥功用，遺其太碎，眂次方輿，各擇一二。雖篇減，於文通，而辭奧於舊，無取乎博爲爾。

其　　一

有樹功用，載諸《山經》。利開蠶桑，衣被萬國。贊帝女桑。

偉彼奇樹，居顛抱陽。腹圍五龍，爪交四荒。頰理包文，黃華發英。宣山萬仞，雙曜在旁。

其　　二

有樹功用，紀録《淮南》。調乾泰坤，羣育以貞。贊牡荆。

牡荆完固，弗寮高煙。苦實中勁，甜華汁新。刻節暈月，柄幡垂天。后土妖魅，指之遁巡。

其　　三

有草功用，著《本草經》。棱威江東，百靈以輸。贊衛矛。

謫彼衛矛，其幹三羽。莖挂黃褐，葉佩青組。人燔若雷，魃號而雨。塞氛洞禠，萬吉奔舞。

其　　四

有草功用，登彼《爾雅》。勳立文字，嗣業箝素。贊石衣。

石衣鬖髵，泉先故宫。海石照緑，滄鱗映紅。制作爲紙，頡誦告功。萬古著述，宏布江邦。

其　　五

有樹功用，紀載《莊子》。立巛之根，不荼而壽。贊冥靈。

冥靈奇樹，載精抱一。陰根宿月，陽幹輔日。萬秋之齡，五老之術。俯瞭大千，蠛蠓而畢。

其 六

有草功用，昔垂《離騷》。佩忠衛貞，仙苾彌茂。贊三秀。

富媼抱珍，三秀以芽。青戴翠羽，頳扶珊瑚。霞呴露浴，仙榮鬼枯。南衡蔥鬱，上有靈家。

聚寶山銘并序

曩聞有大星辰，從風羣飛，散落后土。山得之而爲石，石抱之而爲寶。黃州城北，聚寶稱山，或取乎是，然茲説疑荒。但以非常光氣，鍾於一岡，無小大石，瑕采照耀。有足異者，乃鐫石垂之銘。辭曰：

富媼所積惟崇山，大石碎石方兼員。寶光離離紛爛天，作銘樹石蒼厓顛。上有五色雲鬱盤，南方降精生大賢。

行 省 官 箴

總 督 箴

峨峨總督，鈐轄雄方。奉天節旄，曰蕃于京。二十一行省，犬牙縱橫，各樹其术，爾界爾疆，爾保爾障。昔在三代，慎固封守，并建侯牧，蕭此羣醜。李唐節度，悍桀不馴，匪憂是營，而中以壞垣。良如裴度，臥鎮北門，終武且純，懼顚厥勳。厚寵不可喜，重寄亦易毀。孟賊訌腹，外醜亂紀，乾乾控馭，未敢或荒。一隅震驚，鈇鉞不汝。常督臣司柄，敢告弗忘。

巡 撫 箴

焱焱巡撫，威柄是保。攷察百官，亂茲黔首。邦有大事，用詰戎兵。士馬填雲，弗絕芻糧。昔堯大聖，用鯀堙水。蠢茲臣庶，黜陟焉恃，耳目不聰，明喜怒生，雨暘愚哲乖，置民以燔喪。昔在蕭何，轉漕關中，蹶項興劉，樹績攸崇。李陵食絕，士僨其列。武勇不用，卒以淪滅。官亦不易審，餉亦不易儲。封圻安危，惟爾職是圖。撫古司紐，敢告不虞。

布 政 司 箴

布政之官，實爲藩屛。大猷是宣，國用是經。昔在管子，强富齊呂。農桑厚利，以霸中夏。商鞅執政，挾策贏贏，錢粟充牣，敵士以平。權謀昧道，根本尚保。矧乃宏規，運籌無早。芒芒禹甸，畫爲田疇。黃黑其壤，達於帝輻。愚氓蟄乳，繁實天下。復考虧盛，稽其多寡。欹疇氓之數，爾職于諮。于爾理財用專，厥維財源不可弗搜，不可弗節其流。藩臣司計，敢告聿周。

按 察 司 箴

聖人治天下，大紀必肅。置茲按察，以闋荼毒。昔在皋陶，掌厥典刑。哀矜無辜，弗濫國經。姬武咨封，慎獄于庭。罰厥罪戾，豈失廉貞。商鞅慘酷，躬用不育。于公陰德，後嗣以淑。刑不可不審，罪不可不詳。匹夫涕泣，天隕厥霜。佪氓枉吏，何世蔑有？猛寬緣督，道乃可久。守志惟祥，察牟惟明。臬臣司憲，敢告有章。

督 糧 道 箴

要區轉運，爰置督糧。備輸上都，以實太倉。亦關大邑，豐飽有常。昔在韋堅，開利灞滻。裴耀集津，倉儲盛滿。不見强贏，捃同六邦。敖倉之粟，如京如塅。國無九年之蓄，凶荒旱潦，恐其厚毒。富可保國，亦可用兵。圖匱于豐，上下以穰。仲尼有言，足食爲先。瓶罄罍恥，見誨詩人。糧官司食，敢告無文。

鹽法道箴

大哉坤靈，鹽利惟厚。鹽法之官，爰執其矩。橫被六合，飲食攸同。分淮及川，規制不融。昔在齊呂，跨有渤澥。國用是經，以賣東海。降及炎漢，榷酤有司。自時厥後，利柄握持。肥澤無放，羣類是往。蠹生於芳，奸用滋長。澄之不可不清，釐之不可不平。善總其富，饒國之經。鹽官有職，敢告令名。

兵備道箴

道有兵武，署之要區。竺修邊防，以待不虞。大清疆宇，越數萬里。凡茲駕馭，有綱有紀。献其山川，牟其險夷。獷悍所鄰，鎮以官司。上而督臣，提厥樞紐。建牙一方，用戢奸宄。下而汝道，綴聯相從。肅理一隅，綏此大邦。權不可謂重，任不可謂輕。羣慝蘗牙，境土弗平。鍼芒或滲，河江以傾。兵備司衛，敢告有程。

知府箴

皇皇銅符，出鎮名都。虔率其屬，保艾國家。黔黎何恃，惟守戚喜。誨汝馴厚，康汝田里。二千石惟良弗良，胡常雞犬不擾，寇盜縱橫。昔在龔遂，振治渤海。農桑大興，歡載童婦。黃霸潁川，敷政肅雍。神爵爰止，祥應聿豐。九域平陂，繫乎州郡。植文培根，解嬈除怨。國史循良，褒贊爾庸。郡守有則，敢告厥中。

知縣箴

嗟爾州縣，實惟親民。茅檐疾苦，是用察聞。民受厥恩，戴汝啄毂。或負厥讐，焉往弗報。大利所在，督其農桑。振興俊髦，廉貞用彰。訟弗易理，若眂衡水。人弗易平，道握勤敏。昔在宓子，撫絃懋猷，魯恭中牟，馴雉以游。無曰愚可欺，災害易罹。無曰威可矜，黃兒保持。縣令有鑒，敢告密惟。

解煩惱心文

震旦眾生，某現有煩惱，急思解脱，於諸佛前發大誓願，使佛聞知，解脱一切。我於是時得清净界，便以香花時時供養，令佛歡喜。我於是時得清净界，便以布施裝爲七寶，令佛莊嚴。我於是時得清净界，便以元髮拂諸塵垢，令佛光明。我於是時得清净界，便以此身投爲弟子，令佛愛重。我有癡心作種種意願，佛念我與智慧法。我有怒心作種種意願，佛化我與和順法。我有怨心作種種意願，佛度我與舒散法。我有悲心作種種意願，佛悟我與嬉戲法。是諸一切，現在纏繞，而我宿根頗異大眾，善繫善解人天第一。得佛指點，有佛警覺，而我言下可以立悟。因自思惟，我於是時即得清净，便坐願船直至彼岸，便能離諸一切迷惑，上證微眇得大自在。由此百劫歷千萬劫，而我消搖曷無挂礙。諸佛聞我如是語言，發慈悲心，大地震動，現廣長舌爲我説法，即時度我以清净界，諸天歡喜作禮而退。

祭關忠義文

惟神以浩大之氣，貫忠孝之理，故能滌蕩邪穢，掃清混濁，垂威千載，耀靈九區。樹棠以疇昔之夜，偶契精誠，疾病侵尋，遂切蘄禱。冀隆無疆之休，以荷下土之寵。伏念棠鬱有孤抱，一夕罔懈，方將明體達用，經綸萬變，志在人表，氣橫千秋，恐病痾銷鑠，而此功遂廢。有志不就神，其舍諸願，蘄肆張威靈，下鑒愚悃。號召靈將掃除病魔，還強固之精神，竟宏遠之志畧，則洪祉所錫，德合天人。異日者，倘希神武之末光，建一代之偉業。定當拜貺，以荅神休。無任悚惕，蘄禱之至。

觀音菩薩安藏文

維大清大皇帝光緒二十三年七月二十八日，敬爲南無大慈大悲救苦救難廣大靈感觀世音菩薩，糚點金身，放大光明。于時天眼照耀，震動十方。衆生稽首，歡喜無量。謹爲祝之。惟大菩薩發大慈悲，千手千眼，南海威儀，蓮花寶座，楊柳一枝，大地灑徧，甘露同歸。

祭張武修文

維光緒二十三年丁酉八月己酉朔日戊午，越祭日庚午，同里童樹棠謹於張君烈文將薦冥福之辰，爲文以悼。在病弗克親詣，命二甥九十蔭藩焚楮奏辭，跪告其乃父之靈。辭曰："嗚虖，亡弟死者則長已矣，念之愴然，至今不絕於余心。昔吾妹之蚤逝，余客遊於北庭，愴瓊簫之吹斷，念孤鳳之伶俜。憶握手於三見，橫清淚之熒熒。日澹澹其忽白，天沈沈而不青，倏玉樹之摧隕，又繁霜之乍經。弔雙魂其何許，痛山雲之共扃，悼自古兮有死，委修短於浩冥。嗚虖哀哉，尚饗。"

求志齋外集

卷一

《顧命》有"洛書"説

　　《顧命》載陳寶備矣，而東序有《河圖》，無《洛書》。竊爲之説曰：周既有《河圖》，必不能無《洛書》也。《易》曰："天垂象，見吉凶，聖人象之。河出圖，洛出書，聖人則之。"《河圖》《洛書》，並重之典也。據鄭注《大傳》曰"初，禹治水，得神龜負文於洛，以盡得天人陰陽之用"，以周數聖迭興，豈能無《洛書》？此理甚明。《漢書·五行志》云："劉歆以爲伏羲氏繼天而王，受《河圖》，則而畫之，八卦是也。禹治洪水，賜《洛書》，法而陳之，《洪範》是也。聖人行其道而寶其真。降及於殷，箕子在父師位而典之。周既克殷，以箕子歸，武王親虛己而問焉。故經曰：'惟十有三祀，王訪於箕子。'"據此則武王有《洛書》矣。《洪範》王言"我不知其彝倫攸敍"者，明先未見《洛書》也。既訪矣，箕子亦既陳之矣，則武王必若丹書之受，寶其文而藏之，自不待問。自來諸儒鮮謂《顧命》宜捝"洛書"者，《文選·典引》李善載蔡邕注引《尚書》曰"顓頊《河圖》《洛書》在東序"。《顧命》"洛書"二字，僅見於此。近人駁爲《尚書》説，謂非《尚書》本文，而不知即説經之文必依經而演，使經無"洛書"二字，何以有此説也？且蔡邕當熹平時，嫉俗儒穿鑿，疑誤後學，故與楊賜等奏求正定六經文字，按其所引必不妄。竊疑蔡所見必爲《今文尚書》本，"河圖"下有"洛書"二字。以《書緯》證之，而知周有得《河圖》，亦有得《洛書》之事。緯者，亦説經所不廢也。《初學記》卷三十《大平御覽》卷九百三十一並引《尚書中候》云成王觀於洛，沈璧，禮畢王退，有元龜青純蒼光，背甲刻玉，上躋於壇，赤文成字，援筆以寫之，是成王時亦得《洛書》矣。且《洛書》在帝堯時已定爲東序之寶，羅泌《路史》引《尚書中候》云甲似龜背，文有列星之分，斗正之度，帝王録紀，興亡之數，言虞夏商周秦漢之事，帝乃寫其文藏之東序。可見東序藏《洛書》爲典已古。周東序既有《河圖》，必有《洛書》無疑意。《顧命》"洛書"二字其挩已久且無多左證，故諸儒不能校定，遂別生疑辨耳。余得據武王訪《洪範》之文而推知周有《洛書》，據蔡邕所引《尚書》之文而證知《顧命》有挩文，緯其次也，因爲次其誼焉。

"大共小共""大球小球"解

《詩·長發》"共""球"，諸儒訓故率歸王氏引之，余以爲未塙也。案：王以"共"爲"拱"，以"球"爲"捄"。據《廣雅》"拱、捄，法也"，詁經可補毛義固已，毛既以"共"爲"法"而以"球"爲"玉"，其義不足。猶惜其深通倉雅而不知"共"之爲"同"、"球"之爲"求"耳。

何以明"共"之爲"同"？考《説文》："共，同也。""共""同"一部，則"共"可讀爲"同"。同爲樂管之定名。《説文》"同"下云"會合也"，非本義。《周官》"太師掌六律六同"，又云"執同律以聽軍聲"。"同律"連文二器，以同爲樂器，故官名典同。樂家陽爲六律，陰爲六同。作六吕者誤也。吕，《説文》作"8"，象脊骨形。篆文作"膂"，以此爲陰律之名，豪無所取。而"同""吕"篆形相近，則"吕"定爲"同"之誤無疑。凡經典律吕，字皆本作律同，以竹爲之，後官或加竹作"筒"，"筒"俗而"同"正也。千古夢，夢無人是正。倉頡造字，以下ひ象管端，上θ象截管而吹，於文本爲兩口，又以凡吹管必以口ㄇ管端，故造字上以口會意，而仍以ㄇ成文也。聖人造字之心，通乎造化矣。同爲同律，本字借爲酒同之同，同爲酒栖，見《尚書正義》引鄭註。亦取以口ㄇ栖，下ひ則象栖也，上ค則象飲者，以口ค栖不惟借律同之字，並借其義，共讀爲同。"受小共大共"者，即受小同大同耳。此指酒桮。同以朝諸侯。古者，天子朝諸侯，必執同瑁所以示覆冒天下也。《書·顧命》"上宗奉同瑁"是也。瑁爲介圭，字從冒，亦取冒義。何取乎同瑁而執之？《易》震卦"不喪匕鬯"，出可以守宗廟社稷，以爲祭主也。在《易》"帝出乎震"。震，長子也。主器者莫若長子。故於震以"不喪匕鬯"言之。朝諸侯用同瑁，正所以示主器之大義也，亦即示覆冒天下之大義。故《詩》云"受小同大同，爲下國駿厖"。"駿厖"字當爲"恂幪"，恂幪猶帡幪也。正所以云"覆冒"，言天子受同於上帝，爲諸侯之覆冒也。承上帝命而言，不啻此一同一求，特上帝命之也。詩人屬辭最工。此"共"爲"同"之義也。

何以明"球"之爲"求"？考《說文》大徐本"球，玉磬也"，以其直懸求然而名之，字從求，故亦可省借爲求。求爲古文"裘"。裘，皮衣也。古者衣裘以毛爲表，故裘者，裘衣也。裘所以表。凡立一木爲標志，綴毛物於上，即爲朮。球爲求借，"受小球大球"者，即"受小求大求"耳。朮以正置界。古者邊垂置界其始也，必正其四至焉，四至之邊，必立木爲表，巫綴物於上，以準遠近之望而分置界。《說文》役下云"城郭市里，高懸羊皮"者，是其遺意。諸侯土地受之天子，表其置界，正天子所有事也。故《詩》云："受小朮大朮，爲下國綴旒。"綴者，聯綴。旒者，旂之旒，冕之旒，皆以物相聯綴爲名，言天子受求於上帝，爲諸侯之封置，樹立聯綴之裘，以定四界也。此"球"爲"求"之義也。

蓋觀於駿厖之義而知"共"之爲"同"，觀於綴旒之義而知"球"之爲"求"。古人屬辭，訓故最精。若但以"共""球"爲"法"，箸爲經義，非惟昧古人訓故之精，並無由見古人屬辭之妙。又凡云"受"者必有定物，云"大小"者，必有定名。以"共""球"爲"法"，所受法者何物耶？所指大小者何名耶？竊以爲必得"同""求"二字而所受始有定物，得定物而所謂大小始有定名。義較精塙於王，可證毛公千古之誤，兼可證三家之誤。拱、捄，法也，蓋出三家。篇中"求"一義，阮文達已箸之，但以受求就諸侯受於天子說，爲未能深味經文耳。其"同"一義，則余所得耳。

《説文》一篇十部次第説

一而元，元，始也。始而後有天，天莫大焉，故次以丕，而吏之从一終焉。一部。上而帝，帝居乎上者也。有上則有旁，故次之以旁而以下終焉。上部。示，示神事也。次以祜者，尊君也。祜，當與禄禠爲伍也。事神必以禮，故次以禮。行禮獲吉而禧次之。禛，以真受福也，因禮吉而次之。禄禠禎祥祉，皆福也，因受福而次之，而福次之。福由於祐助而祐次之，祐助者必吉而祺次之。獲吉者由於敬而祇次之，敬則能久安而禔次之。以上大意，皆云福也。錫福者神祇，故以神祇次之。祕亦神而次之。齋絜者祭神事也，故以齋次之。禋爲絜祀而次之，而祭祀連文次之。上四文渾言祭祀也，下別白言之。祭莫大於祭天，而祡禷次之。由天而祖，祪祔祖祤祊祰祐，皆主言祖廟也而次之。下正接言祠禴之事，以祑亦祠司命也而次之，而祠次之，礿次之，禘與祫次之。而祼爲灌祭次之，而祣爲數祭次之。祭必有祝，以祝禬次之。祓，除惡祭也，正與下"禬，會福祭也"對文爲伍，廁此似非祝禬與祈禱字類也。故祈禱次之。祈禱者，皆以求福也，而禜禳禬次之。以上言祭祀求福之事。禪，祭天也，段云"似當與祡禷爲伍"，廁此非。禷，祀也，禂，祀也，按似當與祭祀爲伍，廁此亦非。段疑"禪禷禂"三篆，後人所增也。祼亦祭也，因會福祭而次之。祽則祭之具也，故次之。祳則祭社之肉也，故次之。祴則宗廟所奏樂也，又次之。上三文因祭物而及祭樂，以下指言地祇之類。禂，師行所止祭也。禂，禱牲馬祭也。軍旅田獵一類也，而次之。社，地主也。禓，道上祭也。地道雙聲一類也，而次之。總之皆地祇之屬，與祡禷等文遥對也。神祇不能無變，故以禍次之。禍有害而禍次之，祟爲神禍而次之。因神禍而及物祆，則祆次之。禍禍祟祆皆不祥之屬，與禧禛禄禠等文遥對也。祘字重示，段云"當居部末"，廁此非。禁，吉凶之忌也。總上文而言此，顯然條理也。禫，除服祭也，似可坿祼祣字下，居末非，段疑爲後人增也。示部。王而閏，閏者，王居門中也。王莫大焉，故以皇終之。王部。段云："按自瓊已下，皆玉名也。瓚者，用玉之等級也。瑛，玉光也。瑎已下五文，記玉之惡與美也。璧至瑞，皆言玉之成瑞器者也。璬珩玦珥至瓃，皆以玉爲飾也。玼至瑕，皆言玉色也。琢彫理三文，言治玉也。珍玩二文，言愛玉也。玲至瑝，玉聲也。瑀至玖，石之次玉者也。珢至瑎，石之似玉者也。碧琨珉瑤，段缺碧字，今補。石之美者也。玓至珧，皆珠類也。琀璯二文，送死玉也。璗，異類而同玉色者也。靈，謂能用玉之巫也。"玉部。首言合玉，次言分玉，終言盛玉之器。珏部。气次以氛，因雲气及祥气也。气部。士次以壻，壻者夫也，故次之。夫莫大焉，故次以壯，而以壿爲士舞終之。士部。丨，下上通也，故次以中，而屮之从丨終焉。丨部。

《金史·交聘表》書後

　　區區一荒夷耳，肆然虎視中夏。坐制盟好之命，金亦可謂至剽。宋室南渡，中原不堪問矣。而金以唐開元中始通中國，至宋建隆中復入貢。自完顏氏五傳而至太祖阿骨打，遂斬遼祚南侵汴都，於是中原四京及陝西六路，悉爲所陷。而宋百計拮据，議好議和，僅乃安之。世之盛也，天子一統於上，外夷慕堯舜之化則相朝也。降而武德耀乎四海，威稜盪乎無外。而蠕處荒陬者，雖有桀驁之氣，不可馴伏之志，亦終有所震慴而不敢發，此古今中外之大數也，否則羈縻之勿絕之而已。彼以禮貢，我以禮答，將亦無所不利焉。而金乃割宋彊土有之矣，於國則金與宋乃爲兄弟矣。交聘叔姪之稱，並爲曠古所不睹，豈非千載創聞乎？吾乃知禮之可以靜天下也，雖夷狄莫能廢交聘之事，乃所以爲禮也。昔者，聖帝哲王撫輯區宇，同欣戚之義，聯肝膽之道，於是有慶賀哀弔以相親也，往來不絕，歌舞涕泣之聲，日相聞也。是以四國無怨惡之釁，宇宙無戰鬥之苦。百姓耕於隴畝而婦織於室，黃耉鮐背之叟，至老死不識兵革，莫非一禮之澤也。壞亂之世，竊此而行之，猶足以息民。吾觀古來瓜剖豆分之際，各國日尋干戈以相征討，瀑血原野，灑肉川谷，黎民生死愁歎，海內困於鋒鏑，至求一日之衽席而不得，中原鼎沸，將亦何所不徧也。而當金之世，猶能修講和好，罷黜爭戰，不可謂非幸矣。《交聘表》中，若夏若高麗皆於金有玉帛之好，而夏、高麗一撮土耳。獨惜宋以統制九州之主，使者冠蓋相望，結軌不絕於其間，斯亦力有所絀而勢有所劫者然也。至乃儀節之關，雖細必講，若金使宋者張通古不肯北面，天錫要孝宗下榻問起居，兄弟之邦遂生較量，可勝悼哉。

《明史·徐階傳》書後

抱大道者不任術，然君不盡堯舜之君，朝不盡堯舜之朝，無術以濟天下則君子窮矣，君子窮而天下窮。爲徐階者，當嚴氏柄國，根柢盤魄，深固而不解，權勢重山嶽，氣燄寮四海，直其道而行之，其不爲所軋者幾希。徐階禍則嚴愈張，故徐階者忠鯁之士也。抗張孚敬之議，崇我孔子之號，斥爲延平推官也。毀淫祠，捕橫暴，守正而不阿，駭俗而不悔，不可謂非氣節矣。及入而在帝左右也，孝烈祔廟之議，堅執而不可，朝廷始怒。又邯鄲不在祀典之祠，弗崇乎主好，朝廷棄階自此深矣。使爲徐階者，尚孤行而弗顧，上犯逆鱗之怒，下開羣小之釁，則終一日不能立其身於朝矣。豈微不能立身於其朝，將必所惡鏖午勢成瘡痏，坿嚴氏而騰沸者，響應相聞矣。於此即徐氏無噍類，而階亦無補於朝廷。階則致其術也，精治青詞以解震怒，勤謹進退以事奸宄。時嚴氏獨渥天眷，授芝鍊藥以外，不得與聞。而階聞主上政本一言，必皇然請而得之。昔成王桐葉之戲，周公以定茅土，誠以天子嚬笑所關者鉅，陋識烏得而測也？徐階一芝之請，似亦近於戲矣，而嚴氏之柄遂由此奪，嚴氏之患遂由此開，不可謂爲戲也。觀人者必於其本術，自爲樞輔後，謂以威福還主上，政務還諸司，用舍刑賞還公論。不賢而能若是乎？救楊博之死而録其功，奪景府所占陂田還之百姓，復鹽課故額不使盈溢，可不謂賢乎？遺詔之降，朝野號慟，悉罷齋醮、土木、珠寶、織作，而"大禮"大獄、言事得罪諸臣，孤忠而沈冤者，悉牽連而復之，不可謂不賢也。彼其出於本術然也。猘狗之奔噬，得餌而後止，前此之委曲乃投餌之奇術也。豈其本術所能出耶？世之變也，忠義耿介之桀出而措手往往無功，固其宜也。而吾思君子之道，能合則留，不合則去，以至誠格主上，以大義除奸佞，不幸而不行其道，則亦奉身以退，立天地而不怍遯。古今而無悶者，豈必無其術哉？將亦道有所定而幾有所藏於此也。嗚乎，難言矣。

擬宋祁《慶歷兵錄》序

國家有事西討，問罪凶醜。賴天子神武，提挈專閫，號天下師旅，拉枯振槁，不頓餉而西夏平。自是已來，兵額之置溢於祖宗。蓋開寶之籍三十七萬八千，至道六十六萬六千，天禧九十一萬二千，至今慶歷之額，抑又增益於舊矣。撮其定制，署有四目：一曰禁兵，二曰廂兵，三曰役兵，四曰民兵。禁兵者，所以拱衛天子，殿前馬步隸焉。其尤親近扈從，號班直。餘自龍衛而下，皆番戍諸路，有征討大政，率以往挽強蹴張之才，戈船突騎投石擊刺之勇，薈粹於此。廂兵為諸州鎮兵，凡諸州剽悍隸焉。太祖皇帝鑒唐末方鎮之亂，詔選州兵壯勇者，悉部送京師以補禁衛，餘留本城。區宇①平定已後，持兵或寡，此制相守至累朝不變。役兵所以處游惰，收散卒，羣有司隸焉。收置漕輓之用，營軍工技之業，各有所司，國無縻餉。至出而更戍，不責其事。民兵則選自戶籍，起自耕隴，其椎樸武悍，可以教閱成陳。其兵數夥寡，視大小鄉縣而定其制，但有部曲不設營壘。凡此皆國家之則也。方今土地雄富，不患無兵，謀臣將帥，召募不絕，不患兵不廣。精其訓練之術，嚴其稽覈之方，使士有堅壁，軍無冒餉，出可以盪強寇、戡禍亂，入可以壯上都、肅神京，豈惟社稷之宏利，亦海內之福祜也。參預丁公進使樞省，撰為《兵錄》五篇，部臚而班處，綱挈而目繫。披冊為覽，條理在匈，可坐而考貔虎之數，指而畫營陳之要，實講求之智珠，兵機之玉鏡也。

---

① "宇"，疑為"字"。

録成上之，因爲敍其指要焉。

胡氏家譜序

辨姓之禮始於周，其世系掌於太史。自漢以後，氏族不掌於官，士大夫乃各有譜。其最初者，李善注《王儉集敍》引劉歆《七畧》稱揚子雲家牒"以甘露二年生"，是族譜之權輿矣。劉孝標注《世説》所引某氏譜、某氏譜不可縷舉，《新唐書·藝文志》至以族譜爲史部之一門。《宰相世系表》亦備其世次支派，是六朝至唐譜學最重也。兩宋以後，此學寖微，惟衣冠詩禮之家或各自爲譜。歐陽永叔、蘇老泉二譜，其最著也。二譜之例一縱一橫，自明以來凡爲譜者類不能出縱橫二例。胡氏於吾蘄爲望族，故其家譜之修，屢有是舉。顧其受姓源流及支分所衍，紀在前牒，無容綴述。惟念世教衰薄，民不興行，異術蠭起，矩規破碎，扇及椎魯，日就譎異。中州文物，自古所萃，而一睹遷變，遺風荒墜，馬牛襟裾，良用駴思，家譜所輯，其亦有維乎此也。居常思立祠約，總子弟之弗率者入祠而讀約焉。會其父老，責其筦攝，以期無越乎此約之昭揭者焉。每季終，一會祠，一讀約，箸爲章，罔敢弗守。即以其譜所敍之親疏者而分督之，則此譜之成，其關係豈小也哉。朗軒先生固有志於率族者也，於其問敍，輒以此説進之。

《祀竈書》序

昔生人之缺陷，聖人以禮義振之，而愚婦子狎焉，弗察之地，禮義幾有時而窮於是乎？有飲食起居之變不可紀極，而一家興衰之氣機亦由此而卜而決焉。善乎，王君月如之以《祀竈書》相示也，其意良篤信，並欲刊版以廣其傳，索數言於予，予樂爲考諸經而正之。《禮記·祭法》王爲羣姓立七祀，一曰司命，一曰竈。鄭康成注："司命主督察三命。""竈主飲食之事。"據此則司命與竈，祀典宜爲二矣。祀司命，所以蘄保年命也。祀竈，所以報始爲飲食也。俗閒常祀司命與竈不別，不可爲禮。此亟宜審正者也。祀典既正，禮法修明，使愚婦子之罔所畏憚者，咸怵然於神靈朝夕之鑒臨，而無敢侮慢以廢厥職，安知貞孝純淑之行，不出乎愚夫愚婦之門也。《抱朴子·對俗篇》引《玉鈐經·中篇》云"上天司命之神，察人過惡"，《太平御覽》引《萬畢術》云"竈神晦日上天白人罪"，語雖不經，然可見司命與竈自有神靈矣。書載竈神有所云藥籤者，王君云以此治病，往往奇中。可知神所憑依，惟此狎焉。弗察之地，最不可不震動而慎修之也。王君刊成書時，持此義告人，則古聖人以禮義振頑人之意，其尚不息於澆薄之俗也乎？

貞孝秦孺人傳

貞孝孺人秦氏，安徽盱眙人，定遠淩公樹葵之淑配也。咸豐九年粵寇攻定遠，淩公樹葵與城守。城陷，淩公死。時孺人猶未配也，聞難請往死，母曰："消息不能定，兒勿誤。"還有人自定遠來，語及淩公死事甚悉，孺人復請。母泣曰："兒死，我必死矣。幼弟茂楨在，可若何？我終，兒歸淩氏，則所願也。"孺人亦泣。維時劇寇蹂躪，震蕩東南，孺人奉母出，走江淮閒，避地許潁，流離困苦，生趣非人。寇退，返盱眙，含哀侍養，昕夕惟謹，弟漸成立，母垂老。光緒某年，母春秋七十有幾，以疾終。孺人哀毀骨立，幾以不起。淩氏嗣立，遂歸淩氏，年五十有七矣。嗣君煥斗，哀母之高節苦行不可弗章，又其猶子兆熊賢侯來宰吾蘄，良有司也，以事畧視敬敍次之。嗟嗟秦氏，足以立倫紀，泣人鬼矣。樹棠感欽其事，復繫以贊。贊曰：

血性一縷天所通，貞孝大義徹始終。女子皓首守厥躬，憪爾毅魄泣幽宮。

淮村公墓志銘

公諱某，字淮村。父曾山公以耆宿爲當陽教諭，博稽雅故，多所箸述。公束髮誦覽，資稟聰達，原本父訓，畚歲而學成。十□^①舉茂才，乃無科名之好，鈔校九經，丹墨爛然。尤篤内行，風義聞於里鄽，詢可謂篤志君子矣。春秋□十有□卒於某年某月日，生於某年月日，葬於某某山之原，某首某趾。光緒二十二年其曾孫某修墓而樹之石，其五世孫某爲文以志之。銘曰：

玉則璞而金則渾，公之内行竺腹而淵潭，其問學則古賢之蒂而道義之根。刻此貞石，以垂後昆。

欽旌孝婦王母黄太孺人墓志銘

光緒庚寅之歲，余游黄州，與羅田王君季薌昆季交嗣共學南皮尚書之門，道義相勗，過相規也。居游久，獲悉家世舊聞，勤勤母教亦聞誦一二，然不能詳也。自歲甲午，余游北都，倦客歸里。兩地索居，同心契闊，歲幾再周，山中書至，而吾季薌以母憂見告矣。詳述懿行，請志其墓，乃知孺人之行，誠有不可無傳者。孺人姓黄氏，羅田優行增生諱河清公之女也。性行婉順，善事父母及其王母。王母垂暮喪明，端居弗懌，孺人曲意將順，逾諸女孫。及其自黄來歸，猶遣善婢歸而相侍，王母安之。其歸國子監生諱培瀋君也，則事舅姑如事父母，婉容愉色，室家用宵。咸豐初載，盜起嶺嶠，俶擾南紀。孺人奉舅姑避地英山、商城閒，流離困苦，祇事有加。舅没而姑老，孺人每嚮夕必在寢所。雖疏食菜羹，非手持不以進。執姑之喪，擗踊盡哀，甫及免身，聞者傷悼。王氏故豪於財，中更喪亂，而國子君任俠不事生產，耗衰於前，孺人勤劬彈瘁，上奉舅姑，下拂君子，畧無怨惡也。其教季薌昆季甚嚴，衣服飲食，必有法度。自能言至於成人，勤勤訓誨，常若不及。居恒敬客尊

---

① "□"，此處原空，餘同。

師，不惜貧約。與賤者必以禮，拊僕婢尤有恩，窮者必思所以周之。粤寇亂後，多收養無告嬰孩，飲食敎誨，若明氏子胡氏女者，受恩最深，鄉人猶樂道也。政敎衰，民不興行，庸德鮮能，矧茲閫閾，古賢媛甯有加焉。季薾自辛卯後游學鄂中，每值歲晏未歸，共余剪燭，各以慈母之望爲念。而孺人所以責季薾昆季者，至遠且大，不令數歸。光緒二十年季薾稍以優行貢京師，將所以慰孺人之願望者，方未有艾而孰知已不及待也。孺人生於道光十年八月十八日，卒於先[①]緒二十二年七月三日，春秋六十又六矣。其卒也，鄉諸君子以孺人孝行請之當道，實邀章闥，則孺人雖死，猶不死也。子四：葆周、葆頤、葆龢、葆心。葆周廩貢生，葆頤按察司照磨職銜，葆龢縣學廩生，葆心即季薾，光緒二十年優貢生，候選訓導。女一適同里周隆玖，壻蚤卒，守制於周。孫男之盛已十有三，女孫又得其九也。季薾昆季將以二十四年正月葬其母於王家山之原，某首某趾。予志其墓，以紓吾季薾之悲也。銘曰：

家庭庸行何所奇，懿德潭粹金閫師。靈山秀壤不崩虧，中有葩華蓋葳蕤，王氏孝婦藏於斯。

---

① "先"，當爲"光"。

卷二

上張廣雅先生書

三月某日某頓首，敬奉書南皮夫子門下：某稟母訓來親杖屨，三年於茲矣。懷抱分寸，竊欲自殊於眾。故其所爲學，與世俗晝分。仰體吾師至意，亦若有厚望於某者。故某益不敢自待菲薄，惟是師弟天性親切無閡，固應時，候起居，兼證所業，而三年不達一書，不叩一義，汎乎若不相繫屬者，非所以答知己也。自惟薄材，能弗悚惕。某聞君子之爲學也，必堅乎其志，而欲志於學也，先辨乎其術。是術也，非他術也，乃五帝三王以來修己治人之術也。本之窮理盡性以爲根淵，措之濟民利物以爲功用，有始有卒，有綱有紀，實聖者之把握，宰世之樞機也。昔慮犧得術以畫八卦，軒轅得術以區九州，陶唐得術以定四時，有虞得術以章五典，大禹得術以理后土，成湯得術以戡夏亂，文武得術以伐崇密以會孟津，周公孔子得術以作禮樂以修《春秋》。是術也，非他術也，乃五帝三王已來修己治人之術也。本之窮理盡性以爲根淵，措之濟民利物以爲功用也。孔氏遺書曰：“古之欲明明德於天下者，先治其國。欲治其國者，先齊其家。欲齊其家者，先修其身。欲修其身者，先正其心。欲正其心者，先誠其意。欲誠其意者，先致其知。致知在格物。”即此術之涂軌也。故上之人生知是術者帝，學知是術者王，粗知是術者霸，不能知是術者亡。下之人則窮是術者聖，不極是術者賢，全昧是術者雜流而已。而不見夫老佛乎？蘇張乎？申韓乎？爲老佛者，清淨而寂滅，故明塞聰而與萬物絕，其術也害於義。爲蘇張者，鉤鉗而闔闢，利害剖畫而善伺瑕隙，其術也害於信。爲申韓者，深嚴而刻削，專任刑法而歸於大薄，其術也害於仁。害義若信若仁，此其術不可以濟天下者，並不可以善一身。其術也，何術也？乃老佛、蘇張、申韓之術也，非五帝三王已來修己治人之術也。嘗謂三代已上，作君相者類賢聖，故本其學術以教天下，而天下化從。夫如是下無不學之人，而學無不齊之術。三代已降，治本少衰矣。上無道德之長，以爲其總統，故不復提挈教化之柄，使苶落於下。夫如是家自爲學，學自爲術，而老佛、蘇張、申韓之徒，乃蹈瑕而舞其聰智，樹其旌志。自二周之衰而天下學術萬古不能專壹矣。某也蚤志思擇真術而持循之，静觀有年，覺始終條理略見大意。竊以爲五帝三王已來，其術可以己立立人、己達達人者，吾好之，不吾欺也。自餘二周之衰，其術分於下者弗好也。二周之衰，其分於下者雜流術也，吾審之不可以濟天下者並不可善一身，則無爲貴其術也。昔孟子舉伊尹之言曰："天之生此民也，使先知覺後知，使先覺覺後覺也。予，天民之先覺者也。予將以斯道覺斯民也，非予覺之而誰也？"是術也，即所謂天民先知先覺之術也，即五帝三王已來修己治人之術也。求此術之方曰博學於文，約之以禮。體此術之方曰困而知之，勉而行之。惟其必博而約也，故序不可以陵躐。惟其必困與勉也，故功不可以倖成。始必以艱苦啓其朕，繼必以平實詣其精，終必以博綜貫通觀其變。夫如是而修己治人之術庶幾其得之矣。某不敏，於世俗之好辭章、考据，挾其術以爲人者，稍長前曾窮精力以爲之矣。漸玩遺經，仰窺原本，聖發其靈，賢啓其悟，乃恍然其所爲。辭章、考据挾其術以爲人者，古之人不如是也。且天下隱隱以待吾術者，亦不如是也。於是盡棄其所爲術，而專求夫五帝三王已來修己治人之術矣。但蚤歲不自立，近失調攝，又多病，任重道遠，豈克卒業？非逹師良友，誘掖匡直，恐晷短於前，力薄於舊，遂就荒朽，訖無成功也。自今已往，方將退處空谷，冥心浩索，掔精理性，察變周物。有宰而動，有持而行，幾先卷舒，眇微營營，晏坐十載，涵泳大通，以措天下，何往弗成。惟吾師爲海内山斗，又方今周召矣。幸及是時，實居門下，自意半生向學，非師莫可與請益者。得其師矣而弗能質證其大，則某之陋也。能爲質證矣又不欲遽達前席，則某之僞也。陋與僞均不能以自處者，均不能以事吾師也。區區請訓之忱，敢以布諸左右，惟吾師實昭察之。舊患欬嗽，閒以瘰癧，相爲循環，至今未已，每有搆思，所患尤劇，不畲静攝，後何以堪。應課一事，行將置之，又恐上孤至意，擬每於終月呈日記册，隨所自課藉以代考。冀吾師得暇流觀，注筆親示得失，則受寵眖者尤多也。如此養疴、學道實爲兩全，溉春華於始凋，回晡日於中稷。斯刻斯軀，急須珍葆，尚留有待，以報宏望。仰惟垂諭愛惜之，無任竦惕感荷之至。近建諸大政勞甚，千萬爲國自愛，不悉宣。某謹書。

覆陳右銘先生書

某奉書義甯夫子門下：九月初紀綱至寓，蒙惠良藥，並垂鈞教。珍護之情，眷眷無既。時棠恩恩歸計，以事出外，未獲拜受，有孤恩厚，得藥次日，自便勇帖，倉卒渡漢，弗遑陳謝。今月初，棠已返院，便擬問候起居，奉書前席，藉陳病況，以慰深望，而欬嗽甚苦，精力爲憊，加以雅賓滿坐，晝應不暇，偶一握筆，神思紛亂，故寸素隻文，未敢塵視。但久不報命，上勞懸繫，捫衷自督，獲罪奚如。爾來瘰癧似就平復，祇以欬嗽相閒，累月發作，膽氣不甯，故獲驗稍遲。始帖藥亦覺有微涼滲入，略無痛意，可謂對證。奉訓後應忌之品，屏絕廓清，差可上告，以賤軀之多虞，累吾師之勤念，悚惶中夜，感荷何極。刻在寓齋，黽勉調攝，掩扃焚香，稍謝酬應。應課文字，尤弗好爲。抱有微志，名山相期，渭莘遺業，猶在人世。且堂上垂暮，甚爲悚惕，奔逐之事，斷以明歲。總蘄宿痾一清，完全魄力，成吾所欲學，不負吾師而已。違訓月餘，伏惟起居萬福。某再拜。

上陳右銘先生書

某敬奉書義甯夫子門下：近守微抱，兼嬰多病，不願與薄世相見，名山之志，浩浩求之矣。牽繞人事，甚違夙好。書院孴精之地而囂然不靜，甚於都市。一寄鴻爪，已觀大概。適吾師開廓視聽，印證鄙懷，遂揀荒刹暫出埃壒。以前十三日移榻左衛城隍廟，檐棟暗朽，土壤龜坼。指其東廂，飾之填之，孤愒於此。取其前有小園，繚數十步，滿地綠草，雜華相生，似有幽意，若別前境，乃以終近城市，易聞誼沸，暫借一枝，殊非所快。淹留數日，怱怱返院，因而思學道名山之樂也。雲樹窈窕，萬古寥寂。周孔瘝寐，造化消息。曠然若不復知有紛擾之境者，何其夷也。而此環城之內，窮搜畢索，清净境界，未獲其一，求者不可得，得者非所求，則自此益堅我入山之志矣。先是將往洪山寺，聞其游眺之所，弗宜静愒，是以未果。將往黃鵠諸廟，亦未果。見又託人徧訪矣，未知內翰此閒誰是坐處，令人不懌。暫住書院，終日掩關，內扃而外鍵之養痾學道，隨爲日記，有所心得，將時以質。吾師静攝之教，敬已奉行，妙哉養生之鴻寶，定志之元珠也。努力珍重，永以爲佩。惠方已服數劑，甚好，隨宜服之。昨出院數日弗以告，以所遷未定故。嗣後遷否，當隨時相告。戲作《解煩惱心文》上呈左右，伏惟起居萬福，書不宣意。

覆陳右銘先生書

某敬覆書義甯夫子門下：昨奉手教，珍重無既，保身務學，安敢忘之？近讀語孟，深服古訓，而孟子開示，至資警省。孟子曰：「學問之道無他，求其放心而已矣。」棠竊推闡其訓，則亦曰：「求放心之道無他，提撕此心而已矣。」提撕此心，不少斷續，使正大之氣弗衰於造次，精明之意時留於方寸，則一切晦昧之隱可免於萌動，而義理之趣日臻於昭著矣。猥以薄質，又嬰多病，不自揣量，上希賢聖，乃懼斯道之遠，畢世莫克精進。然竊觀兩儀之大，孤寥曠廓，予生其閒，巋然中峙，弗有精詣，安用自存。將恐凝滯塵垢，淪陷流俗，使大人之學廢而不修，天民之事愁焉隕墜。荒落此生，良足悲悼也。惟吾師不棄近俚，能察鄙意，珍重葆惜，匡直誘掖，肝府之感，直永千歲。近已月餘，未奉一書，私衷依依，輒有不置。乃荷勤念，致慰寥寂。謹獻近懷，藉親講席而已。頃擬印日課册，呈正樣本，資用不周，逡巡未就，客中多故，頗害專壹，因境而滯，稍累道心。然拂鬱之餘，輒復遣去也。昨奉書香濤先生處，未知達否？日記册未肯輕上，而其說書中署已明白。暇當鈔稿，呈師處觀之。見已遷曇華上首游家巷楊宅，虛室一所，器具全無，布置多時，僅得粗就。故遲遲上告吾師，有意枉過，甚竦甚荷，質證所學，鄙懷不孤，敬以端節前十數日爲約，塊然靜處，灑掃以待，但先期望垂諭也。欬嗽未已，存養法時，行之帖膏，如教甚善。昨得奉懷之詩，坿錄上之。伏惟起居萬福，餘俟奉袂伯嚴世兄處，文字之愛，時復景跋，適憶廬山諸作，故敬及之。樹棠頓首。

上陳右銘先生書

五月某日某頓首，奉書義甯夫子門下：昨蒙枉過，親聆雅訓，起痀振瘵，精神一新，深以爲荷。接談之次，棠以家母生辰一言爲請，吾師固知棠意非世俗蘄求者，故命棠陳其署，私心感焉。夫坤柔之行，何奇足稱？瑣碎嘉美，豈勞章揭？然棠母似近有可述者署獻，吾師擇之。

棠母梅川李出也。李爲詩書舊族，外曾王父某，外王父某，均以篤行能文表見鄉邑。母蚤聞書史之教，故莊肅進退，動有法度。逮歸我先君丹香公，治家有禮，劬苦無斁。棠家世固貧薄，後先以讀書傳其業，時先王父立臣公課讀於外，先君亦相從就學。堂上猶有曾王母在，年垂七十餘矣，齯齒落不能粗飯，每食母必以羹湯進，必以其杓承之。值寒暑必摩拊其背，問今日何如矣。故棠母事祖姑之摯，今叔祖母董白髮皤然矣，猶能稱之。先王母劉賢慈蚤逝，母深以不逮事爲憾，每念及必泣下也。母生棠兄弟八人，成立者兩人而已。長樹嘉，棠其季也。其督棠兄弟甚嚴，棠兄弟粗曉讀書，即資庭訓然。猶憶髫年時，凡有以憚吾父者，似不若其憚吾母也。母教棠兄弟，長者不食不敢食，舉止少有不莊，必誰何之。嘗云：“不願汝爲大官，望汝爲真讀書男子耳。”歲在壬午，先王父及先君相繼棄養，棠兄弟敬持母訓，益自此竦惕矣。去歲家居養疴，山廬日永，庭闈歡侍，從容談笑時一喜極輒自請曰：“兒兄弟必爲曾左，始可以報母矣。”母頷之則怡然微笑弗已。棠兄弟益自此深念矣。故棠近時不願居外，所以刻厲吾學，惟恐失墜名山之素者，懼無以對吾母也，無以對吾母，尚何所可對也？凡若此意，均似有可言者，敢蘄吾師單辭播爲光寵，藉使棠精進之志千載弗解，則可以爲人子者，亦可以爲人弟，其報吾師宏遠之望，行期於無窮也。區區私衷，不僅文字，惟垂情善察之。昨荷厚貺爲感。有母命擬束裝旋里，後月初即當返也。敬告天漸多暑，伏惟起居萬福，不悉宣。樹棠頓首。

封少霞知州六十壽序

光緒某年某月，吾州刺史封君少霞六十初度，同寅悉其行業者思有以祝之。刺史謝曰：“弗敢也。余奉天子命忝牧茲土也，顧省厥遺尚弗暇，暇言壽？且傳曰‘恒言不稱老’，今吾方託堂上之蔭，其弗以禮處我也。”雖然必有以壽我刺史，瑣瑣諛辭不足壽也，壽州刺史有其大焉者矣。

國家一統區宇，分十八省以治民，省分爲郡，郡分爲州、爲縣。省置督臣、撫臣，郡置太守，州置刺史，縣置令。設官如此，其周也。愛民如此，其密也。然處民近而治民最親者，則莫若州刺史、縣令。分太崇者去民遠，百姓撫恤容有弗至，州刺史則能時民所好惡而興其美利，問其疾苦。故督撫政權自重於一省，而刺史耳目則親於一州，一民福我福之也，一民災我災之也。於是乎國家重刺史，刺史以是奉命罔敢弗自重。況蘄自昔爲衝繁之地，漢置蘄春縣，屬江夏郡，三國初屬魏，嘗置蘄春郡。降及唐宋，亦嘗置蘄春郡，元爲蘄州路，至元十二年，嘗立淮南宣撫司，明初又嘗置蘄州府。北通光蔡，東峙灊皖，舟輿輻集，歷代要區，江左之藩籬，淮甸之屏蔽。撫茲土者，豈易易也乎？朝廷自平粵而後，上下江淮之國託威稜，安静二十餘年於茲矣。安不忘警，逸不敢休，教養蒼生，修其政禮，則於沿江淮雄郡望縣，實深賴之。使各刺史以此意上之太守，太守體此意上之督撫，督撫亦罔弗兢兢體此意以獻諸天子，將海内萬里千歲無患可也。我少霞刺史，知保重疆土，知拊輯其民者矣。十餘年前後三理，衝繁政和而民弗擾。而其父某某封君欽念茲，朝夕垂訓，戒其迫隘，保厥仁厚。今夫地體質凝重，積億萬里，巍然而載華嶽，夷然而振河海。今夫山元氣般魄，回互巛軸，草木駢衍而生之，寶藏往往而興焉。凡持載者其爲物不薄，封君託根也厚，則必持載也宏。而我刺史之十餘年前後三理，衝繁幸猶能政和而民弗擾者，亦其德有以載之矣。即今封君垂八十齡，享朝廷之封誥，怡松鶴之春秋。而刺史仰荷天子之慈，下託堂上之福，當益思日修其盛德，無忝於大業。上不負吾君，下可告吾親，則當代之所爲不朽者，乃出尋常萬萬耳。刺史能得賢内助張恭人，率循禮法，式昭母儀，又知恤孤寡振貧窮，佐刺史愛惜其民，其共荷寵光也。宜昌黎韓子云“根之茂者其實遂”，刺史諸令嗣伯仲，照耀鳳廔，其儀長壽。君以十七補縣學，十九登賢書，二十成進士，官中書。今亦奉天子命出牧新秦，父子並時受茲遭遇，聖澤逢涌，猶尚未已，不其榮矣。上天之生物必因其材而篤，栽者培之，傾者覆之，天人相應。若合符信，小大弗爽。吾知刺史懍修身之不易，慎榮盛之持保，終必益求古之所謂於國爲忠臣、於家爲孝子者，以成吾名而昌吾身焉，而不僅循世俗之所爲頌美者，私株株焉以悦其心而遂自慊也。刺史宰蘄有異政，馴爵來軒，蘄人士作詩歌之。然君子得一官一邑以行吾所學，乃求其實踐者，求其遠者大者，故概未敢以淺陋之語漫然祝之。刺史固學問敦篤人也，其以斯言爲不謬邪。

淩仲桓知州六十壽序

光緒二十有三年十二月十九日，爲吾蘄刺史淩君仲桓六十壽辰，同官諸君子咸就樹棠而謀之，求所以爲賢刺史壽。樹棠曰：“諾。敬聞命。”雖然樹棠與刺史有相知之雅矣，頌諛非文律也，瑣碎非雅言也，至所爲臚陳善政綴述循良者又自有異日國史在，均不足以壽我刺史也。請敍平昔談契之雅，可證刺史憂樂天下之懷者，以告明哲其可乎？方今環海強國，爭爲長雄，羣駸駸焉，有撤我屏蔽、窺我卧榻之志，繼以東夷搆兵，海氛大扇，而吾國將帥偶失統制，遂使貘茲鼂寇蹈我瑕釁，乃至有漫不可收之勢。猶賴皇上神聖，宵旰長駕，而二三老臣戮力於下，補苴罅漏，扶持杌陧，漸有止戈之望，然海外遂以多故矣。刺史每與棠念及此，未嘗不慨然長太息也。竊惟中外之強弱視乎人材，而人材之消長關乎學校，往昔嘗與刺史言之矣。泰西各國藝重於道，故其官師均由藝進。凡兵農工商諸大政，均於學校而講求之。而其國學校又有頭等二等之分，故其學藝也無陵躐，而其見用也有實際，此泰西學校之大較也。吾國學校則半以詞章、考据、帖括爲始終矣，其材性高異者，尚不以此學爲束縛，下焉者則沈惑而不返，畢其生幾不知詞章、考据、帖括以外尚有何事。一旦得志，坐膺重寄而用非所學，罔弗荒墜，此人材之所以不出也。爲今之計，必重取吾國學校而變通之，以算學、方言爲西學之入門，而格致製造精妙而淵微者，悉由此以造其理數，終必以中學爲根蒂，弗使西國之藝重於道者得以開吾學之罅隙，如是而人材不出者，吾未之聞也。刺史於蘄思枒建時務書院者，事廣而功博，則待與此邦之士大夫成之也，然已津津焉有味乎其言之矣。《易》曰：“通其變，使民不倦。”泰西人材妙在於通其變，故日新而月有異也。吾國弗通其變甚矣，故一倦而不可復振。彼中火輪、舟車、電綫、鐵路等學，誠天地之奇作，亦生民之利用也。惟其探奇造微，窮畢生之孤詣以成之，或子孫踵武而作之，故不難吐其心得以爲富强之術。我國聰明材智，豈後殊方，亦其因陋就簡，憚於疏鑿，非必其火輪、舟車等學，果不可自吾國爲之也。左文襄云藝事末也，有迹可尋，有數可推，因者易於創也。此刺史與棠嘗略思變法以建學校之微意也。咸同間，吾國深識夷變者，以左文襄、曾文正爲最。近則南皮尚書，其勤勤講求者也。方尚書之移節鄂州也，皇上以東南鐵路諸政非尚書不辦，而尚書則留意雅材，藉資襄辦，奏刺史歸南國而用之，一時開礦織布並見委任。上游可謂深識刺史者也。惟念近今事變日益囏難，海邦政紀明於區夏。而吾國方信義之不講，政刑之不修，外患鼎沸，内釁洞開，人心危疑，兵氣塌喪，管樂復生，何以善後？變吾法而用之。竊以爲必先有以自立，而後可圖自強。否則吐棄根柢、嚈彼末藝而弗見把握，徒仰鼻息，以此講求，未有能強吾國者。刺史燭計而淵慮者，其以鄙説爲然也否耶？異日措之安，必無察乎此也。蘄州亦佳山水，雨湖名勝，刺史築館其閒，政平餘暇，題墨殆徧。風流文藻，照映江山矣。豈知其憂樂之懷，固有不僅在區區一邑一官之間者耶？棠知刺史最深，辱接談燕久，頗得其意趣所在，而同官諸君子亦均乃心家國者也，於其申頌禱之敬，輒以此義發之，既以見刺史本原之大，亦以見樹棠非苟爲蘄祝者，微刺史誰爲發此日之鄙懷也。

黃少谷先生六十壽序 代兄海珊作

凡人猝然相對而使人意厚，温温焉如風在春，聆其言則謹嚴有法度，藏積義理，又使人肅然而莊、起立而改容者，非有道之君子者不能，若我外舅黃少谷先生，庶可謂有道君子矣。樹嘉蚤歲親炙光儀，奉長者杖屨有素，先生又篤愛之，視若所子，每一見未嘗不喜，喜之未嘗不勉也。故樹嘉知先生獨詳，兹值先生及外姑鄭孺人六十誕辰，竊思有所以壽者。先生曰："子將以世俗所爲壽者諛詞誣我乎？抑將不虛不溢，量余生平可受者，使余樂而聽之乎？"樹嘉曰："諛詞則何敢也，且世俗所謂壽者，豈所以待先生？而樹嘉所以稱長者壽者，豈屑以一切不關榮辱之辭沾沾焉於今日獻耶？"笑曰："諾。"先生垂髫讀書，早抱遠志。先是祖若父，世勤誦讀，騰達者罕。先生穴經貫史，昕夕不倦，視世俗所謂弋取科名者，不值一唾。宜其大張毛羽，高扇天衢，振奮藻采，發皇冠帶，垂大聲於科第，吐少年之壯氣，終乃名場顛躓，一衿齎難，鬱雄困奇，寸翼不展，僅援例就成均，何遭際之窮也。而先生淡泊無怨，神氣閑放，視名利若弗介意，遂乃種蔬蒔竹，灌花導泉，怡神園圃，得幽者之靜理，以自發其機趣，非天懷蕭淡而能若是乎？山居課讀，老而弗衰，勤勤諸子，期有成立。戒毋玩愒以荒年歲，毋輕躁以博微名。嘗曰：“士特患學弗精，毋患名弗成。”朝夕督勸，求寸心之所謂學業者而愉快焉。慨自風氣淺陋，本根弗講，朝學誦讀，夕豔青紫。父以是望之子，兄以是望之弟。名都大邑以及鄉曲閭巷，莫不皆然。名不必其大也，得一茂才榮多矣，亦學不必其成也，能得一茂才業進矣。求若先生之志在成立，毋輕躁以晞名者，十不得一，則先生之實也。過其里，問其宗族及其鄉人，無不稱先生長者。族子弟桀驁者，教訓而皆馴。遠近不平事理紛亂而莫解者，得先生為區剖，釐然各當乎其心以去。觀其綜理戶政、敬宗收族、締造祠宇以及所以處置一鄉，鋤暴扶良者說之而皆同欽服焉，而不異不賢而能若是乎？樹嘉聞之，有道之士，其氣必和而可悅，其行事甚忠信，與人甚嚴正，一切居處內外，措之而無譏，推之而必利，悔尤日寡者，吉祥日增。故其身往往康強，得享大齡以長世，若先生者其庶幾矣。孺人居處有禮，勤勞家政，周邮孤寡，相先生好修其德，亦有道之嘉耦也。自來操履不凡者內助必有人，觀於先生所以壽可以知孺人矣。先生與孺人聞之，倘欣然為進一觴耶。

求志齋詩存

求志齋詩存

雜　　詩

文字有大指，懍懍非苟作。義理勇深華，浮藻但糟粕。末流忘本根，巧麗恣斲削。元氣一以傷，風會遂爲薄。不見古哲人，淵厚重所託。《堯典》三萬言，遂爲辭所累。博士券三紙，終始無驢字。有道守其真，枝葉皆可棄。孟子一生書，止存七篇記。求博亮未難，返約良不易。扶持浩浩氣，歛藏義理事。

丁亥二月四日夢登金山寺作

徑可撞鐘聚百靈，劃然樓觀落空青。人將佛相前朝認，風引江聲上界聽。峭壁但垂雲蒼蒼，蟄龍長吼雨冥冥。凭闌笑指人閒世，點點征帆濁浪荓。

關季華先生過寓齋時將北上賦呈一首

連日雪風吹入房，後湖水氣侵肌涼。垂簾默默對圖史，抱寒欲讀神不強。今朝開窗大歡喜，暖氣萌動升朝陽。況值先生停杖履，溫溫笑語含春光。談深有得意俱醉，太和滿抱精神長。坐久無言情亦悦，夷然相對外若忘。客中澹泊寡驪好，元氣暖我冰雪腸。一時聚處殊可念，寸陰如璧添惢皇。還當遠別增戀嫟，明日相送春江航。渡頭催人花柳發，去矣天海能相望。

黃 州 曉 發

遲遲移短棹，清曉別黃州。煙水默無語，江花開欲愁。此行方索莫，吾意倍綢繆。爲捧先生袂，萍蹤再一留。<small>時造謁周伯晉先生。</small>

拜曾文正公祠

大患橫滄海，妖氛起粵西。王師方汗血，率土望雲霓。夫子真儒者，酬君肝膽攜。中興扶日月，小醜截鯨鯢。元氣藏胸滿，羣才得力齊。艱難持定局，涕泣撫蒼黎。俎豆青山古，祠堂翠柏迷。蘋蘩多薦獻，士女共扶提。事業垂鐘鼎，乾坤息鼓鼙。斯人如可作，千載一攀躋。

胡 順 姑 行

庚辰客梅川，從師初學禮。浙江胡秋坪，談及亡姊事。一語涕淚零，屬我闡幽晦。至今垂十年，粗畧猶可記。秋坪純厚人，吐詞溫如春。其姊有奇孝，一一聽其真。姊也名順姑，蚤歲誦書史。聰明乃天性，能解忠孝理。順姑無長兄，事母心歡喜。婉孌阿母前，笑語深閨裏。時年十八餘，猶共萱堂居。不受媒妁言，自愛千金軀。阿母何荏弱，衰病無日無。阿孃無大兒，湯藥親調扶。諸弟次弟生，啼笑都尚小。襁褓及飲食，瑣細事難了。一一分勤勞，母意能悉曉。甚喜順姑賢，智慧理紛擾。順姑祇一心，與母相將迎。噓呴諸弟外，問安無暫忘。但祝兒母壽，但祈日月長。諸弟撫有成，玉立都成行。冠婚事事畢，喜氣吹高堂。春光照白髮，含笑顏如英。海水有滄桑，人事難可料。今見秋霜枯，昨是枝葉茂。一朝母大病，病遂難復救。痛哭聲天地，雙淚血相糅。諸弟未成人，撫養當何依。芳蘭初茁芽，恐被秋風萎。前望何茫茫，後顧何悽悽。祖宗百年事，一綫今其微。我無菖蒲花，開來紫茸好。救生生自長，療病病卻早。萬事信如此，夕旦惟自保。焦勞顧復恩，到此常苦少。靜夜敬沐浴，悄悄來東廚。手燒沈沈香，細語呻呻俱。一旁再拜跪，起復立斯須。語密人不聞，惟百神歆歟。隔夕母夢中，廚神來告語。上帝延汝壽，云汝有孝女。代汝以弱軀，增汝十齡許。其時三更深，燈光照房户。大夢初醒回，彷彿驚還疑。豁然精神新，一病忽若遺。問姑何所禱，問姑何所祈。姑亦無所禱，姑亦無所祈。朝對阿母笑，夕含將離悲。嘉慶某日月，一病從此辭。浙江紹興府，山水有法度。千古采風人，中有孝女墓。其墓何高高，芳草生華露。四時諸弟來，哭拜青松路。

夜 讀 雜 詩

其 一

周孔有道理，朗朗垂六經。照之令人醒，爛若日與星。俗流競浮偽，遺裏飾貌形。文字紛纁緙，典則淪先刑。小子生太晚，古昔懷芳馨。靜求千載初，簡冊感至靈。盛年積恐懼，分寸情無甯。小心挾大力，曩哲其聰聽。

其 二

宇宙何廣博，事理驟難曉。獨抱一編書，靜坐息羣擾。欣然有微悟，方寸觀了了。進步復有疑，所得常苦少。孜孜賢師友，夢魂方百繞。輔我倦與窮，解我煩及撓。獨居寡聞見，智慧用亦小。浩然出門去，素志秋月皎。

其　三

冥冥一鐙靜，虛房羅古今。夜露浥空山，不知寒已深。掩卷出庭階，百鳥無一音。曠然天宇大，片月來東林。孤光寂不動，炯炯照一心。因悟靈虛體，千妄何由侵。徘徊旋入戶，起坐自微吟。少小闕修省，誰惜分寸陰。

其　四

先聖日以遠，文字日以滋。語言晦大道，穿鑿乃其疵。靜觀得要領，一理千秋垂。芟葉求其根，珍重存神思。末學侈博麗，一生無定持。浮念苟弗捐，去矣嗟路歧。

山 中 讀 史

其　一

靜坐空山中，一念淡不興。讀史慕古先，盛衰代相增。恍然民物理，昭昭矩與繩。千載若合符，講求在嚴兢。哲人抱達志，學識輔其能。風會日以新，萬變相除乘。鳳鳥翔九州，修路思軒騰。措施有大道，孤守安足稱。

其　二

上下數千載，浩浩窮冥搜。得理日月甯，失理星辰憂。要以賢與奸，政治觀源流。朝廷抱清明，四海皆環眸。何朝無堯舜，何代無伊周。兢兢共保持，三代復奚求。

潿源夜泊

歸程百餘里，三宿大江中。水氣昏洲渚，天心在雨風。柂樓人語細，岸火夜深紅。積霧能開霽，揚帆曉日東。

過樊口望武昌西山

大風吹輕舟，清曉過樊口。卻望武昌山，青青照杯酒。頂有萬古雲，脈脈寒松守。寸心與之俱，天地託永久。前年猛風雨，靈區阻遊偶。去歲約人遊西山，遇雨不果。誰穿鴻荒漏，倒瀉天水走。大江搖山根，飛泉挂巖首。夢魂一破碎，十日爲震吼。再遊我所約，晴秋踔陵阜。老寺寒溪深，桂花十丈厚。奇芬醉孤抱，月窟通户牖。坐久忘大千，一息真不朽。

冬 夜 舟 中

夜泊空江裏，青天冷月明。大風濤自響，小雪岸初晴。悄悄懸鄉夢，遲遲計水程。似聞空際去，時有雁孤鳴。

赤壁拜蘇文忠公祠

漢火燒一山，慘澹風雲紫。瀟灑髯蘇公，到此江山喜。笑談草木香，酣睡風日美。懷抱浩浩氣，貫之忠孝理。我來薦蘋藻，千載心未已。對面觀武昌，羣峯青到水。哲人不可作，好景尚如此。坐時山影靜，酒罷濤聲起。懷古心蒼然，徘徊天地裏。

赤 壁 懷 古

戰火燒風寄古煙，至今石氣尚蒼然。大江當敵得長算，名將用兵方妙年。過雁自橫諸水外，去帆無定一山前。三分舊事憑誰記，瀟灑孤亭祇睡仙。

題顧黃公《白茅堂集》

氣大難收有怒潮，一篇純駁雜相招。若論樂府真奇絕，不獨才能冠本朝。

風 雨 渡 漢

渡漢落日晚，雲風相怒從。天心挾雷雨，江影動蛟龍。咫尺波濤異，危疑舟楫逢。蒼然閱人世，萬怪起蟠匈。

十二月十五日呈兄海珊一首

儼然一男子，何修對天地。一身萬戾并，悔懼百端至。才華供放浪，造爲輕薄器。墮落禽獸門，將恐絕人類。勞勞兄長心，訓戒良不易。負戴再生恩，閉戶自流涕。欲揮金精劍，斷此要領墜。自憐父母身，安忍輕割棄。沈思無一可，中夜不能寐。白晝畏天陽，惟有半日睡。努力從今始，脫胎洗前累。上有白日高，下有江河逝。披持聖賢書，黽勉孔顏事。呈詩再拜跪，將用畢吾世。

寓 齋 感 懷

其 一

南山樛木葛所蘦，處子窈窕金屋妃。惜哉感通不得料，皣皣白日風雷噎。蓬蒿荒昧古來有，窮賤要是鋤與犂。大鵬蒼冥九萬里，雞鶩糠覈啄樊籬。

其 二

方春桃李爭被麗，晃朗白日光華開。總章揮斥安用此，高梁大棟扶崔嵬。方今清廟薦髦偉，羅網奇士如雲堆。窮疏地奧鑿乾闔，風會扇出鏐鋼材。中區萬古土脈厚，孕精抱魄豐其魁。渭波莘隴在人世，匡坐一歔呿風雷。

其 三

鍼道滲漏走九河，寸焃爇山髡嵯峨。古今大智方不飽，四野歌舞何其多。相如凡將撰奇字，子雲訓纂謂君何。

雨 後 絕 句

一卷楞嚴自掩關，焚香人似白雲閒。卷簾雨過窗都綠，一點春心對此山。

旅 懷

漢江愁外水，小米夢中山。昨夜片帆去，孤舟方未還。風波念游子，歡喜動離顏。惻惻慈幃意，醒餘淚點斑。

寄　　內

寥落一書劍，輕移江上船。憐君無抱乳，俱是近中年。作客歲時晚，憶家霜雪先。深閨孤月照，清夜一潛然。

山 中 讀 書

讀書觀道理，誰識寂寥心。周孔經綸異，天人憂患深。名山欲長往，浩蕩臥雲林。曠代懷先覺，斯人不可尋。

病中午睡覺而成之

朦朧如醉睡魂多，潦倒精神困病魔。夢裏騏驎規駕馭，鱗閒蚤蝨累搔摩。渭莘素志求何易，周孔遺經讀未過。起立茫茫雙望眼，高天白日照檐阿。

病中喜得王季薇書

關心半載餘，臥病悵離居。江漢天水遠，雲山魂夢虛。坐因消息少，惝恍正愁余。容易懷君裏，殷勤寄尺書。

喜得陳墨蓀書

共君相憶處，同阻大江深。爲有尺書問，能消愁絕心。別離憐病苦，珍重到雲林。薄俗論高誼，斯人不易尋。

棲鳳岡坐月

懷抱東海月，坐此蒼然山。一縷茫茫心，飛出天地閒。兩大寂不動，清光朗廻環。照見元化樞，斡運鴻濛關。眇悟真宰初，厚力扶坤乾。至精造物理，萬古窺洪原。浩蕩流行機，迥夜不得閑。静中一體察，仰俯憺何言。

讀諸子四首

其　　一

夷吾王霸才，學業乃博厚。強國畫宏策，精嚴挈樞紐。周季交橫爭，乾綱失其守。指戈懾南荆，陽剛振頹後。中區肆經緯，條理妙措手。治邦有基本，偉畧豈云偶。

其　　二

伯陽洞存亡，道守萬物先。悟啓剛柔扃，遂妙雌雄權。大智營宇宙，消息藏九淵。終收無爲功，險巇一以捐。至哉清净理，末治汩其天。勞勤有豪傑，終古方斡旋。

其　　三

荀卿論治國，禮義爲淵根。説偶成闊疏，要識非旁門。談兵振千載，湯武窺雄藩。扶危恥譎謀，削暴崇道原。萬物好平正，變怪亦以繁。樹基苟宏卓，通達亮奚言。

其　　四

我觀墨爲道，可使長一城。規模弗恢廓，利物亦易盈。大賢挈綱紀，政豐民亦平。厚力周萬彙，宏算籌四瀛。桐棺亮樸陋，豈曰爲道精。宇宙日以闢，智勇何營營。

題《長江戰蹟圖》八首<small>有序</small>

長江扃鐍，挈數千里，累祀爭戰，遺蹟可紀。圖繪指顧，螺紋臚掌，握算防制，今豈遠古讀而題之？若白若岑，類箸汗馬，匈熟乎險要，曷妙乎龍虎。縶彼尺幅，奮懷後起，何必無才。軼白岑其人者，出而開廓，震動區宇邪？懷古作此，無碎語焉。

其　一

夷陵楚西户，萬代重鍵扃。小豎子白起，焚寮城郭腥。秦王騎怒虎，鞭箠開風霆。六國各灑血，江漢終無靈。東南敝函關，兩界鈞坤形。蒼山插奇險，亂石攢乾青。悍兒信强勇，窮荆撞寸莛。峽口草木荒，燒癜三千齡。

其　二

蜀江從西來，一綫洩坤寶。倏奔瞿唐關，菈擸雷雨鬭。公孫昔稱帝，蛙子亦何陋。恃險樹左纛，天命安敢佑。岑彭走精兵，長驅指肌腠。門户方洞開，飛電掃强寇。巴蜀戰馬場，陬隘天所構。自古英雄才，血汗石上繡。

其　三

亂石紅斑斑，上有漢火迹。荒山二千歲，寸草不敢碧。阿瞞肆貔虎，紀疆手分擘。百萬江北來，關弓向東射。熱風攪南維，橫空燒劍戟。將士灰堁飛，葬此鮫鱷宅。吁嗟武昌道，生走老猾魄。至今赤壁顛，殺氣橫一尺。

其　　四

　　黑山圍周遭，道出猇亭東。吳蜀爭戰地，萬古吹腥風。伯言號名將，所策非英雄。塓裂脣齒邦，小勝安足功。敵營七百里，虎瞰江南宮。燒茅走奇兵，鐵騎卷地空。永安涕泣處，相望青濛濛。大局蕉隍間，角勝何時終。

其　　五

　　蕭蕭建康宮，狐鼠竄榛莽。蒼蒼覆舟山，瀑血石壁響。桓元乃稱帝，劉裕一拊掌。興兵起京口，大旗橫十丈。寄奴戰伐才，能作牛耳長。指揮千人軍，二萬爲震蕩。雷霆破山腹，白日走魑魍。咄哉司牧兒，鼓吹勞夢想。

其　　六

　　鐵甲闖而來，紅袍脫而走。荒荒黃天蕩，蘄王淚銷否？建炎頹乾綱，旄頭貫其斗。敵騎蹋南雲，臨安亦不守。金山割天險，江路環鎖紐。奇功一朝壞，滿地人鬼吼。乾坤莽菰蒲，指點迹未朽。一代偏安場，撐持落誰手。

其　　七

　　朝飲渦口馬，夕渡采石流。金人瞰南都，奇氣橫虎蚪。虞公挈天險，義勇揮深謀。屯軍大江口，喋血荒磯頭。宗岳長已矣，滿地旌旗愁。分師擣臨安，強虜誰閼劉。偉此一戰力，白日還太幽。一片涕淚痕，南渡安可收。

其　　八

　　團團鑄金甌，屹此陽邏堡。一夫守其關，十萬滄江老。巴延畧南紀，潛出沙蕪道。通波衝戰艦，奇兵安敢擣。上游青山磯，四面拉枯槁。一鼓卒摧堅，孤壁雷電掃。下有邾城撐，上有鄂州抱。萬里悲風來，洪濤白日呆。

追和東坡《虢國夫人夜游圖》有序

其　　一

蚤持净律，悉鐫綺語。薄閒情之往製，刪香匲之昔篇，乃偶一染翰，卒難忘懷。和坡老之短章，寫名姝之舊夢，辭近芬豔，意實哀感，天寶遺事，衹愴予情爾。

蓬萊仙子絕世姝，寶鞭搖曳紅珊瑚。銀鐙□道月如海，飛來似有天風俱。大唐天子開宮宴，玉笙遙度芙蓉院。楊家姊妹盡星辰，流光一照洞房春。衹今無復驚鴻影，一幅生綃愁殺人。嬋娟自昔工游戲，但教莫説漁陽事。琉璃易碎彩雲空，紅心滿地銷魂淚。

其　　二

端叔次韻，和坡一首，嫌非佳製。長公仙藻，未易耦配，即此綺詠，不落凡趣。鐙下泚筆，借撥閒愁，復用其韻爲之。

天人游戲騎青驄，變化走作地上龍。翱翔夭矯尾不見，金鈴響度華清宮。華清宮女風前柳，舞袖能翻大垂手。三郎夜宴仙中人，故使恩踰滾玉塵。繁華夢醒彩雲散，不記羅衣新酒痕。生綃對影成千古，於今卻憶驪山路。可惜楊家姊妹花，漁陽十萬看貔虎。

冰牀仿石鼎聯句體

穹冬塞地户，方牀架嚴冰。胡取衾幬資，蹋彼玻黎升。注趾厚坤厚，仰枕層淵層。滑塗踐蕩蕩，生風起棱棱。夢凍水晶域，日暎光明鐙。九衢看砥平，四足無塵興。滑稽雙輪車，晃耀七尺菱。豈揩堅甲龜，甯臥縮頸蠅。固結乃得所，墢裂將毋兢。來往若捩柁，傾側思牽繩。上横雪腸人，匪曲熱士肱。骨或撐玲瓏，冷方重脁朓。休喁體卷屈，惟珍醉瞢騰。勁操矢寤寐，凜威信欺陵。爛銀皓魄動，暗浪驚魂膺。深宮閉窈窕，斗帳垂綾繒。倒身氣嘔呴，甘寢雷砰輷。此物張河干，作嬉呈匠能。弗當凍折場，安有皎絜稱。席寡孔氏暝，藜配遼東乘。漫爲師子形，貝闕蹲崚嶒。或謂寒僵牛，據地厥角崩。挽推忽流轉，快驥輕馳夌。機關何靈通，滑利理所應。安措處清净，鋪陳惡炎蒸。倘臨九土融，諒難一毛勝。喜無坎坑行，差有妥帖憑。流蘇焉用飾，薄鑑宜爲懲。銷鑠須臾閒，鼾睡豈足矜。移以潭潭居，抱此蹇蹇登。棲託土壤堅，精神茵褥凝。元陰沍鼃極，長川裹飛鯪。空中樹樓閣，鏡面縣罛罾。暫持黑甜具，一戲冰天澂。命儔競謹噪，足聲如鼓鼟。游觀盛日下，施設吾能徵。

依韻和兄海珊生日勵志二首_{時臘月十四日大雪}

其　一

蒼然天大雪，節物戒嚴冬。置酒爲高會，當筵醉玉鐘。鹿盧憐繡蹵，蟾兔警疎慵。自古瑰琦意，能撞千石鐘。

其　二

吾學付滄海，頹波甯有涯。斯人能振起，此事未全遲。簡册靈光在，丹心炯不移。機雲約歸處，懷抱古人爲。_{有入山讀書之約。}

自　鄂　寄　内

未理東歸棹，重尋西去舟。清魂渡煙水，一夕大江流。作客夢多感，懷君心易秋。芳華好年歲，强半是離憂。

夜雨舟中夢得"十八天魔未易降"之句覺而作此

猛雨雄風獨夜艭，冥冥駭浪舞篷窗。道心不動乾坤定，十八天魔我欲降。

鄂中送墨蓀歸蘄

相攜相送漢江皋，寥落書齋冷鬢毛。別後期君一年歲，金臺把酒月輪高。時墨蓀將北上。

漢　上

各國盛都會，帆檣朝夕聲。長江通鎖鑰，雄壤接衡荊。沸水蛟龍氣，驚秋鸛鶴鳴。森嚴閱旌旆，飛動倚孤城。

漢 江 早 發

一夜宿風水，武昌紅日生。去帆飛曉夢，歸路喜江晴。霜落蛟龍老，天高鴻雁清。關河極蕭爽，疏柳看屯營。

冬　夜

朔風號戶外，秉燭觀遺經。心精鬱孤邁，要道獵窮冥。兩儀一以剖，元化何營營。綱維立羣聖，扶植坤乾形。二曜偶薄蝕，嶽震川無靈。根荄信貞固，萬撓自康甯。南山有喬木，枝葉垂青青。君子樹令德，可以茂修齡。

病嘲寄呈陳右銘先生即謝惠方藥

聰可通乾肩，精可燭坤根。兩手捼柱維，兩脚蹠崑崙。掉弄神靈關，敖嬉造物門。上帝大驚呀，曰汝毋乃顛。恣橫擺角牙，兩儀以震震。蛟龍簸溟波，指可劗稜鱗。怒鼇搖嶠壺，厭以巛祇尊。弗有鈎箝方，踔搴誰汝馴。噫此微刺芒，遂困爬搔神。稽首謝巍闕，臣罪不可論。從茲願收攝，勇揉骨與筋。大絜涅可緇，大堅磨可磷。仗彼磨涅功，智慧窮鄂垠。不見卧薪子，甯曾駴辛艱。帝也回其顏，苦劬我所存。疇其下雰澤，蕩滌微痾新。仙官騎鸞降，奉敕勤垂矜。慈方出賢聖，六丁來趨奔。纏以丹霞巾，錫以泰壹文。再拜歌高恩，五嶽峨其巔。皛圭薦太廟，要刮瑕駁痕。膚肌削患害，完力扶鴻鈞。瞻仰員笠高，元宰誰縶聞。

述懷上右銘先生

九乾星辰斗所提，厚地河江溟渤歸。羣儒道義周孔師，九流薊術旁以羅。鑪韛紛建頒矩規，要斟之聖從或違。上稽初載鈎根荄，俯瞰眾竅洞不遺。大道廣博包稊秕，探抉精鑿真元持。土中河洛王都畿，八方駕轂來騑騑。譎門詭幟張縵纏，顛眴白黑嘻可唉。六經樹世開嶔巇，人倫庶物堪察窺。萬古一綫涂軌夷，日皜月曜森昭垂。吁嗟陋儒灌旁枝，大本斬落氂偉腓。漢家攷文毛孔吹，宋家析理鑽膝肌。破碎故訓頡誦疑，批擣仁義神鬼唏。矜誇更有揚馬枚，搜索奇耦吾所孩。世無大智回軻資，匈塞榛莽牟棘茨。門扉塝裂判綱維，誰與貫宷穿璣琲。況今兩儀荒怪追，所不睹姚姒子姬。中州堯舜開坤圍，大獵八極遮九垓。弗有中正總轡羈，戰鬬物怪衝置罘。眇矣一粒輸雄才，寸翎祈負蒼穹飛。口舌夸誕顏貌怡，志不愧怍良足哀。渭莘學道本末該，參逐精魄窺胚胎。昭蒙起窳功可能，載籍靈氣通心脾。勤勤哲人立璋珪，振鈴訓提今在茲。憐予小子生並時，滲漑薄植滋瓌材。九區浩茫山川希，疇昔不作吾何依。

旭卉真宰若可求，告禱繩削來般倕。踐行文莫牢始基，寸填尺築陵峨嵬。勖哉吾學若發機，放言嘐嘐師所懷。

六　　師

周公孔子，兩聖大宗。道理昭著，天人貫通。伊尹顏淵，精粹在躬。氣象淵靜，千載若逢。孟子經畫，命世之雄。學本精義，斟酌近中。諸葛忠武，季漢獨鍾。雍然儒者，疇其希蹤。惟此六師，學問始終。精魄所注，起痼發蒙。在天靈光，下垂八鴻。相予小子，竟此大功。

六　　輔

管仲霸才，區畫有方。孫武樂毅，用兵陰陽。明道紫陽，闡發孔藏。姚江一老，學道聰彊。惟此六輔，在上在旁。照予寸心，千載不忘。

端午前數日送季蘧歸里

羨君揮手去，歡喜動庭闈。念我客游子，江城猶未歸。孩情離日見，清夢夜深飛。珍重爲佳節，慈顏不要違。

讀書奉懷右銘先生

其　　一

弗將孔孟作淵根，萬化經綸不要論。日月鬼神相照察，此心炳炳燭乾坤。

其　二

病中息息克治深，未忍人心勝道心。念到先知先覺事，抗懷睇古自微吟。

其　三

無傳衣盋冷蕭蕭，廣大乾坤太寂寥。一箇天人能説法，心香甘與坐前燒。

北上別兄海珊時在蘄城

其　一

纏綿一榻眠，遂有都門別。游子去萬里，天海不可説。春江灑飛雨，陰雲不能絕。行程喜白日，晴光可怡悦。京東兵塵昏，坤軸動瓹瓱。倉猝將帥材，惻愴肝膽熱。微名急文字，豪俊豈屑屑。吾兄築茅屋，歸志我已決。

其　二

外孤闈庭恩，内負門内恃。學道惜日晚，慚愧幽獨起。一身立天地，民物賴經紀。虛擲壯年事，汗下不可已。纏綿語深夜，離思滿雲海。歸慰慈幃心，吾行浩然矣。

舟　過　威　海

妖氛十丈射東瀛，環海雄都鏁鑰輕。誰爲樞機一提轉，外疆中界畫分明。

聞京東消息

京東消息近微茫，此去行經百戰場。袖底輿圖閱瀛海，書生無策漫商量。

出　都

其　一

驅車如夢旅魂鷹，壯絕神京感慨興。一出都門天萬里，不堪回首望觚棱。

其　二

東徼髦頭星正明，兵塵容易動神京。王靈不振坤靈泣，九土茫茫豺虎橫。

其　三

庸奴專閫敵鋒摧，顛倒乾坤事可哀。一一東征諸將帥，就中閒殺李臨淮。謂李巡撫秉衡。

通 州 道 中

車聲人語不堪聞，孤舘栖遲日易曛。明日海天歸去好，成山轉棹望南雲。

南旋舟中感事

東徼暫綏靜，歸舟江海行。鄉心縣舊國，旅夢醒神京。戰壘紅旗過，關河碧草橫。乾坤漸瀟灑，孤淚浣衿纓。

舟 過 成 山

片帆歸去雨冥冥，雲氣模糊天不醒。愁倚柁樓開望眼，羣山看徧海東青。

舟 中 端 五

佳節尚羈旅，迴舟何太遲。夕陽江海暮，歸夢水雲知。此日憐游子，慈親有所思。明朝故園近，歡喜動庭墀。

石鼓寺禱雨

天風微動夜壇閑，星月曈曨揜暎間。平地吐雲才翳樹，羣龍銜雨忽離山。夜見有片雲升自樹端者，旋漫太空，四更而雨。潤回草木都含笑，醒後田疇亦破顏。慚愧寸誠能上達，天人枹鼓慰貧鰥。

宿山莊曉起感懷口號二十字

静覽五洲會，三才發殺機。空山真世界，紅葉信風飛。

正月二十一日先君子忌日也
敬祭於寢哀感弗勝成詩一首

藐孤多闕陷，伏地一酸辛。大道慚荒穢，艱難證古人。乾坤瘡孔徧，衾影淚痕新。惻惻懷庭訓，遺阡草又春。

山中奉寄右銘先生

運會乃奇變，三才發殺機。瀛海坐震蕩，天下將安歸。大道泣周孔，偉奇今正稀。如公樹根柢，旋轉望戎衣。

雨後後山登眺時病起見湖山也

山居不道湖山好，此日登臨覺眼明。草綠花紅春裏過，水光雲影鏡中橫。蕭疏病骨能枝拄，浩蕩天機看發生。正是連朝新雨足，澗溪處處有泉聲。

病中荅墨蓀寄書

一春臥病春不知，落紅已被輕風吹。重簾不捲夢如海，茶煙藥煙雙影隨。故人寄我數行字，上寫纏綿惜別意。寥寥並世同心稀，十載相知亦不易。白雲澹澹孤山孤，梅花瘦骨春風扶。此中病趣正愁絕，片紙乃有歡聲俱。洞庭湖波明月裏，錢塘江連大海水。所思不見天東南，夢魂茫茫隔萬里。尺書展讀一徘徊，無限離心撥不開。孤懷抱有千秋事，師友商量願未灰。“洞庭”“錢唐[①]”二句，懷關季華、陳右銘兩師也。時關官浙江，陳官湖南。

哭姊夫管耘篛

坐來惝恍得消息，寢疾彌留嗟忽行。壽不中年偏短折，天將奇病促孤生。吟殘弄玉簫無主，補到靈媧石有聲。太息剛風吹壞處，夜臺應自哭淒清。

---

① “唐”，當爲“塘”。

讀《素問》

倉皇方藥禍斯人，不見長沙有後塵。乾槁上池無滴水，漂搖大地泣風輪。卻憐先聖傳湯液，誰向遺經索藏真。頓起希文憂樂意，良醫良相證雙身。

卧　　病

其　　一

疾病牽纏煩惱場，鷁飛星隕定何祥。癡兒不解偷靈藥，擬向龍宫索禁方。

其　　二

才近中年作病囚，堂堂日月聽川流。天公放我垂雲翼，真跨飛龍徧九州。

挽張武修

病中消息少，去後我裁聞。一夕千山外，相思愁絕君。華年霾玉樹，新塚待寒雲。無限西風淚，蒼涼日又曛。

雨過池上

炎歊不解早秋多，快意雷聲挾雨過。池沼一時澄夜氣，牟尼無數瀉風荷。藉將泉石涓埃壒，爲玩清涼坐薜蘿。世外風塵何澒洞，絕憐幽夢到漁蓑。

秋季祭先王父先考墓於黃梅徑時平湖未蕩，繫舟山下一宿而去。

泊舟楓葉岸，來拜九原人。暮雨尋蕪徑，秋雲薦渚蘋。湖山魂夢冷，松柏歲時新。墓左右松柏青青長成矣。一宿明朝去，西風淚滿巾。

春暮病懷因示陳旦門和之

其　　一

雲山莽寥寂，臥病動經年。細雨垂荒徑，幽花遲莫煙。滄江人事改，舊好曙星懸。近來知交大半零落，時局亦漸衰薄，爲之悵惘。不盡愁邊淚，因君寫一絃。

其　　二

蹉跎聞道晚，孤負寂寥生。仰俯乾坤裏，能無涕淚橫。天空雲自去，水定月知明。萬古遺經在，前途擬一行。

荅旦門贈詩

春愁如醉夢如煙，爲讀瑤華惜薆然。用《詩》"愛而不見"，《方言注》引作"薆"。薆，蔽也，通"愛"。矇瞍故人真不見，寂寥情味祇堪憐。藥鑪茶竈舊懷澹，細草名花春事妍。不有會時談譧好，素心何以慰嬋娟。

書懷與旦門

萬事殘灰撥不溫，中年磨折漫須論。醒來舊雨鐙前夢，扶到寒梅病裏魂。人海茫茫終有恨，煙花匆匆總無痕。先生真趣能瀟灑，乞與靈泉灌性根。

苔旦門四首

其　　一

煩惱牽纏未有窮，茫茫溟渤一帆東。病魂夜化蓮花去，海淨山青煙霧空。

其　　二

今古衡量總一偏，榮枯事理祇茫然。西方夢幻吾能説，一笑微雲起大千。

其　　三

慰藉中年一病夫，命宮磨蝎説韓蘇。賤才如此憐如此，高義深情近有無。

其　　四

蕭齋坐論發風潮，數日孤懷破寂寥。不道清談緣福少，菊花寒雨又魂消。

賀管竹泉生子

其　　一

采雲光氣下瑶臺，一箇麒麟天降來。似聽羣仙齊拍手，聰明福壽此兒該。

其 二

錦緥香薰犀角郎，一時喜氣滿瑤房。阿兄自有多男福，驥子皇雛望正長。

警 懷

世事敍隨未易平，靜中觀玩了無驚。早知憂患千秋大，不覺孤懷百感輕。局涉危疑雖自解，學非動忍總難成。由來磨折知何限，一點天空看月明。

哭陳小農工部同旦門作

年來天海尺書稀，京國歸來事已非。寂歷鄉關驚乍到，頓紅塵土尚黏衣。家山臥病幾時好，風雨思君消息微。但是有懷俱觸撥，斯文零落素心違。

雜 詩

其 一

人情反復雨雲間，世外風波不易刪。悟得此心清淨理，行雲流水了無關。

其 二

存亡進退費猜尋，自古危疑憂患深。《周易》一編垂四聖，焚香孤坐自微吟。

其 三

衰時大義重扶提，今古嶷巇事不齊。我欲替天消物怪，九州牛渚盡燒犀。

贈 旦 門 歸

久病一相見，關懷如許深。誰憐憂患裏，能慰寂寥心。希淡太古意，蕭疏清廟音。神交有真契，孤鶴在高林。

重 九 病 懷

病中兩度經重九，不及湖山載酒來。茫蒼秋光天地迥，蕭疏黃菊泥人開。中年事業閒雲度，一點愁心老雁催。擬向西風揩倦眼，清霜落木易成哀。

菊花和旦門

已是秋風倦後身，況經磨折歲年頻。花開花落愁無那，和雨和煙泣有神。未信此生緣福少，祇因寒蝶夢魂親。園林寂寞成孤賞，幸託高懷證舊因。

留 別 旦 門

蒼然風雪裏，此去莫匆匆。淡泊中年意，知心不易逢。精華消劫數，沮澤誤蟠龍。明歲來相訪，看予摘紫茸。

重 別 旦 門

一點離心酒不春，匆匆已動去車塵。孤山不要相忘易，白飯青芻後約頻。

附　　録

《黄州課士録》所收之作

"祝祭于祊"解

　　《詩·楚茨》"祝祭于祊"，毛傳："祊，門内也。"鄭箋："孝子不知神之所在，使祝博求之平生門内之旁、待賓客之處。"按《禮記·禮運》，□^① 酒以祭，至禮之大成，備列祭之始終，首云"作其祝號"，即此詩祝祭也。《周官·大祝》："凡大禋祀肆亨祭祇，則執明水火而祝號。"鄭注："肆亨，祭宗廟也，故書祇爲祊。"杜子春曰："祊當爲祇。"今按從故書爲是，即此詩"祝祭于祊"也。"祊"，《魯詩》作"閟"，見陳樸園《魯詩遺説攷》。《爾雅·釋宫》"閟謂之門"。《禮·郊特牲》鄭注"廟門曰祊"，正義"廟門曰祊"。《爾雅·釋宫》文，《禮器》"爲祊乎外"，正義引《釋宫》"廟門謂之祊"，皆與今本《爾雅》不合。古本《爾雅》必作"廟門"，谓之"祊"也。

　　祊，亦作"閟"，蓋釋《魯詩》文。《春秋·襄二十四年》正義引李巡注："閟，故廟中門名也。"孫炎注："《詩》云'祝祭于閟'，謂廟門也。"許叔重作"縪"，《説文》："縪，門内祭先祖所旁皇也。《詩》曰'祝祭于縪'，《廣雅》作襂。或從方作'祊'。"按叔重爲《毛詩》之學，所見本作"縪"也。閟、縪、祊，一也。以其爲廟門，故字從門。以其求神於門内，故字從示。以其爲神所旁皇，故字從縪。許解"縪"爲門内祭，乃本毛義。攷《禮經》，祊祭祇在門内，原無門外之禮。毛傳自

---

① 此字原文缺。

是塙義。凡《禮器》所傰“爲祊乎外”，《祭統》所傰“而出于祊”者，皆對室中言，非门外也。《家語》孔子引周禮繹祭于祊，此所謂明日之祭在廟門內，非以祊爲門外之名。

祊者，正祭，索神於門內之事也。康成箋《詩》不誤，注《禮》乃混祊于繹而有祊爲門外之説。蓋惑於“爲祊乎外”之語。孔沖遠囬護其辭，解廟門外爲繹祭之祊，門內爲正祭之祊，而《詩》之祊與《禮》之祊遂生膠葛。近儒陳石父云：“廟門之內，皆祖宗神靈所憑依焉，孝子不知神之所在，於其祭也，祝以博求之，所謂索祭祝于祊也。”秦文恭云：“《祭統》云‘君在廟門外則疑於君，入廟門內則全於臣、全於子’，蓋祭祀之禮，皆行於廟門之內，不當在廟門外。”按陳、秦之説甚是，與毛傳合。《郊特牲》又曰“祊之爲言倞也”，鄭注：“倞猶索也，倞或爲諒。”段懋堂云：“《説文》‘倞，彊也’，倞亦作僵，倞不訓索，而與水部之‘淢’音同。淢者，浚乾漬水者，索求神似之。”朱仲鈞云：“諒，信也，實也，以其精誠與神明相感於無形，故使祝博求之，以期神之來饗。”此祊義也。

朱子《儀禮通解》、馬貴與《文獻通考》俱以祝祭于祊，列於既徹之後，似正祭畢而後行祊祭者，然意薦孰之後有此祝祭于祊之禮，非正祭畢而後祊也。何以明之？此詩上文“絜爾牛羊，以往烝嘗。或剥或亨，或肆或將”，下即繼以“祝祭于祊”。尋其次序，顯爲始祭之時而血祭，而腥祭，而燗祭，即薦孰也。而祊祭矣。以《禮器》《郊特牲》二篇參攷之益塙。《禮器》曰“納牲詔于庭，血毛詔于室，羹定詔于堂”“設祭于堂，爲祊乎外”。今以文次之，納牲詔庭即“絜爾牛羊”也，血毛詔室、羹定詔堂即“或剥或亨”也，設祭于堂即“或肆或將”也，繼以爲祊乎外即“祝祭于祊”也。次序不可見乎？《郊特牲》曰：“詔祝于室，坐尸于堂，用牲于庭，升首于室。直祭祝于主，索祭祝于祊。”亦以文次之，用牲于庭、升首于室即“絜爾牛羊”“或剥或亨”也，直祭祝于主即“或肆或將”也，繼以索祭祝于祊即“祝祭于祊”也。次序不又可見乎？兩篇之義，彼此無不合，《詩》之義，證以兩篇無不合，可以補《通解》《通攷》之疎，即可以定祭祝于祊爲始祭求神之禮，至祭必有祊者。《祭統》云："氣也者，神之盛也。魄也者，鬼之盛也。合鬼於神，教之至也。"《郊特牲》曰："魂氣歸于天，形魄歸于地，故祭求諸陰陽之義也。"又曰："聲音之號，所以詔告于天地之間也。"故《禮運》大祝並云祝號，孝子以其恍惚以與神明交，主以依神，先求之室，尸以象神，繼求之祊，無非冀魂魄之合也。此祭祀之理也，亦祭祀之禮也。毛傳、鄭箋多涉古禮，故不明乎"三禮"者不可以通傳、箋，即不可以通《詩》，斷斷然矣。

擬程子視聽言動"四箴"

視　箴

天君默宰，周孔在前。所視或紛，放乎虛元。視能專壹，不雜不穢。眸子湛然，道理淵粹。毋曰有明，明足爲累。

聽　箴

默坐空山，欲息微吟。聲生於虛，響集於心。吾心不紛，安静而定。端抱一誠，非禮勿聽。

言　箴

悔吝之門，一言所開。歛汝神氣，抱敬爲胎。昔人有言，吉人詞寡。載道以淵，何憝大雅。學問淺深，静躁不同。無惡於口，誰忤予躬。修身要義，體味何窮。

動　箴

行乎規矩，勿乖前賢。道義之樞，守在幾先。扶持剛大，養吾浩然。全璧有點，誰受其愆。緬懷子輿，履薄臨淵。

鐵　路　議

談鐵路於今日亦不得不行之勢矣。各國通商，徧設口岸，欲閉關自守，此迂談也。

查鐵路之興，西國收其效已數十載，用以通兵糧、運商貨、便行旅，能使險者夷、遠者近、遲者速，富強之策全賴乎此，所謂有利而無害者也。而自中國言之，上海已成之鐵路猶且廢之，通州議興之鐵路，屢爲時論所格。試問其利害所在，則議者紛然不一，有以爲利少而害多者，有以爲無利而有害者。

利少而害多者，大抵指病民而言也。意謂南北數千里舟車之需，小民仰食者無數，沿途尖站、客店、碼頭，仰食者又無數，一旦鐵路既成，火車朝夕千里，舟車坐廢，站店失業。此一說也。無利而有害者，大抵指防敵而言也，以爲南北數千里，城堡數十，江河險阻，敵不能猝然深入。大道如砥，將敵朝發夕至，我軍扼守無從。又一說也。

夫謂病民者，必剖其所以不足病而其說自沮。謂防敵者，必抉其所以不足防而其惑自消。請得而言之。舟車尖站之生理，視行旅多寡盛衰。向所謂關山阻長，身勞費鉅，故商旅多望而裹足，其就道者，皆有所不得已者也。今既朝發夕至，便宜妥適，則行者勢將十倍，集十站生理併爲一站，猶恐不足，安在其失勢也？況內地河港，非民舟莫渡；中途轉折、商貨起卸，非民車莫通。鐵路火車一往直前，斷不能枝節而爲壅斷，是不但無礙於舟車，而且將大有造於舟車也。此病民之不足慮也。至所慮敵人因利乘便、長驅直入，則又不然。火車之製，凹輪嵌鐵，時復修理，平直堅滑，其行乃速，斷其鐵而輪可立沮也。所過之地，尤貴平坦，鋪沙填墊，方無滯礙，溝其道而車可坐廛也。來往必由雙鐵線，無毫髮之差，無趨避之道，轟以礮而車可立碎也。有此三者，何患敵乘而猶沾沾焉患之過矣。

乃至其利則可備舉矣。漕糧之轉運，歲糜帑金若干，有鐵路而糜金可半節也。營勇之徵調，所過騷動，有鐵路而騷動可免也。山陝之旱荒，直隸、山東、河南之澇災，有鐵路而賑運無憂也。煤鐵礦務之開，水腳轉運爲艱，有鐵路而礦務可興也。至於造鐵路之費，必須商股、官帑、洋債三者並行，始能集事。且西國亦具有成法參而行之，以期有利無弊，誠富強之要術也。中國地大物博，富厚爲五大洲冠。五金之礦徧野包藏，而水銀、翠玉、丹砂藏乎雲貴，珍禽、香木、玳瑁、明珠，山羞海錯，出乎兩粵，湖絲、鮮果生於浙閩，藥材產於川蜀，佳油、名茶、美錦蕃殖於兩江兩湖，以及皮、參、羊、馬、駱駝之類皆利盡北庭西域之美，又有千百種貨，大宗如豆穀、棉花等，亦莫非我華自然之地寶也。

統計中國之地，緯線則自赤道北十八度起，至五十三度餘止，經線則自京師偏東十九度起，至偏西四十五度止。南北相距七千餘里，東西相距一萬餘里，截長補短，約得五千萬方里。各省、府、州、縣人丁冊籍核而算之，約得三百餘兆。土地如此其廣，人民如此其眾，而物產又如此其旺，加以生聚教訓，亦不難家給人足。參以西洋之術，有利者從而行之，有害者從而舍之，國未有不富強者也。夫根本須由自樹行事，不妨變通，是在識練才、長者斟酌之而已。

擬謝希逸《月賦》 以“白露曖空，素月流天”爲韻

陳王不懌，西園宴客。感應劉之俱邁，動契闊於良夕。明月滿天，群宿俱白。乃召仲宣而進曰：“清輝燭人，衣滿涼露，授簡吾子，爲我賦之。”仲宣跪而俯曰：“侔色揣稱，是臣雅慕，恭奉明詔，敢弗宣布。臣聞月與日環，陰爲陽對。羲和扶轡於瀛東，望舒稅鑾於宇內。體含坎

水之清，功補若華之晦。朒朓警闕於虧虛，胐魄示沖於晻曖。伊敷陳之匪精，不過得其大概。若乃風吹碧海，雲淨璇穹。山悄悄而暮昏，水冥冥而夕同。於時月初出，爛兮若明珠，剖蚌照天東。輝乍開而上地，華已噓而在空。晃冰輪以徘徊，耀清質之圓融。及乎漏滴宵寒，天心朗步。吹九州而采騰，涵四溟而豔吐。於時月方中，晰兮若皎姬，鏡臺開綠霧。宛山河之早霜，復庭階之積素。天垂水而無聲，地化銀而成路。至於桂樹將低，澄輝漸沒。素娥情倦而含糢，玉兔睡酣而在窟。於時月將墮，寂兮若水仙，窈窕歸貝闕。耀餘景於西岡，抱珠光其未歇。自精靈之圓滿，看半天之斜月。若夫徙倚高樓，哀鴻響流，片月初對，一心已秋。君王乃婉變，昔人徊徨。故傳瑤琴動軫，綠醑盈舟，引觸紛懷，舒發清謳。歌曰：明月兮悠悠，關山兮阻修，美人一去兮接無由，三五圓缺兮予心憂。又歌曰：素月橫兮光滿天，引哀樂兮相纏綿，芳酒行兮綺筵，舒予懷兮娟娟。"王乃大悟，敬佩茲篇。勖哉欽哉，享壽萬年。

紅葉賦 以"霜葉紅於二月花"爲韻

空山秋曉，高樹晨涼。滿林宿暈，一尺朝陽。葉翻翻而未脫，紅摵摵以多光。最好前宵，數點梢頭之露。蚤知昨夜，十分地上之霜。昔之雨綠諸林，煙青萬葉。草頓山新，村橫路接。垂垂之美蔭俱圓，朵朵之濃云半帖。如斯茂鬱，自呈深秀於迴環。那有蕭疏，只是蔥蘢而複疊。時但有名花並吐，秀采相烘，繁華如海，光燄燒風。綺苑嬌酣之景，芳園爛漫之叢。正當豔豔之枝，開來絕麗。安有青青之樹，換出新紅。倏秋心之醞釀，加暮氣之吹噓。損山容而小瘦，醒石意而俱疏。退濃陰而欲半，藏慘綠以無餘。如何片葉林藏，霜都染到。絕似千花樹好，春則生於。展錦繡而俱明，著臙脂而薄媚。烘開樹底之苔，熱到林邊之寺。鋪來小澗，恰疑寒水都酣。吹落一山，都是西風帶醉。光添火齊之千，豔分花天之二。遙指峰深，中含秀窟。路轉鮮新，霞飛出沒。雲疑暖而依梢，山欲然而照骨。若使雨餘一望，垂曲徑之低虹。倘教夜裏相看，映空林之冷月。秋何心而點綴，樹何事而繁華。地飾邱園之槁，天開泉石之葩。偶因樵者坐來，痕沾石磴不礙。奚童掃去，光徧山家。此所以驚心者方説婆娑之樹，而飽眼者當看富貴之花也。

白燕賦 以 “玉翦一雙高下飛” 爲韻

花重吹紅，簾輕卷綠。有白燕之飛飛，過珠闌之曲曲。拂短翅於朝霞，弄薄晴於初旭。漢宮人隨風化去，分明頭上之釵。燕國公入夢初生，一片懷中之玉。爾其素影輕捎，芳心半展，栖玳瑁而衣新，坐海棠而身淺。頷不紫而春酣，裳疊霓而風頓。晴橋十里，和絮雪以齊飛。湘水一分，蹴銀鉤而半翦。曉鏡初開，玉樓人出。粉痕拭而添新，蒜影搖而照日。恰逢對舞，魂如秋水之清。不帶濃糖，語是東風之吉。花天之明白偏多，芳信之呢喃不一。時當薄暮，小雨臨窗。霧全低而影度，煙半直而身降。掠地而近遮雲母，尋巢而初上銀釭。淒迷杏葉之村，春纔過半。來往黎花之院，夢不離雙。正黃鶯之百囀，剛彩蝶之相遭。合睇冰綃之帳，宜飛白玉之搔。誰知金粉場中照水而全空色相，莫是雪衣娘子讀經而解脱蕭騷。觜銜泥而地暖，襟帶縞而風高。來從海國之遥，宿有江雲之借。閒過芍藥之廳，點到荼蘼之架。抱冰雪而心孤，醒繁華而夢化。偶因惹染，得沾紅雨之光。自在風流，不愛烏衣之價。身輕則上掌初盈，裙好則留仙欲下。待得新秋問訊，故國將歸，帶霜華而暫去，和露氣而相違。看徧千紅之海，經過萬紫之圍。本來玉骨生成新羽，而因風雙展。記得瑶臺高處前身，而抱月孤飛。

梅影賦 以 “疏影橫斜水清淺” 爲韻

流水一片，空山四虛。比煙猶澹，補月還疏。渺渺羅浮，茫茫瘐嶺。詩外魂來，酒餘夢永。潔到能仙，薄思貼冷。松邊竹邊，煙境霞境。雲想前身，玉憐小影。則見天光，初曙參耀。高橫幾枝，淺澹數點。分明霜痕，莫掩霧氣。微平墮香，未損鍊魄。初成亭亭，日午半面。低斜鋪來石，檻移到碧紗。東閣迴護，北院交加。行疑印迹，空已無花。亂堆杜屋，懶埽何家。漠漠黃昏，窗寒透紙。層壓竹籬，深侵草履。斜幹夕陽，古柯野水。寫照帳前，黏痕簾底。晚臥孤山，呼之未起。月明茅舍，風定初更。上欄多致，下砌無聲。殘冰舊淚，素玉他生。描神神澹，繪骨骨清。吹消寒笛，譜化凍笙。佳人遥夜，自顧含情。別有雪後模糊，風前舒展。林角月深，橋頭春淺。半幅隱搖，一林遲轉。老鶴猜疑，野驢踏踐。人送影過，地餘碧篆。

聚 寶 山 銘

盤魄南國，坤脈抱靈。萃精於黃，吐華發榮。鱗峋崇邱，爛乎太清。旁唐駿舉，爛斑昆燚。山陰太陰，山陽朝陽。二曜垂精，礧礧大光。哲人採奇，庋茲一方。中有瑰異，爰貢其章。酌之斟之，獻汝廟堂。

杜茶村_濬黃岡人
有《變雅堂集》子世農著《斷雁吟》

莽莽河山弔夕陽，筆能清老氣能蒼。漁洋詩教偶中晚，劍外淮南未是長。

顧黃公_{景星}蘄州人有《白茅堂集》

氣大難收有怒潮，一篇純駁雜相招。若論樂府真奇絕，不獨才能冠本朝。

張長人_{仁熙}廣濟人有《漎灣集》

筆能幽折氣離奇，第伯東京封禪儀。若盡裁縫鍼綫跡，便成蒼渾杜陵詩。

陳太初_沆蘄水人有《簡學齋詩存詩删》

本來明月是前身，況復中年學道人。浩氣再加沈鬱好，便應文藻照千春。

擬蘇子瞻《武昌銅劍歌》

空江雨過風倒吹，斷岸劃破青崖肌。江神迎神照夜火，太乙下斲蒼苔鎖。三尺銅劍秋水清，溢溢寒塘光帖妥。供奉得此沙潭處，黄虵蜿蜒忽飛去。細看碧血生土花，上有古字真人署。蘇子與汝夫何緣，明窗大几相周旋。君不見古來神物豈易得，泗水寶鼎消秦年。

秋　陰

黄葉無聲飛滿林，雲光不動晝陰陰。梧桐一院晚煙瘦，橘柚滿庭秋氣深。天外斷鴻低處影，花邊寒蝶倦時心。短籬曲徑西風孄，醖釀霜華意不禁。

秋　雨

西風小雨動凄清，一點微涼向夜生。破屋叢蕉寒自語，空山落葉淫無聲。蕭騷氣味醒殘夢，隱約秋心上短檠。曾記讀書蕭寺去，一鐙孤劍坐天明。

秋　晴

瞳曨瘦日照人清，昨夜霜高釀曉晴。喜到青天群雁響，開來黃菊晚花明。危樓一笛吹殘客，紅樹千山送早行。欲取秋光瀟灑處，畫圖濃淡試關荊。

擬昌黎《薦士》詩

六經盛文章，道理有關係。詞人接曼衍，宇宙縱夸麗。奇才覯亦罕，瀾漫歷千歲。闊稀斗與箕，星宿粗可計。屈宋揚宏葩，體氣川岳大。馬楊弄譎詭，博奧騁光怪。建安數曹劉，高骨實雄邁。衝波灌六代，垠厓劃崩壞。鮑謝率勁旅，迴軍鼓旗旜。國朝得李杜，巨刃摩天外。續茲能者出，追逐思偶妃。阤窮老孟郊，桀驁嘻亦太。風霆摻隙竅，錯綜八方卦。萬象鬪剛猛，拔險喜出隘。精靈恣揮呵，餘浪肆坴漠。乾坤方皓朗，爛斑值運會。聖皇索魁倫，抱采在一介。讀書契遐古，洞達噐蕪蕭。昭然揭皛日，闇曖操弗害。微官溧陽尉，有蔑真一毳。偷唸及升斗，狗馬非所貴。糟糠悅偉髦，焉知八珍味。俗流況多謗，肌雪生癬疥。蚤聞志士守，難忘在溝澮。磨滅誠昔甘，華茂遺冠帶。但思天生民，好德誰復妬。麒麟耀郊藪，舉世睹所快。五十算幾何，坐觀成耄瞶。羲娥照宵昕，奔逸將不逮。賢相曾嗟咨，歸張動歊歙。咫尺通湖江，游鱗可滂沛。爰居魯東門，尚饗鐘鼓沸。槱櫨鏤山藻，知者爲甯蔡。眷茲卓犖人，酸寒增慷慨。珠璣屯槁壤，使我寸心痗。關雎愛賢才，窈窕求厥對。拔菜薦宗廟，神明通告祭。靜姝俟城隅，婉孌極旁睞。汲汲君子懷，釀酵鍾淑氣。姬公三吐哺，後世稱智慧。

題《東坡笠屐圖》

不巾不履山中人，細雨灑溼輕煙勻。野外游戲尋芳鄰，一笠一屐雙稱身。竹籬茅舍迎嘉賓，婦女喜笑兒童親。美髯瀟灑裝束新，彷彿尚見真精神。南天萬里竄逐處，青山綠水朝日暮。披圖再拜不能去，吁嗟千載真如晤。

擬韓孟《鬥雞聯句》

驚風沸郊坰，鬥場砥且廣。（韓）兩雄各強豪，剿怒氣相仿。（孟）沉機憤交會，潛鋒飽先養。（韓）傲睨矜觜距，側耳駭影響。（孟）壯心恣咆哮，猛氣生肨䐥。（韓）將作頸忽瘦，抱枝心已痒。（孟）兜鍪戴危冠，金鐵夆毒掌。（韓）天地矜崢嶸，營陳列莽蒼。（孟）啄觜旋低卬，奮爪競磨蕩。（韓）瀑血殷車輪，飛肉灑塵坱。（孟）直前屢震震，小退倏鞅鞅。（韓）勢均講和恥，勇憤背城想。（孟）銜枚寂以待，躍拳鬥而上。（韓）敵情伺平圍，戰期約昧爽。（孟）對立何獰拏，決勝各勉強。（韓）趨奔方卷甲，搪樽頓樹顙。（孟）陽陰竦開闔，風雨疾俯仰。（韓）收功喜搴旗，敗績嗤責杖。（孟）急呼見催翎，晝守思割壤。（韓）馮陵甘碎首，狡捷巧扼吭。（孟）賁育負桀驁，項劉較雄長。（韓）偶爾區贏輸，幺麽徒擾攘。（孟）豈有太廟俘，甯受牛酒賞。（韓）英奇觀且笑，志士增慨慷。（孟）哦吟鬥雞篇，踔厲嗟獨往。（韓）

《求志齋類稿》敍目

右《類稿》五編都十二卷，先友蘄州童憩南孝廉樹棠遺著。庚子秋初，憩南既没，葆心踵求之其兄海珊明經樹嘉舉授余最録存之。少作尚有《大癡詞》一卷、《梨雲閣詩》如干卷，既治《文選》，有《讀選雜志》，治許書，有《説文次第記》，治註疏、《通鑑》，有《讀經史劄記》。詞非所欲存。《梨雲閣詩》，弱冠之年，比於好弄而焚之。今詩前一卷，半其從子德頤所掇之燼餘。《説文次第記》裁盡許書一篇，餘皆不盈卷袠。惟楚詞隨筆釋《九歌》《天問》二篇，粗可董理，今附存《雜著》中。授寫訖乃敍其端曰：道義之污，時會極之，亡其人，斯亡道義矣，其成者，乃不以人亡，成而有翼之廣受之者，乃愈益不亡。古儒者之業是也。洞然全體，不遺一物，備物而備應，窮有立，達有行。必有博取，必有約施，於是而已矣。昔者吾憨南嘗有志於此，當其盟業盛時，信誓於心，鍥而不舍，疾病不以困之，旅獨幽以柔之，求之不得，涕洟隨之，仰屋震迅，孑焉若忘而若遺，蓋將以冥詣往復，求其心之安，推之民物以準，證以天民大人之業而合澤之。我生後俾勿窮，又不欲猝有景寄也。周攬亟變，旁皇乃心，以溺以飢，樂終憂始，滋久而怡然大順。庶幾強仕以後，審顧而與世馳驅，其爲周浹經本，淵達旁流，期以備衆家之能，窮萬有之變。若博士雅儒，非所居也。豈區區文字之存之計邪？其卒以是區區之存見天下後世者，時殫數極人無權焉。天道逆行，吾憨南者適遭之，以亡其身。親厚之等冀萬有一，見其心神，相與甄述文字，過而存之。斯海珊與葆心編整遺文之意也。所以塞骨肉道義之悲，而非以傳其文字也。然其薪業所就，學足副才。葆心與處近十年，志術勿貳，而行能未由逮之。憨南則睨視時賢，自信其有者，甚至越世高辯，非意所許，則無言揚摧萩流，動出意表。余嘗戲以英雄欺人，實則憨南所蓄深潛，能以神化觀百物，益以道念愈自偉如是，葆心之所畏也。詩兼有八代唐宋巨子體，精神乃在吟咏外。文深入《騷》《選》，不廢唐宋家數。上下古人，卓有以立。憨南顧不自居，而所嶄至者乃慼焉，如飢渴之附身矣。憨南不欲孤其德，矢偕葆心而進之。《學記》一編乃江漢退居以自繩墨者也，今仔肩謝矣。往吾楚陳太初氏以才人學道，劉某雲氏以學人學道，皆不逮志而亡。二儒者，皆有挾持魁桀，顯其所匿鴻盛之志，今猶不亡。若葆心與憨南昔共名山之約，浸以事會寒盟，三年前曾貽書詬責，乃今碌碌一傖父耳。吾道羈危，良侶不作，章顯道義而無以成者，籲地下而告之憨南之閟靈，泣矣。是又序此編，懫然以懼，惻惻興悲而無能自已也。光緒二十有七年秋八月，羅田王葆心序。

　　是編《文集》《外集》《詩集》於壬寅歲已鐫竣，嗣以葆心頻年教學武陽，光宣之交，又薄宦北都，海珊意欲全編一時並出，而《學記》《雜著》原稿叢襍，釐定極難，初意本非著書，隳括更無善法。侵尋不就，每用疚心，卒遇辛亥之變，刊版因而無著。今幸嗣君畏逸歆負荷先志，敻取原編詩文覆鐫。葆心深用嘉歎，藉手補過並記其年月於此。《學記》《雜著》將與畏逸互謀廣出之。丁巳春二月，葆心再記於多雲山中之晦堂。

清故孝廉童君年三十九行狀

曾祖啟倫，嘉慶己卯優貢。妣王氏。

祖家鵠，同治丁卯歲貢，皇贈奉政大夫，候選訓導加七級。妣劉氏。繼妣江氏，皇贈宜人。

父修林，皇贈奉政大夫，候選訓導加七級。母李氏，皇封宜人。

世居湖北省黃州府蘄州安平鄉米家山。

君諱樹棠，字憩南。壯歲自署求志生，因以顏其齋。曾祖優貢，君以工六朝詩文名同里。陳工部詩絕引重之，工部爲吾楚大師故優貢，君之學雅有師法。君生而嶷異，不茹血食，性尤莊静，有出世思。祖奉政君憂之，强予肉蔬，食少輒吐，久僅能食鮭腥，他仍弗御也。自有知識，常夢游名山古刹，歲或一二歷其境。年二十六，又入夢則留詩壁間，覺而志之，且徵寺狀。或曰："此鎮江金山寺，乃兵燹前之舊也。"人皆知君自焚修中來矣。入塾受書自然瞭悟，憤負尤穎。年甫十四，仿《天問》作《月問》一篇，詞旨清悱，里儒皆洒然異之。贈君尤絕愛重君，嘗親加督課，或呈文不爲父喜，再三改易，稱善始已，故髫年即承於家學者。素君益自窮探《騷》《選》兩家之勝，或以意詮劃其義蘊，製爲韻文，鏗然繽儭，奇采竟體。吾省自今相國南皮張公之洞督學以來，以雅記鴻文，甄采文士，萃於會城之經心書院，高才多以麗詞藻思名一時。君後起循其轍迹，獨奮健逸之氣，以靈灝化其槌重，前此無能及也。家誦十餘載，兼好詩詞，於詩雅習溫李，遂有《大癡詞》《梨雲閣詩》若干卷，久而病其側豔，悉焚之。逾冠以詩賦受知於項城高學政釗中，補州學生。光緒十四年，游學武昌，時漢陽關先生棠方纂修《湖北通志》，君一見即執贄稱弟子，就正詩文。漢陽則策誘之俾進於學，君翻然知溺於詞華，動閣大道。歸而誠切求之宋五子書，爲《更生録》，紬覽有得，言動必書，輒喟然曰："十餘年來，學無一是乎？"是冬即手定治身十二事、讀書八事以自課。所立治經史掌故之法，悉有條理。君讀書用世之學，基於是矣。萬縣趙先生尚輔按黄州，獵君名，檄讀書經心書院，十六年冬餼於州學二十人中。葆心亦以是時補諸生，始相見於編修周先生錫恩座間，漢陽在焉。編修固以是年主郡城經古書院，漢陽亦司吾縣教諭，葆心與君皆在其門。學政既於試通郡經古時，拔君與余分冠生童，又於甄録書院諸生，以余與君連名牓於前，余與君訂交於是始。次年南皮在楚督任，開兩湖書院於菱湖，君又與葆心同入肄業。在菱湖五年，與君先共治文學而君嘗先余，余乃改而爲史學，則人亦趀先之者。君與葆心雖各以文史供書院之試而他學無不兼治，惟小學家言注疏、《通鑑》及近儒漢學家説，君業之最有恒而摩挲必深，仍不廢舊治之朱學。雅慎儔交，不輕許與。論學則與同里陳知縣翰芬及葆心，論文則與長陽張恩貢榮澤，往還皆最密。餘則鍵户終日，清坐凝思，或檢手圈行，以搏一其志。君天性清耿，意所不可不爲奪。曲阜孔先生祥霖按試黄郡諸生，誤遺君文，次日續榜出之，令與覆試，君浩然不復入。學政迭以學官家紀促之，終不應。屠庶常寄校書院文傾倒甚至不一見，索其稿亦靳之，又言於蕪湖道袁公昶招之，亦不往。李知縣祖蔭爲君鄉舉薦卷，獨不修弟子禮。是時同舍多樂樸學，皆相勖以狷介，不戢者士議皆不與，與今日羣校學生廣走聲氣大異。蓋君實踐以倡之也。義寧陳先生寶箴陳臬湖北，於其子吏部三立校書院文最識君。十九年冬，君遂執弟子禮於義寧，一見即爲剖論漢宋異同得失，終以一貫之旨。君既傾心義寧，學又一變。義寧云學道不可不勇，君謂不勇則立不起，故自見義寧後，進學尤劬。是歲余輒與武岡鄧先生繹講學之會，君則與義寧簡札狎至，或以詩篇往還，義寧輒慭服。自儗小巫，素患痰欬，至是逾劇。義寧親爲治之，少瘥而不除。或屏居院外，以絶人問。義寧間減騶從訪之，方餌則絡至不絶。是爲二十年甲午歲，東方兵事起，義寧與君衡論并世高官忠益不廣，輒嘅然太息，君方藉横舍親師友以廣博其學，又以課試有妨志業，則上書南皮稱述蘄嚮願予寬假，南皮不答。義寗則亟善其書。義寗既漸爲朝廷嚮用，擢開藩畿輔，君則亟於衛世，又旁訊譯籍，蓋受師旨而爲之者。是秋君舉於鄉，葆心亦以優行充貢。語葆心言，今歸爲母太宜人壽，明年北游，此後韜迹山中十年求道。又曰世變益亟，吾學不成，何以救世？願後此各儋負天民大人之業，蔚有成就，期以年歲再出問世，他時亦以學業之成否再相見。葆心敬君志以謂必成，又切切以君病爲憂也。自與君別，氣誼益孤，每念君言輒自振奮。歲己亥一詣君里，則病篤肌減相對黯然，終夕兩人都無復五年前意態。烏乎，無成者生存使以旅食四方糜其夙志，有成者又促其年以靳之天乎？豈徒君一人之不幸也乎？然君立學之盛志，雖未悉成，自甲午以後，則閎規鉅萬，森然畢具，故其創畫之條，凡不可不述。其於讀經史，區爲甲乙日歲兩之。經得日百有六十，史得日百有六十，經紙日五番，史三十番。經以《易》《書》《詩》《周官》《禮經》《春秋》主之，餘爲附。史主以《通鑑》《續通鑑》《明通鑑》，餘爲附。限六年而功畢。先四年經史各得其半，經較難，君則以爲精通一經後，諸經要義既經參考已得大概，再治他經，功力自易。又意在觀理，不在繁碎考訂，尚可寬其日力爲其難，故重於史。又益二年，統六年爲限。所益二年畫之專主讀經，《通鑑》諸策附以溫燖，並求經史一貫之道，或及世要之書，則肄經之功四年可成。凡讀書之功與攷求一切經世之故，六年而大就。優繇涵泳，貫通大意，七年而學成。由是爲之，懼其惡没而失持要也，於是凡書皆具其目，各定董治之條例，約以次第、識別、考訂、鈔錄四者賅其程塗，以誦讀、體察、精挈、旁攷、略觀、涉獵六者究其心得。又恐其膠溺而不超也，於書與經世之術又定舉某某爲大宗，於治書又各自有主持之大意。君之周帀覃思，蓋幾經審試而後定。其先擬以實用成中西會歸之學，初一年爲入門，再三年根柢，續一年博考，終二年貫通。既而更爲此旨，其自踐與葆心別後之言如是，而葆心顧未偟及，則尤所媿汗者矣。君之言曰："後世學問，破碎紛歧，不通本原，門戶乖異。義理、經濟、攷據、辭章分爲門目，有此四端。智者知挈其要領，本末咸在。昧者方鑽輋一事，自詡專門，或求末而忘本，或有體而無用。聖賢之業，經世之學，相望千載，逮古者希，亦可嘅已。某觀書除經史外，亦分義理、經濟、攷據、辭章，然致力大旨，窮乎義理，通乎經濟，辭章觀其文采，攷據存其大畧。四端並舉，不可離析，但體用不淆、輕重有法而已。"又其斷定新舊閧議之言，曰："曰新曰舊，將有厭舊而喜新者矣。曰內曰外，將有講內而遺外者矣。新舊一說啓沈溺洋務之端，內外一說開不達時務之路也。學一而已，安有新舊內外之可名乎？"嘗爲"六師""六輔""讀書師孟""諸葛主靜"四圖以寄微尚。其治《毛詩》次第圖說，"讀孔孟書義例""觀書法綱目"二表，可覘君由博反約之行迹。蓋君治學皆先立表格而後從事，既定經史表格，又爲西書分目，列爲入門。先務四要，政學四表，其旨發於《滬上書目表》之前，尤切實用。大抵癸巳以前，治書之力多於觀理。甲午以後，則兩者並進而治心之功尤多。又其爲學迭有變遷，始泛濫於詞章，自見漢陽而進求諸宋儒，仍兼精六書音均之業，再師義寧，則廣氣象於新建，而下逮新出東西之譯籍，他如方書、技擊、星命、墓宅、吐納家言，無所不窺。凡所歷境，皆有札記，以述繹聞，或引申以益前人，或董正以砭流失。閎義要旨，不可悉書。獨其乙未歲計偕歸後，深恫國變，推究世事，嘗有竑議，逮今十有五年，有已見諸施行者，有事未即舉而政府方壹力注措者，亦有羣見爲不急而君切切引爲憂者。君謂立學宜注重實業，其用尤貴普及，而外交人才必納之儲才館以養學識，民間要政必有議政院以宣通輿論，於重建南北洋海軍尤三致意，其所論略各有經緯之意。法在今日，或爲樞部孳孳從事，或方謀始至。其論治本則以端極宮府爲歸，其大旨謂積弱宜以精意振作之，積弊宜以實意搜剔之，故冗員太多文法太繁，非一綜覈名實之相不能有功，而端主德，申國法，進賢才，激士氣，尤爲中國轉關要圖，此則當事所未偟者也。夫以今日萃數十鉅人，籌圖强大政久驗而始知其要者，君以書生屏迹坐論空山而已，揭大要於十數年前，然則不得謂君志事絕未一酬矣。君文由辭賦入導，源《騷》《選》歷抵齊梁，更深求之史公、昌黎之書。久之又立六宗之説，謂孟、莊、馬、班、揚、韓也，其極則以獨造爲宗。論詩既悔少作，轉而求之韓、黃兩家，有作則神骨清奇，才足以舉其所學，環中象外，兩家實不足以限之。蓋君採用陳后山之説，余則頗用東坡杜可學韓不易學之言，然終以君爲能實踐。嘗謂學詩當用神禹疏鑿龍門工夫，否則終身歧誤。其道先力量，次平實，次精深，次空靈。疏鑿是生造。始條理者，智之事也。疏鑿者平之則實矣，再求之而平實者精深矣，精深猶有迹也，再求之而精深者空。空者，靈境界，至此聖乎文矣。終條理者，聖之事也。君既没，葆心踵求其遺箸，兄訓導樹嘉以授余編定所箸。如《讀選雜志》《説文次第記》《讀經史劄記》皆未成，讀楚詞隨筆注成《天問》《九歌》二種，余則釐定。君戊子以後訖丙申之劄記分《内篇》二、《外篇》四，爲《學記》六卷。《求志齋文集》二卷、《外集》二卷、《詩存》一卷、《雜箸》三卷統名曰《童氏類稿》。《詩文集》則久經鋟版，烏乎，此豈君志也哉？君孝友成性，居菱湖，歲必再歸省，所以歡慰李太宜人者甚，至在外則孺慕積成夢寐。與訓導自少相師友，年三十訓導猶繩期高峻，君跽自責，或呈詩以示振厲。與婦洪孺人中年傷病無子，以訓導子今京師五城中學生德歆者爲之。後德歆娶龔氏，州學生子杰之女。女一適陳君翰芬之子惠康。孫一光焯，聘陳咸煇之女。孫女一，許高君。生於同治元年閏八月二十四日，卒於光緒二十六年七月初六日。其卒後越十年，葆心以君之遖行學幟非我莫知，又懼終無力以襮君於當世，爰詳諸篇，歸於訓導壽之家譜，更以備他日國史儒林之採云。

宣統元年春正月，誥授中憲大夫覃恩加三級、禮學舘纂修、學部主事、總務司行走、年愚弟羅田王葆心謹狀。